나의 감성 노트

나의 감성 노트

초판 1쇄 발행 2017년 3월 13일

지 은 이 김명수
발 행 인 권선복
편　　집 심현우
디 자 인 최새롬
마 케 팅 권보송
전 자 책 천훈민
인　　쇄 천일문화사

발 행 처 도서출판 행복에너지
출판등록 제315-2011-000035호
주　　소 (07679) 서울특별시 강서구 화곡로 232
전　　화 0505-613-6133
팩　　스 0303-0799-1560
홈페이지 www.happybook.or.kr
이 메 일 ksbdata@daum.net

값 15,000원
ISBN 979-11-5602-481-1 03810

도서출판 행복에너지는 독자 여러분의 아이디어와 원고 투고를 기다립니다. 책으로 만들기를 원하는 콘텐츠가 있으신 분은 이메일이나 홈페이지를 통해 간단한 기획서와 기획의도, 연락처 등을 보내주십시오. 행복에너지의 문은 언제나 활짝 열려 있습니다.

나의 감성 노트

潭江 김명수

도서
출판 행복에너지

아주 어려서부터 수없이 경험해 온 정신적 트라우마들이 감수성을 예민하게 만들었는지, 아니면 감수성이 예민하여 아픈 기억을 오래도록 머무르게 하고 있는지 알 수 없다. 분명한 것은 좋은 기억보다는 아픈 마음의 상처가 가슴속에 깊게 자리 잡고 쉽게 지워지질 않는다는 것이다.

이런 상처들을 어떻게 지워내야 할지 고민하다가 글을 써 보기로 했다. 글 쓰는 게 직업은 아니지만, 쓰면서 거기에 집중하다 보면 그 순간만큼이라도 해방될 수 있을 것 같았다. 살아갈 날보다 살아온 날이 더 긴 탓도 있겠다. 지난 세월을 정리해 보고 남은 인생을 좀 더 잘 살아 봐야겠다는 뜻도 담겨 있다.

그런데 이제 와서 막상 누군가 읽을 수도 있다고 생각하니 겁이 나기도 한다. 감추고 싶었던 내 속마음을 드러내 놓은 기분이다. 상처 받은 마음을 달래려고 시작한 일이 또 다른 상처를 불러올까 걱정도 된다. 이 책을 읽는 사람이 있다면, 그 노고에 대한 조그마한 보상이라도 있어야 할 텐데 솔직히 부끄럽다. 남의 일기를 몰래 훔쳐본다는 기분으로 읽어 줬으면 좋겠다. 마치 한적한 시골 마을을 지나가다가 낮은 담벼락 너머 남의 집을 아무 생각 없이 슬쩍 들여다보듯이 보고 지나갔으면 좋겠다.

見人之善 而尋其之善 見人之惡 而尋其之惡 如此方是有益

(다른 사람의 착한 점을 보면 내게도 그런 착한 점이 있나 살펴보고, 다른 사람의 나쁜 점을 보면 내게도 그런 나쁜 점이 있나 살펴봐라. 이렇게 해야 보탬이 된다)

아픈 기억과 상념을 지우고 행복한 기억들이 살아나기를 기대하면서 지난날을 뒤돌아본다.

목차

1장

추억, 그리고 사람들

3장

문득 생각에 빠지다

추　　　억,
그　리　고
사　람　들

K형을 그리며

K형을 마지막으로 본 것은 2012년 12월 중순이었다. 오랜만에 전화를 걸었는데 K형이 "김 선생, 나 지금 전북대학병원에 입원해 있어."라고 했다. 그날 저녁 진료를 마치고 전북대학병원 K형의 입원실을 찾아갔다. 전북의대 교수로 재직 중인 형수의 수발을 받으며 누워 있는 형의 모습은 너무나 초췌해져 있었다. 직감적으로 '아, 이제 얼마 남지 않았구나.' 하는 생각이 들어 가슴 미어지는 슬픔을 억누르기 힘들었다.

우리 둘의 관계를 잘 아시는 형수는 둘만의 시간을 주기 위해 자리를 비켜 주셨다. 형이 핏기 없는 목소리로 이번이 우리가 볼 수 있는 마지막인 것 같다고 말할 때, 난 아무 말도 할 수 없었다. 의사인 내가, 의사이며 목사인 형에게 이 순간 무슨 말을 해야 할지 알 수 없었다. 아무 말도 못 하고 흐르는 눈물을 감추기 위해 창밖을 향해 먼 산만 바라볼 수밖에 없었다. 그날 저녁 집으로 돌아오는 길은 너무도 힘들고 무거웠다. 이후 형의 부음을 알리는 전화가 올까 봐 전화벨이 울릴 때마다 받기가 두려웠다. K형은 59세가 된 2012년 12월 24일, 크리스마스이브에 영면했다.

K형을 처음 만나게 된 것은 의과대학에 입학해서였다. 지방에서 온 학생들이 몇 명 안 되었고, 특히 소위 촌뜨기 전라도 출신들은 K형과 나 둘뿐이었다. K형은 전북대학교 토목공학과에 진학하였다가 중퇴하고 군대까지 마치고 왔으니 또래들보다 다섯 살이나 많은 형이었다. 고향이 비슷한 탓도 있었겠지만, 아무튼 우린 쉽게 친해졌고 졸업할 때까지 요즘 말로 '절친'이었다. 절친이라곤 하지만 형은 생각이 깊고 배려심이 많아서 늘 내 쪽이 의지하고 신세를 많이 졌다.

K형에게는 당시에 서울에 사시는 형님이 한 분 계셨는데, 그 형님은 이미 결혼을 하셔서 자녀가 둘 있었다. K형은 그 형님이 사시는 불광동에서 같이 살았고, 나는 홍제동 시장통 친척집 골방에서 대학 생활을 시작했다. 시험 때가 되면 둘이 같이 공부했고 평소에도 자주 붙어 다니면서 서울에서의 대학 생활에 적응하기 위해 노력하면서 지냈다.

의과대학 수업시간은 고등학교 때와 비슷해서 한 교실에서 계속 같이 공부하고, 점심시간엔 도시락을 싸 오거나 학교 앞 식당에 가서 밥을 사 먹어야 했다. 내가 도시락도 가져오지 않고, 점심시간에 어디론지 사라졌다가 점심도 먹지 않고 오는 것을 본 형은 그 뒤로 내 도시락도 함께 싸 가지고 와서 같이 먹게 해 주었다. 본과 1학년 때 학생회장이 된 형은 당시에 군부 독재에 항거하여 전국에 퍼진 대학생 데모에 우리 의과대학생들도 참여할 것을 독려하고, 적극 참여하다가 혹시나 경찰에 잡혀가지나 않을까 걱정이 되어 홍제동 뒷산에 같이 숨어 있기도 했다.

K형의 형님네가 잠실 아파트로 이사한 후에는 한동안 나도 거기서 같이 살았는데 요즘 같아서는 생각지도 못할 만큼 큰 신세를 져서 그분들의 은혜를 잊지 않고 있다. 지금은 롯데 월드가 들어섰지만, 당시에는 아무것도 없이 군데군데 포장마차만 있었던 아름다운 석촌호수 주변을 거닐며 대화를 나눴던 추억도 생생하다.

힘든 의과대학을 마치고 의사고시에 합격한 뒤, 형은 전주예수병원에 가서 수련의 과정에 들어갔고 나는 서울에 있게 되었다. 당시에는 지금처럼 휴대폰도 없던 시절이고, 바쁜 수련의 시절이라 자연히 연락이 뜸해졌다. 어느 날 전화가 와서 서울에서 형을 만나게 됐는데 그간 있었던 일을 들을 수 있었다. 인턴을 마치고 일반외과 레지던트 1년차 때 폐암이 발견되어 수술을 받았고 회복 중이라고 했다. 의사로서 아직 제대로 실력 발휘도 못 해 보고 큰 병을 앓게 된 형은 수련의 과정을 포기하고 전주에서 잠시 개원의로 일했다.

그 후 전북대 의대 교수인 형수와 함께 미국에 가게 되었고, 미국에서 뇌출혈로 쓰러지고 나서도 오뚝이처럼 회복하여 귀국한 후 봉직의사로 잠시 활동하다가 뜻한 바가 있어 신학대학에 진학하여 목사가 되었다. 그야말로 산전수전 다 겪고, 마지막에 목회자로서 활동을 시작한 지 오래지 않아 동남아 오지에 가서 선교활동을 하던 중 몸에 이상 증상을 느껴 할 수 없이 다시 귀국하였다. 귀국 후 진찰한 결과, 폐에 새로운 암이 생겨서 또다시 투병을 하게 되었고, 끝내 일어나지 못하게 된 것이다. 형은 투병 중에도 목사가 된 후에 세운 조그마한 교회에서 생을 마감하는 그 날까지 머무르며 일요일엔 설교를 계속하였고, 병실에서 유고집인 『가자, 지평선으로』라는 원고를 마치고 별세하였다.

뒤돌아보면 지금까지 살아오면서 많은 분과 인연을 맺고 도움을 받았다. 친인척은 물론, 선생님을 비롯한 좋은 친구들과 선후배, 또 친구들의 부모님들까지 일일이 열거하기가 힘들 정도로 고마운 분들이 많이 계셨다. 하지만 그중에서도 K형을 특히 잊지 못하는 이유는 서울이라는 낯선 곳에서 혼자 독립해서 살아가야 할 때 가장 많이 의지하고 영향을 받았기 때문이다. 나에게는 멘토나 다름없는 형이었다. 나를 가장 잘 이해해 주었고, 힘들고 어려울 때 위로해 주었고, 격려해 주었고, 직·간접적으로 도움을 주었다. 힘들었던 의과대학 6년 동안 같이 공부했고, 시간이 나면 같이 운동도 하면서 즐겁게 지냈고, 흑석동 골목 술집에서 술잔을 기울이면서 많은 얘기를 주고받았다. 동향同鄕이었기에 정서가 비슷했고, 서울 출신에 비해 서로 동병상련同病相憐의 코드가 잘 맞았다. 경제적으로 무척 어려웠던 그때 K형이 없었더라면 나의 대학생활은 더 외롭고 힘들었을 것이다.

졸업 후 그렇게 친했던 K형과 떨어져 지내게 되고, 바쁜 인턴, 레지던트 생활을 하면서 자주 만나지 못할 수밖에 없었다. 그러던 K형이 졸업 후 얼마 지나지 않아서부터 폐암을 시작으로 힘든 투병 생활을 하는 동안 내가 조금이나마 도움이 되지 못했던 게 못내 아쉽고 미안할 뿐이다. 살아 있는 동안이라도 더 자주 만나서 살아가는 얘기를 해야 했는데, 무엇 때문에 그렇게 바빴는지 후회스럽다.

지난봄, 새싹이 막 돋아날 무렵 광주 다녀오는 길에 전북 부안에 있는 형의 묘소를 찾았다. 길옆 언덕, 가족선산 맨 아래 형의 묘소에서 소주 한잔을 붓고 있노라니 인생무상의 허무함에 흐르는 눈물을 주체하기 어려웠다. 전주에 사시는 형수에게 안부 겸 전화를 걸어 형의 묘소에 와 있음을 알렸다. 며칠 후 K형의 둘째 딸 결혼 소식과 함께 형수에게서 문자가 왔다. 세상 떠난 지 몇 년

이 지나도 묘소를 찾아 울어 줄 수 있는 친구를 둔 형은 참 행복한 사람이었던 것 같다고.

항상 정도正道를 걷고자 노력했고, 남을 도와주고자 했고, 정이 많았고, 배려심이 많았던 K형이 자꾸만 그리워진다. 요즘처럼 힘들고 지쳐 있을 때 형을 만나 술 한잔 기울이면서 속 시원하게 이야기라도 할 수 있으면 얼마나 좋을까 생각해 본다.

세속적인 눈으로 보면 형의 삶은 의사로서도, 또 목사로서도 화려하지는 않았다. 손이 유난히 컸던 형이 일반외과 전문의가 되었다면 아마 대단히 수술 잘하는 의사로 명성을 날렸을 것이다. 한 인간으로서의 삶은 짧았지만, 의사로서 못다 이룬 형의 꿈을 진정한 하나님의 목자로서 이루기 위해 마지막 순간까지 포기하지 않고 노력하다 갔으니 누구보다 멋진 인생이었으리라 생각한다.

K형이 마지막으로 투병하던 전북대병원에 갔다가 나오면서 말했었다. "형, 빨리 나아서 우리 소주 한잔하고 노래방 가야지." 했더니 "그래, 노래방 좋지." 하던 생각이 난다. 대학 시절 체육대회 같은 행사 때, 또는 학교 앞 술집에서 단체로 술잔을 기울이며 즐겨 부르던, 당시의 유행가였던 우리 반 응원가이자 반가班歌가 있었다. K형의 영전에 이 노래를 바친다.

"발길을 돌리려고 바람 부는 대로 걸어도 돌아서지 않는 것은 미련인가 아쉬움인가. 가슴에 이 가슴에 심어준 그 사랑이 이다지도 깊을 줄은 난 정말 몰랐었네. 아~아~진정 난 몰랐었네."

나의 스승님들

국어사전을 찾아보면 '선생'의 첫 번째 뜻은 '학생을 가르치는 사람'이라고 되어 있고, '스승'은 '자기를 가르쳐서 인도하는 사람'이며, 유사어로 '사부, 사범'이 있다고 되어 있다. 다시 말하면 스승은 단순히 지식만을 가르치는 분이 아니라, 좋은 길로 안내해 주는 인생의 나침반 같은 분이라고 할 수 있을 것이다. 꼭 학교에서 배움을 받았던 선생님이 아니라도 누구에게나 존경하는 스승님 한두 분쯤은 있을 것이다. 나에게도 많은 선생님이 있었지만 60이 다 된 지금도 가슴속에 남아 있는 존경하는 스승님들이 몇 분 계신다.

초등학교 때 가장 기억에 남는 선생님은 6학년 때 담임이셨던 김원국 선생님이다. 6학년 전체 학생이 남녀 합해서 약 30여 명 정도밖에 안 될 정도로 아주 시골 마을에 있는 우리 학교에 부임하셔서 무척 열정적으로 가르쳐 주신 분이었다. 선생님은 정상적인 주간 학교 수업 외에도, 지금으로 말하면 방과 후 수업과 야간 수업을 하도록 했는데 단순한 자습이 아니라 학교 교실에서 잠을 재우면서 공부를 시키셨다. 요즘 재수 기숙학원처럼 학교에서 합숙 훈련을 한 것이다. 물론 선생님도 학교에서 주무셨다.

저녁은 집에서 학부형들이 가져오도록 하고, 시간에 맞추어 저녁을 가져오면 우리는 창문 너머로 도시락을 받아서 먹었다. 저녁 시간이 가까워지면 창문 밖에서 학부형들이 가져온 저녁을 기다리는 동안 우리는 주로 음악수업을 하였다. 열심히 공부하는 모습을 보여주기 위해 큰 소리로 노래를 불렀다. 당시에 중학교 입시에는 음악도 포함되었는데, 악보를 주고 무슨 노래인지 맞추는 문제도 있었으므로 우리는 계명과 음표를 함께 외웠다. 예를 들면 "나의 살던 고향은~"은 "44 884 442~"처럼 노래를 부르면서 외는 식이었다. 저녁을 먹기 전에 이처럼 크게 노래를 부르고 집에서 막 가져온 저녁을 먹는데, 밥을 가져오는 경우도 있고, 따뜻한 수제비를 가져오는 경우도 있었다. 각자 집에서 먹는 음식 그대로 그릇에 담고 보자기에 싸서 들고 온 전통적인 농촌의 향토색 짙은 음식들이었다.

저녁을 먹고 난 후에 잠시 휴식하고 야간학습을 하는데, 주로 종합 수련장에 있는 문제들을 한 장 한 장 분리하여 문제지를 풀고 채점을 해서 틀린 개수만큼 매를 맞거나 벌을 서기도 했다. 저녁에 공부를 마칠 때쯤엔 가루우유(분유)를 따뜻한 물에 타서 한 컵씩 배급해 주었는데, 비위가 약해서 못 먹는 애들도 많았다. 야간학습까지 다 마친 후에는 바로 그 교실 마룻바닥에서 잠을 잤는데, 책걸상을 한쪽으로 치우고 간단한 이불을 덮고 잤다. 이른 아침에 일어나 각자 집에 가서 세수하고 다시 점심 도시락을 들고 등교하였다.

지독히도 가난했고 문맹률이 높았던 60년대 후반 농촌마을에 오셔서 되도록 많은 학생을 중학교에 진학시키기 위해 헌신적으로 가르쳐 주신 선생님이셨다. 나는 선생님께서 가정 통신란에 '사고력이 풍부함'이라고 쓰신 것을 아직도 기억한다. 당시에는 그 말이 무슨 뜻인지 잘 몰랐다. 풍부하다는 말로 보아 나쁜 뜻은 아닌 것 같은데, '사고력'이 문제였다. '사고'를 많이 친다는 말인지 불안하기도 했지만, 집에서 꾸지람하지 않아 그냥 가슴속에 묻어 두고 살아왔다.

중학교 때 선생님 중에선 정완교 수학 선생님이 제일 기억에 남는다. TV 앵커처럼 준수한 외모에 준엄하시면서도 얼굴은 늘 평안한 모습이셨고, 흐트러지는 모습을 한 번도 보지 못했다. 칠판에 쓰시는 필체는 판서의 정석을 보여주듯이 반듯하고 깔끔하셨고, 수업시간에는 항상 우리에게 존댓말을 쓰셨다. 문제를 풀어가는 과정도 빈틈이 없으셨고, 실수도 없으셨다. 정말 화가 나실 때는 화를 참으시느라 얼굴이 약간 붉어지는 모습을 본 적이 있으나 한 번도 큰소리로 야단치거나 매를 드는 일이 없으셨다. 당시에 내가 커서 선생님이 된다면 저런 선생님이 되어야겠다고 다짐했고, 정말 닮고 싶은 분이었다. 많은 학생이 선생님을 존경했고, 따라서 수업 분위기도 다른 과목에 비해 좋았다.

고등학교 때 선생님으로는 1학년 때 담임 선생님이셨던 고故 허한우 선생님과 3학년 때 담임 봉병하 선생님이 떠오른다. 고등학교 입학 후 첫 담임이셨던 허한우 선생님은 아버지처럼 인자하고 사려 깊으신 분으로, 한창 철없을 시절의 우리를 잘 지도해 주셨다. 잘못한 학생들을 나무랄 때도 꼭 아버지처럼 따뜻한 마음을 느끼게 야단을 치셨다. 한마디로 훌륭한 선비 타입의 선생님이셨다.
또, 3학년 담임이셨던 봉병하 영어 선생님은 학생들이 제일 두려워하던 카리스마 넘치는 분으로, 무섭기도 했지만 속정이 많으셔서 나의 어려운 사정을 미리 알고 무료로 직접 개인 레슨을 해 주시겠다고 나에게 용기를 주셨던 분이셨다. 당시에 최고의 영어 입시 교재였던 『정통종합영어』를 통달하실 정도로 실력자였던 선생님은 자기 관리에도 아주 철저하셨고 나의 모교인 금호고등학교 교장 선생님을 끝으로 정년퇴임 하셨다.

대학에 들어와서는 그야말로 각 분야 최고의 전문 교수님이 많았다. 의예과 때 물리학 교수님이셨던 Y교수님은 연세가 많았음에도 열정적으로 가르쳐 주셨지만, 문제를 어찌나 어렵게 내시던지 물리학 때문에 낙제한 학생들이 상당했다. 또, 당시 해부학계 최고 원로이셨던 N교수님, 천재로 소문났던 J병리학 교수님, 늘 편안하게 대해 주시던 생화학 교수님, 예방의학 교수님, 라틴어 교수이신 L신부님 등이 잊지 못할 선생님들이시다.

그러나 가장 기억에 남는 교수님을 꼽으라면 교양영어를 가르치시던 K교수님이다. 비교적 젊으셨던 교수님은 멋진 외모에 힘이 넘치는 카랑카랑한 목소리로 강의하셨는데 강의 도중 조금이라도 흐트러지는 학생을 보면 가차 없이 '그따위로 공부해서 사람 몸에 칼을 대려고 해!' 하시며 호통을 치던 기억이 난다. 의사로서 의업에 종사하면서 나 자신이 나태해지려 할 땐 선생님의 그 말씀을 항상 떠올린다.

초등학교 때 스승님께는 열정과 헌신과 사랑을, 중학교 스승님께는 인내심과 치밀함과 지성을, 고등학교 스승님께는 관용과 자기 관리와 배려를, 대학교 스승님께는 직업에 대한 소명의식을 내 인생의 지침으로 배웠고, 실천하려고 지금도 노력하고 있다.

선생님들은 모두 다 훌륭한 분들이라고 생각한다. 그러나 그중에서도 오랜 세월 동안 기억에 남아서 특별히 본받고 싶은 선생님이 누구에게나 있을 것이다. 개인적인 친분을 떠나서 그런 선생님들을 나는 스승님이라고 생각한다.

스승님들의 말씀이나 가르침을 가슴속에 간직하고, 삶의 지침으로 삼고 살아간다면 그 자신도 또 다른 누군가의 스승으로 남는 인생이 될 것이기에 훌륭한 스승님을 만난다는 것은 개인적으로는 큰 행운이고, 사회적으로도 큰 자산이 되지 않을까 생각해 본다. 닮고 싶은 스승이 없다면 아무런 목표나 목적 없이 공부하는 것과 같을 것이고, 내비게이션 항법장치도 없이 망망대해를 항해하는 배와 다르지 않을 것이다.

요즘 공교육의 현실이 예전과 같지 않다는 하소연을 학교 선생님들에게서 많이 듣는다. 야단치기가 부담스러워서 학생들을 방임할 수밖에 없다는 말을 들을 때는 안타까운 마음도 든다. 학교에서는 엎드려 잠을 자고 학원에 가서 입시와 시험을 위한 지식만을 배우는 학생들이 나중에 어떻게 거친 인생 항로를 헤쳐 나갈지 걱정된다.

메타세쿼이아 길

내가 다니던 담양중학교는 집에서 약 십 리 길이었다. 동네에 있는 초등학교에 다니다가 중학교에 진학하여 일 학년을 마칠 때까지 걸어서 통학하였다. 초등학교 때 가끔 5일에 한 번 서는 장날이면 부모님을 따라 담양읍에 가곤 했다. 많은 사람과 물건들, 그리고 상점들을 보면 참 신기하기도 하고, 괜히 긴장되기도 했었다. 당시에 우리 집에서 담양까지 가는 길은 절반은 산길이었고 나머지 절반은 비포장 신작로였다. 승용차를 구경하기는 매우 힘들었고, 어쩌다 담양과 순창, 남원을 오가는 버스가 지나가는데, 비포장도로였기 때문에 차가 지나갈 때마다 하얀 먼지가 뿌옇게 피어올라 눈을 감고 입을 다물고 숨을 멈춘 채로 잠깐 기다리거나 바람의 방향을 보고 먼지가 쉽게 지나가는 쪽을 택해서 걸어야 했다. 또 비가 와서 움푹 파인 곳에 물이 고여 있을 때는 얼른 나무 뒤에 숨어서 차바퀴에서 튀는 물을 피해야 했다. 학교에서 집까지 걸어서 약 한 시간 정도 걸리는데 시험 때면 암기할 것을 종이쪽지에 적어서 외우면서 걷던, 꿈과 희망을 키우던 길이었다. 지금은 그렇게 멀지 않게 느껴지는 길인데 그 당시에는 까마득히 멀게만 느껴졌었다. 중학교 다닐 때 그 길을 열심히 걸었던 덕분인지 요즘도 걸음이 좀 빠른 편이다.

당시의 가로수는 지금과는 다른 플라타너스였고 신작로 옆 언덕에 좁은 농로 길이 있었는데, 가능하면 먼지를 피해서 도중에 그 길로 다니기를 좋아했다. 중간에 황토로 만든 토굴 같은 집이 덩그맣게 한 채 있었고, 그 안에서 할머니 한 분이 붕어빵을 구워서 팔았다. 요즘에는 주로 어른들이 옛 추억 때문에 사 먹는 길거리 간식거리이지만, 먹을거리가 별로 없었던 그 당시에는 최고급 즉석 가공식품이나 마찬가지였다. 코를 자극하는 붕어빵 익는 냄새를 맡으면서 그 길을 지나는 것은 고통 아닌 고통이었다. 학교를 마치고 집에 가는 길은 한참 배가 고플 때라 붕어빵을 사 먹고 싶었지만, 사 먹을 돈이 없었기 때문이었다. 혹 운 좋은 날 같이 가는 형들이 하나씩 사 주면 얼마나 맛있고 행복했었는지, 지금도 그 달콤한 앙꼬가 들어있던 붕어빵 맛과 약간 타는 듯한 냄새가 생생하다. 그런 기억 때문에 요즘도 가끔 붕어빵을 사 먹어 보지만, 그때처럼 맛있지는 않다.

중학교 일 학년을 다 마쳐갈 무렵, 광주광역시 가까운 쪽으로 이사하는 바람에 그 길을 자주 갈 기회가 없었다. 일 년에 한두 번 잠깐 차로 산소에 다녀올 때 지나가 보는 게 고작이었는데, 산소를 다른 지역으로 이전한 뒤에는 그쪽으로 가 보질 못했다. 그런데 언제부턴가 그 길에 서 있는 가로수들이 아주 반듯하게 삼각형 모양의 똑바른 나무로 변해 있었다. 양옆으로 도열하듯이 일렬로 심어진 가로수는 중간 부분이 거의 맞닿을 정도로 자라서, 멀리서 보면 긴 터널처럼 보이고 한여름에도 도로 위로 햇빛이 들지 않을 정도가 되었다. 드라마 촬영으로 유명세를 타더니, 지금은 관광명소로 변해서 많은 사람들이 찾고 있다. 그 멋진 나무들이 메타세쿼이아라는 것을 안 것은 그 가로수길이 유명해진 이후였다.

최근에 모처럼 시간이 있어서 중학교 시절을 생각하며 그 길을 걸어 볼 기회가 있었다. 아침 이른 시간이라 사람들은 많지 않았다. 그동안은 아스팔트로 포장된 찻길이었지만, 지금은 찻길을 따로 만들고, 예전처럼 비포장 흙길로 복원하고 차량은 다니지 못하게 되어 있어서 걷기가 참 편했다. 지방 자치 단체와 지역 주민들의 노력으로 그 길을 보존하고 주민들의 쉼터 겸 관광명소로 가꾼 노력의 결과인 것 같다. 양옆으로 곧고 높게 뻗은 나무들 사이를 한가로이 걸으면서 고향을 떠난 세월의 흐름을 짚어 보았다.

메타세쿼이아 나무의 유래가 참 흥미롭다. 메타세쿼이아는 미

국에서 자생하는 '세쿼이아'나무 이후Meta에 등장한 나무란 뜻이
란다. 이 나무는 학계에서는 멸종된 나무로 알고 있었다. 세계 2
차 대전이 한창이던 1941년, 중국 후베이 성과 쓰촨 성 경계지역
을 흐르는 양쯔 강 상류에서 한 산림공무원이 처음 보는 이 나무
를 발견하고 신기하게 여겨 베이징대학에 보내서 알아본 결과, 화
석에서만 발견되었던 메타세쿼이아라는 사실을 알게 되었다고 한
다. 이에 세계의 식물학자들이 큰 기쁨과 함께 충격을 받아 미국
아놀드 식물원에서 본격적으로 연구하고, 마침내 번식을 이루어
냈다는 것이다.

　한편, 우리나라의 경우, 1956년에 현신규 박사가 미국에서 들

여와 주로 가로수와 조경수로 식재하기 시작했으며, 탐사 결과 경북 포항지역에서 화석으로 발견된 바가 있어 석회기 이전에 자생한 사실이 있었던 것으로 추정하고 있다고 한다. 그러고 보면 우리나라에 메타세쿼이아 나무가 들어온 것은 내 나이와 비슷한 역사를 갖고 있는 셈이다. 또 이 나무를 담양의 가로수로 심은 것은 내가 다른 지역으로 이사를 한 직후였다. 내가 고향을 떠날 때 이 메타세쿼이아 가로수들은 내 고향으로 시집온 것이다.

처음 이 나무를 가로수로 심을 때엔 오늘처럼 관광명소가 될 줄은 몰랐을 것이다. 어떤 연유로 내가 꿈을 키우며 걸어 다니던 신작로의 울창한 플라타너스를 뽑아내고 이 나무들을 심었는지 자세한 이유는 잘 모르지만, 아무튼 그 옛날에 이 나무를 가로수로 심어 놓은 덕에 대나무와 함께 담양을 대표하는 랜드마크로 유명해졌으니 좋은 일이다. 청주에서 오창으로 가는 도로와 서울의 양재천에도 비슷한 메타세쿼이아 길이 있어서 걸어 봤지만, 내 어린 시절의 꿈과 추억이 묻어있는 담양보다는 여러 가지로 부족한 것 같았다.

거의 반세기 가까이 이 나무들은 비바람을 맞고 차가운 눈을 맞으면서 이렇게 고향 길을 지키고 자라서, 이제는 온 국민이 찾는 명소로 자리매김한 것이다. 언젠가 대학 동문회에 갔더니 한 후배가 자기도 그 길을 가 봤다고 하면서 어디서 들었는지 그 길이 일

제시대 때부터 조성된 길이었다는 말을 하기에 깜짝 놀라서 바르
게 알려 준 일이 있다. 그 자리에 내가 없었더라면, 그 얘기를 들
은 다른 동문들이 다 그렇게 알고 있었을지도 모르겠다.

붕어빵을 굽는 토굴집이 있던 주변은 이제 메타프로방스라는
현대식 카페와 레스토랑과 가게들이 줄지어 들어섰고, 멋진 집들
도 눈에 띄었다. 세상이 참 많이 변했음을 느낀다. 메타세쿼이아
길과 메타프로방스를 잠시 둘러본 후 관방제 쪽도 걸어 보았다.
3~4백 년 전 조성된 것으로 알려진 관방림도 담양의 명소 중 하나
이다. 홍수 예방을 위해서 담양천변에 푸조나무, 팽나무, 벚나무,
음나무, 개서나무, 갈참나무 등을 심어 놓은 길인데, 천을 따라 나
있어 운치 있고 데이트하기에 좋은 곳이다. 죽제품이 한창 인기
있을 때는 객사리 담양천변에서 가내 수공업으로 만든 대바구니
같은 죽제품을 시장에 가져와서 거래했기 때문에 사람들이 많이
붐볐는데, 지금은 주민들의 휴식처와 '국시(국수)거리'로 변해있다.
  관방제를 걷고 나서 죽녹원에 들러 시원한 대나무 숲을 걸어 보
았다. 미끈미끈하게 쭉 뻗은 대나무 숲 사잇길을 걷노라면 반갑고
친숙한 느낌이 들어서 내 고향이 담양임을 느낀다. 연어가 그 먼
바다에서 생활하다가 자기가 태어난 강으로 다시 돌아오는 것처
럼 대나무는 나의 귀소본능歸巢本能을 자극하는 고향의 향수인지도
모르겠다. 죽녹원 안의 또 다른 볼거리는 대나무 공예 명인이 만

든 채상장을 구경하는 것이다. 다른 죽제품과는 다른 고급스럽고 세련된 작품을 구경하고 살 수도 있는데, 수천만 원을 호가하는 작품들도 볼 수 있다.

언제부턴가 담양의 간선도로 주변과 마을 어귀에서 한여름에 붉게 피어있는 배롱나무 꽃을 많이 볼 수 있게 되었다. 뜨거운 여름 햇볕에도 굴하지 않고 오랫동안 환하고 밝게 피어 있는 배롱나무 꽃을 보면 인내심이 대단해 보인다. 다른 지역에서도 가끔 보기는 하는데 유난히 담양 지역에 배롱나무가 많이 보인다. 자생하는 건지 식재한 건지 잘 모르겠지만, 조금은 단조로운 단색單色의 메타세쿼이아 길 주변에 더위에 강한 배롱나무를 이용한 대단위 여름 꽃길을 조성하여 이곳을 찾는 관광객들에게 녹색과 붉은색이 어우러지는 볼거리를 선사하는 것도 고려해 볼 만하다는 생각을 해 보았다. 메타세쿼이아 길의 예에서 보듯, 대개 선점자First Mover가 재빨리 뒤쫓아 오는 자Fast Follower보다 유리한 고지를 차지하는 경우가 많기 때문이다.

다음 행선지를 고민하던 중, 전날 밤늦게까지 술잔을 기울이던 친구한테서 전화가 걸려왔다. 지금 자기는 농장에 있는데, 가기 전에 들렀다 가란다. 그 친구는 고등학교 졸업 후 곧바로 컴퓨터 사업에 뛰어들어 크게 성공해서 지금은 소일 삼아 농장에서 여생을 즐기고 있다. 농장이라기보다는 청란靑卵을 낳는 닭들을 내놓고 키우면서 여가를 즐기는 친구의 휴식처라고 해야 할 것 같다. 수북면 병풍산 중턱에 자리한 친구네 농장은 광주시까지 시원하게 확 트인 들판을 바라볼 수 있어 특별히 할 일이 없는 친구는 아침에 두 시간 정도 테니스를 즐긴 후 매일 이곳에 들러, 찾아오는 친구들도 만나고, 기타 연주도 하면서 재밌게 살고 있단다.

그날도 몇몇 친구들이 모여서 친구의 멋진 기타 연주와 노래를 들었다. 이날 친구가 불렀던 노래 중 노사연의 '바램'이라는 노랫말이 가슴에 와 닿았다. 우린 늙어 가는 것이 아니라 조금씩 익어 가는 거라고. 따지고 보면 늙어가는 것이나 익어 가는 것이나 어차피 세월의 흐름을 이야기하는 것인데 늙는다는 표현은 죽음에 가까이 간다거나 하는 부정적인 의미가 더 짙게 깔려 있고, 익어 간다는 말에는 삶이 원숙해져 간다는 등의 긍정적인 의미가 내포되어 있어 나온 말일 것이다.

전날 그 친구가 나와 술잔을 기울이면서 '너는 고등학교 때부터 너무 심각하게 사는 것 같아서 안타깝게 생각했다.'고 한 말이 기억난다. 자기는 대충 살았는데, 지금은 남부럽지 않게 살고 있다고. 한동안 사업 때문에 너무 피곤하고 힘들어서 죽겠다고 자주 상담전화 했던 친구가 그사이 그 시절을 잊은 모양이다. 어디 대충 살아서 사업에 성공했을 리가 있을까? 농장을 나서는데 직접 기른 닭에서 얻은 귀한 청란을 한 판 주면서 가서 먹어 보란다.

대부분 고향이나 어린 시절의 추억을 얘기할 땐 즐겁고 아름다운 기억들을 담아낸다. 때 묻지 않은 동심의 시절에 그런 추억이 없다면 행복의 샘물이 솟아날 원천이 없는 것이나 다름없을 것이다. 누구에게나 안 좋은 추억이 있을 테지만, 우리가 의식적으로 좋은 것만을 기억하려고 하고 있는지도 모르겠다. 그러나 즐거운 추억은 오래 남고, 고통스러웠던 추억은 더 오래 남는다는 말이 있듯이 때로 추억은 세월과 함께 서서히 잊히다가 어느 날 문득 가슴 찌르는 아픔이 되어 되살아나는 것도 있다.

　　어떤 책에서 '이 세상에서 가장 먼 여행은 머리에서 가슴까지의 여행이다.'라는 문구를 본 적이 있다. 1박 2일의 짧은 시간이었지만, 고향의 달라진 풍광과 친구들의 사는 모습을 보고 반세기 가까운 세월의 흐름을 가슴 절절히 느꼈다. 그리고 꿈을 키우던 어린 시절을 더듬으면서 나의 참모습을 찾고 뒤돌아보는, 머리에서 가슴까지의 먼 여행이었다.

아버지의 대나무 돗자리

우리는 때로 선물을 주고받으면서 감사한 마음을 표현하기도 하고, 사랑하는 마음을 전하기도 하고, 정을 나누기도 한다. 그래서 선물은 또 하나의 소통 방법이며, 삶의 윤활유 같은 역할을 한다. 선물은 받는 사람뿐만 아니라 주는 사람도 기분 좋게 한다. 무엇을 선물할까 심사숙고한 끝에 준비한 선물을 상대방에게 전달할 때까지 받는 사람이 즐거워할 표정을 상상하는 일도 행복하다. 미국의 사상가이자 시인이었던 R. W. 에머슨은 선물과 관련해서 다음과 같은 말을 남겼다고 한다.

"반지나 보석은 선물이 아니다. 선물이 없는 핑계에 지나지 않는다. 유일한 선물은 너 자신의 한 부분이다. 그래서 시인은 자기의 시를 가져오고, 양치기는 어린 양을, 농부는 곡식을, 광부는 보석을, 사공은 산호와 조가비를, 화가는 자기의 그림을, 그리고 처녀는 바느질한 손수건을 선물한다."

보석 반지를 받아서 싫어할 사람은 없겠지만, 꼭 값비싼 물건만이 좋은 선물이 아니라, 자기의 노력과 영혼과 정성이 담긴 물건이면 충분히 좋은 선물이 될 수 있다는 뜻일 것이다. 또 선물과 관련해서 다음과 같은 어록들도 있다.

- 선물이란 아무리 사소한 것일지라도 애정으로부터 우러나온 것이라면 그 진가는 큰 것이다. 〈핀다로스〉
- 선물은 보낸 사람이 경멸당할 경우에는 오히려 큰 웃음거리다. 〈J. 드라이든〉
- 이 세상의 참다운 행복은 물건을 받는 것이 아니라 물건을 주는 데 있다. 〈A. 프랑스〉
- 물건을 선사 받는 상대방의 눈을 대함은 즐거운 일이다. 〈J. 라 브뤼예르〉
- 마음에서 우러나오는 선물은 곱절로 유쾌하다. 〈푸블릴리우스 시루스〉

나도 가끔 환자들로부터 선물을 받을 때가 있다. 개원한 곳이

도시지만, 농촌이 가까워서인지 텃밭에서 농약을 안 치고 손수 기른 상추라며 가져오시는 분도 있고, 가을이면 사과만한 달콤한 대추를 과수원에서 직접 따서 가져오시는 부부도 있고, 콩이나 다른 곡식을 감사의 표시로 가져오시기도 하고, 삶은 계란 몇 개를 검은 비닐봉지에 소금과 함께 가져오시는 구십을 앞둔 혼자 사시는 할머니도 계시고, 직접 담근 술을 가져다주시는 아주머니도 계시고, 집에서 직접 구운 빵을 아주 예쁘게 포장해서 가져온 젊은 부부도 있고, 해마다 부활절이나 크리스마스 때 정성스럽게 만든 쿠키를 카드와 함께 보내 주시는 수녀원장님도 있다. 또 가끔은 A4 용지에 직접 쓴 한시漢詩 몇 수를 정성껏 써서 읽어 보라고 가져오시는 은퇴하신 교장 선생님도 계신다. 어떤 분들은 이런 선물을 가져오시기까지 많이 망설인 듯 별것 아니라고 하면서 주시고는 부끄러운 듯 얼른 나가신다. 난 이런 소박한 선물이 부담스럽지 않고, 즐겁고 감사하다.

그런데 기분 좋게 주고받아야 할 선물 때문에 마음 아팠던 기억이 있다. 박사 과정 때의 일이었다. 무더위가 한창인 여름에 고향인 담양엘 가서 부모님께 들렀다가 나서는데 아버지께서 대나무 돗자리 하나를 꺼내 주셨다. 그 당시에 수입해 들어오는 중국산은 대나무 속대로 만들어서 오래 못 쓴다고 하시면서 고향에서 많이 나는 대나무 겉대를 아버지께서 직접 손질하고 다듬어서 정성껏

만든 것이니 귀한 분께 선물하라는 것이었다. 썩 내키지는 않았지만 그래도 손재주 좋으신 아버지께서 손수 만드신 물건이고, 담양의 특산품과도 같은 것이니 괜찮은 선물이 될 법도 하여 받아들고 집을 나섰다.

며칠 후 서울 강남에 사시는 박사학위 지도교수님 댁을 방문하여 조금은 으쓱한 마음으로 가져온 돗자리 선물을 건네면서 자초지종을 말씀드렸다. 선물을 건넨 후의 내 기분은 뿌듯하고 좋았다. 대한민국에 자기 제자로부터 이보다 더 의미 있는 선물을 받아 본 의과대학 교수님은 안 계실 거라는 생각이 들었기 때문이었다.

하지만 그건 나만의 착각이었다. 그 후 거의 한 달 정도 지나서 다시 교수님을 찾아뵙고 나오는데, 사모님께서 문을 열고 나오셨다. 전에 방문했을 때 드린 돗자리를 들고 현관까지 따라오시면서 하는 말씀이 "아니, 이런 거를 어디에 쓰라고 가져왔어요? 개집에

쓰기엔 너무 크고 어디에 쓰라는 건지 모르겠어요." 하면서 현관 앞에 우두커니 서 있는 내 옆에 던지듯이 내려놓았다. 순간 너무 당황스럽고 얼굴이 화끈 달아올라 아무 말도 못 하고 현관문을 도망치듯 빠져나왔던 기억이 지금도 생생하다.

그 후에 백화점에 갈 기회가 있어서 대나무 돗자리 파는 코너에서 유심히 살펴보았더니, 테두리를 예쁜 천 같은 것으로 박음질하고 화려한 색으로 치장까지 더하여 고급스러워 보이는 물건들이 많이 진열되어 있었다. 물론 얼마나 오래 쓸 수 있는 물건인지는 알 수 없었지만. 비유하자면 백화점 물건이 화려하게 차려입고 멋지게 화장한 세련된 도시 여성이라면, 아버지가 만든 돗자리는 순진한 시골 선머슴 같은 느낌이라고나 할까? 백화점 돗자리가 소위 명품인지는 모르겠으나, 아버지의 돗자리는 아무리 내구성이 좋다고 하여도 아무 치장도 하지 않은, 민낯 차림 있는 그대로의 모습이어서 오래 써 보지 않으면 진가를 알 수 없는 수수한 작품이었다.

지금도 크게 달라지진 않았지만, 특히나 그 시절엔 상품의 차별적 가치에 대해서 신경 쓰고 살 만큼 여유롭지 못했다. 너무 시대에 뒤떨어진 생각일지도 모르겠지만, 몸에 맞는 옷이면 다 같은 옷이라 여겼고, 오래 쓸 수 있고 잘 맞는 시계면 정말 좋은 시계라고 생각했다. 물건을 고를 때에도 저렴하고 내구성 있는 것을 택하는 버릇이 있다. 그런데 요즘은 소위 백화점 명품관이라는 데를 가 보면 진열된 상품들의 가격표에 눈이 휘둥그레지고 허탈해진다. 동그라미 숫자를 잘못 세었나 싶어서 몇 번이고 확인하고 있으면 점원이 "뭐 찾는 것 있으세요?" 하고 다가온다. 그럴 땐 어색하게 "그냥 구경 좀 하려고요." 하고 슬그머니 돌아서 나온다. 인터넷에서 파는 1~2만 원짜리 시계부터 명품관에 있는 수억 원짜리 시계까지 시계값이 천차만별인 것을 보면, 빈부격차가 그만큼 커진 오늘의 현실을 보여주는 것 같다.

프란치스코 교황님께서 '돈은 악의 근원이며 악마의 배설물'이라고 세상 사람들에게 아무리 설교해도, 냄새나는 배설물이라도 좋으니 많으면 좋겠다고 하는 시대에 살아가고 있다. 배우자를 고를 때도 인물의 됨됨이보다는 집안에 돈이 많은지, 직업이 무엇이고 무엇을 하는 사람인지, 즉 얼마만큼의 경제적 가치가 있는 사람인지를 먼저 물어보는 것이 이상하지 않아 보이는 시대, 돈의 위력을 실감하고 물질적 가치에 지배 받는 시대에 살고 있다.

오래전의 일이기는 하지만, 지금도 그때를 생각하면 왠지 씁쓸한 생각이 든다. 지금은 안 계신 아버지께서 정성껏 만드셨던 대나무 돗자리건만, 나의 순진한 판단으로 서울까지 가서 천덕꾸러기 신세가 되어버렸던 것에 대한 죄스러움 때문에 마음이 아프다.

키르쉬 수녀님

어느 날 파란 눈을 가진, 키가 작고 말랐지만, 얼굴엔 잔잔한 미소를 머금고 인자하게 생기신 서양인 수녀님이 오셨다. 수녀님은 폴란드계 독일 분으로 성함은 키르쉬, 나이는 70대 초반이셨고, 20여 명 정도의 수녀들이 함께 기거하면서 외부와 접촉이 거의 없이 지내는 근처 수녀원 원장님이셨다. 영어도 원어민 수준으로 잘하셨다. 그렇게 시작된 키르쉬 원장님과의 인연은 한국에서 원장님이 돌아가시는 날까지 약 10여 년 정도 지속되었다. 햇수로는 10년이지만, 1년에 고작 몇 번 정도 오셨기 때문에 자주 볼 수는 없었다. 대신 다른 수녀님들이 건강상의 문제가 있으면 나를 찾아왔기 때문에 이들로부터 키르쉬 원장님의 소식을 가끔이나마 들을 수는 있었다.

수녀원에서 오는 수녀님들의 복장은 옷의 모양과 스타일이 일반인들과 다르기도 하고, 특이하기도 하고, 어렵기도 해서 진료하기가 좀 불편했다. 겨울에는 특히 옷을 여러 겹 입고 오기 때문에 진찰하는 데 시간도 오래 걸리고 더욱 힘들었다. 옷은 여러 겹 입었어도 수녀원의 난방이 시원치 않은지 항상 추위를 이겨내기 위해 애쓰는 모습이었다. 수녀원은 어떻게 살림을 꾸려나가는지 물어보지는 않았지만, 수녀님들의 차림이나 모습을 보면 모든 것을 아끼고 절약하면서 살고 있겠구나 하는 느낌이 들었다. 이런저런 연유로 수녀원에서 오는 환자는 모두 무료로 진료했다. 아마 다른 의사들도 마찬가지였을 것이다.

　　어느 날 위장병으로 나를 찾아온 젊은 수녀에게 수녀원에서의 일과와 무엇을 위해 기도하는지, 개인적인 고민 같은 것은 없는지 물어본 적이 있다. 수녀원에서는 하루 정해진 일정에 따라 같이 일하고 공부하고 기도하며 생활한다고 했다. 기도의 내용은 정확히 기억은 나지 않지만, 하느님을 위한 기도라고 했던 것 같다. 개인적인 고민은 구체적으로 말하진 않았지만, 없지는 않다고 했던 것 같다. 생각해 보면 참 어리석은 질문이었다. 인간이 어찌 고민이나 고뇌가 없겠는가?

　　언젠가 내 단골이신 60대 여자 환자분의 따님이 대학병원 간호사 일을 그만두고 수녀원에 갔다는 얘기를 들었던 적이 있었다.

그 집안은 대대로 천주교를 믿는 집안이었다. 그 환자분의 시어머니가 돌아가셨을 때 우리 병원 식구들이 다 같이 조문을 간 적이 있는데, 장례식장에서도 그런 종교적 분위기를 느낄 수 있었다. 그 환자분이 오실 때마다 따님이 수녀가 되겠다고 결정한 것에 대해 어떻게 생각하시는지 물어보고 싶었는데, 혹시 속상한 마음에 더 상처를 줄까 봐 망설이다가 몇 년이 지난 후 어렵게 말문을 꺼냈다. '그렇게 예쁜 따님이 좋은 직장을 그만두고 수녀가 된다고 했을 때 어떤 기분이셨는지', '서운하지는 않으셨는지'를 물었더니 웃으면서 전혀 망설임 없이 '영광'이라고 말씀하신 기억이 난다. 나의 걱정은 기우에 지나지 않았다. 그분의 남편 되시는 분도 나의 단골이신데 어느 날 임파선암에 걸려서 투병 중인데도 두 부부의 표정은 한결같이 밝고 항상 웃는 얼굴인 것을 보면 이것이 종교의 힘인지 타고난 심성인지, 후천적인 교육의 결과인지, 아니면 이 모두의 힘인지 궁금해지기도 한다.

수녀나 신부, 스님이 되기로 마음먹고 그 길을 간 사람들은 어떻게 세상에 대한 미련을 버릴 수 있을까? 『울지 마 톤즈』의 고故 이태석 신부님처럼 고귀한 삶을 살다 가신 분들은 어떤 DNA를 가지고 태어나신 분들일까? 키르쉬 원장님은 어떤 동기로 수녀가 되기로 하셨을까? 신기하게도 키르쉬 원장님은 태어날 때부터 수녀님으로 태어나신 것 같아서 당시에는 그런 질문을 해 볼 생각도 나질 않았다.

키르쉬 원장님은 비교적 건강하신 편이었고, 가끔 심한 감기나 피부 질환 등으로 나를 찾아오셨는데, 그때마다 나에게 항상 감사하다는 말씀을 잊지 않으셨다. 그러면서 병원 적자 나면 어떻게 하냐고 무료 진료에 대한 우려 아닌 우려도 농담처럼 하셨다. 맑고 가녀린 목소리로 커다란 눈망울을 껌벅거리면서 재치 있는 말씀을 많이 해 주셨으며, 매년 크리스마스 때나 부활절에는 수녀원에서 직접 구운 쿠키를 바구니에 예쁘게 포장하여 카드와 함께 보내 주셨다. 카드에는 '하느님은 당신을 사랑하신다. 당신이 하는 일이 하느님을 기쁘게 한다.'는 내용이 멋진 영문 필기체 문장으로 쓰여 있었다. 내가 키르쉬 원장님에게 꼭 돌아가신 나의 외할머니를 닮았다고 하면 환한 웃음으로 답해 주시던 모습이 눈에 선하다.

키르쉬 원장님이 70대 후반이 된 어느 날, 병원에 오시더니 자기는 80살이 되면 하느님 앞으로 갈 거라고 진지하게, 편안한 목소리로 말씀하셨다. 믿음이 깊어져 어떤 경지에 이르면 자기의 운명까지도 알 수 있을지 모른다는 생각이 들었다. 그 후, 언제인지 정확하게 기억나진 않지만, 서울성모병원에 잠시 입원했다가 나왔다는 소식을 들었고, 한참 뒤에 수녀원에서 연락이 왔다. 키르쉬 원장님이 운명하실 것 같은데 한 번 와서 봐 줄 수 있느냐는 전갈이었다. 순간 많이 망설여졌다. 한창 진료 중이기도 했지만, 의사인 내가 청진기 하나 딸랑 들고 가서 원장님을 위해서 해 줄 수 있는 것이 별로 없을 게 뻔했다. 의사로서 아무것도 해 주지 못한 채 키르쉬 원장님의 임종을 옆에서 그냥 바라만 보고 있기 너무 미안했기에, 간곡히 다른 사정을 대고 가지 않았다. 그렇게 멀리 독일에서 오신 키르쉬 원장님은 81세에 하느님 곁으로 떠나셨다. 그리고 그 수녀원에 묻히셨다.

그렇게 키르쉬 원장님이 떠난 후에, 내가 그때 가지 않은 것이 잘 판단한 것이었는지 가끔 자문해 보곤 했다. 그 당시에는 가지 않은 것이 최선이었다고 판단했지만, 요즘에는 그때 가지 않은 것이 후회스럽다. 키르쉬 원장님께서 80세에 하느님 곁으로 가시겠다고 하셨는데, 일 년을 더 사셨으니 생에 대한 미련이 더는 없으셨을 것 같고, 나를 보고 싶다고 하신 뜻은 당신이 하느님 곁으로 먼 여행을 떠나시기 전에, 틀림없이 그동안 고마웠다는 말씀을 나에게 직접 하고 싶었을 것이라는 생각이 들기 때문이다. 키르쉬

원장님이 떠나신 후에도 매년 수녀원에서는 수제 쿠키를 보내오고 있다. 쿠키를 볼 때마다 키르쉬 원장님이 생각난다.

천국에 계시는 키르쉬 수녀님!

머나먼 이국땅, 이곳에서 당신이 생의 마지막 여행을 준비하실 때, 바보처럼 당신의 소중한 선물을 받으러 가지 못해 죄송합니다. 당신은 나의 외할머니처럼 참 아름답고 멋진 할머니였어요. 외할머니는 늘 당신처럼 단정하고 고운 모습이었고 고등학교 시절과 서울에서 재수하면서 자취하던 시절 저를 따뜻하게 돌봐 주신 분이셨어요. 당신의 고운 목소리 아직도 귀에 생생하게 들려오고, 당신의 인자하신 모습 눈에 선해요.

오늘도 수녀님과 함께 수녀원에서 생활하셨던 두 분의 젊은 수녀님이 오셨네요. 그중 한 분은 전부터 빈혈도 심하고 몸이 안 좋았는데 주위 수녀님들이 병원에 가 보라고 해도 안 간다고 억지를 부려서 동료 수녀님이 강제로 모시고 왔네요. 그 젊은 수녀가 돌아가신 키르쉬 원장님으로부터 선물 받았다는 로사리오를 저에게 보여주면서 여기 키르쉬 원장님도 같이 오셨다고 하네요. 친어머니처럼 좋은 분이었다고 하면서, 항상 몸에 지니고 다니면서 따뜻한 사랑을 잊지 않고 있다고 해요.

요즘처럼 힘들 때 수녀님을 직접 뵙고 지혜와 용기를 주는 말씀

을 들을 수 있으면 참 좋겠다는 생각을 많이 합니다. 천국에서라
도 저를 응원해 주시고 계실 거라 믿고 싶습니다.

L할아버지의 자살

어느덧 더위가 느껴지기 시작하던 6월 초, 여느 때와 다름없는 퇴근길이었다. 하루 진료를 마치고 익숙한 동네 골목길에 들어서 천천히 차를 몰고 집으로 향하는 길에 단골환자 할머니 두 분이 L할아버지 대문 앞 평상에 앉아 계시는 것이 눈에 띄었다. 할머니들을 모른 채 지나가기에는 아직 그리 어둡지 않았기에 운전석 창문을 열고 웃는 낯으로 인사를 건넸다. 인사를 하면 늘 웃으면서 인사를 받아주시던 L할아버지 앞집에 사시는 할머니 중 한 분이 굳은 표정으로 "이 집 아저씨 죽었어!"라고 하셨다. 웃는 표정으로 인사를 건넸던 나의 표정이 어색해짐과 동시에 많은 생각이 스쳐 지나갔다.

할머니가 죽었다고 말한 아저씨는 나에게 고혈압약과 진통제 등을 타다 드시는 L할아버지였다. 할아버지가 혹시 고혈압과 관련된 합병증이나, 갑작스러운 심장발작으로 돌아가셨을지도 모른다는 당혹감과 미처 발견하지 못했던 질환 때문이었을지 모른다는 의사로서의 미안함 등이 복잡하게 뒤엉키고 있을 때, 내 입은 "그래요? 왜요?"라고 묻고 있었다. 뜻밖에도 할아버지는 방에서 혼자 연탄불을 피워 놓고 자살하셨다고 했다. 일단 나에게 큰 잘못은 없다는 안도감, 자살하실 만큼의 큰 아픔이 있었는지에 대한 궁금증, 늘 웃고 계시던 할아버지의 모습이 한순간에 스쳐 갔다.

내가 걸어서 출퇴근하는 날이면 할아버지 집 앞을 지나가는데, 항상 웃는 낯으로 날 대해 주셨고, 반갑게 인사를 주고받곤 했었다. 할아버지는 한눈에 봐도 장애가 아주 심하신 분이었다. 주위 분들의 얘기에 따르면, 할아버지는 원래 사이드카를 타는 교통경찰이셨는데 교통사고로 인하여 장애가 생겼다고 했다. 다리를 심하게 절었고, 양쪽 다리의 길이가 맞지 않아 자전거를 제대로 타지 못해 한쪽 다리를 안장 위에 걸치고 다른 한쪽 다리로 자전거를 밀고 다니셨다. 양쪽 팔도 장애가 있으셨다. 그런 몸으로 자전거를 끌고 가시는 할아버지에게는 자전거 뒤에 실은 짐이 항상 무거워 보였고, 넘어지지나 않을까 걱정스러울 정도였다.

할아버지는 동네 이곳저곳을 돌아다니며 폐지나 재활용 가능한 것들을 자전거에 실어서 집 앞에 차곡차곡 보기 좋게 쌓아 두셨다. 비 오는 날을 제외하고는 더울 때나 추울 때나 늘 한결같은 모습이었다. 장애 때문에 힘들어 보였지만, 표정은 항상 밝으셨다. 당당하게 열심히 사시는 모습이 항상 보기 좋았다.

추운 겨울날, 힘들게 계단을 올라오셔서 혈압을 재려고 겉옷을 벗을 때 내가 거들어 주기라도 하려면 굳이 혼자서 한쪽 옷자락 끝을 입으로 물고 익숙하게 옷을 벗으시던 모습이 선하다. 힘든데 2층까지 오시지 말고 1층에서 부르시면 내가 내려가서 혈압을 재 드리겠노라고 하면 활짝 웃으면서 괜찮다고 하시던 모습도 생각난다. 매사에 긍정적이고 활달해 보였던 할아버지가 스스로 죽음을 택한 이유는 무엇이었을까?

정확한 속사정은 알 수 없지만, 뒤돌아보면 할아버지는 가면우울증Masked Depression의 일종인 'Smile Mask Syndrome'이 아니었을까 하는 생각이 든다. 이는 얼굴은 웃고 있지만, 마음속으로는 울고 있는 증상을 말하며, 화가 나도 화를 제대로 내지 못해서 생기는 마음의 병을 말한다. 늘 웃고 계시던 L할아버지였건만, 가슴 깊은 곳에선 아픔을 감추고 항상 웃고 계셨던 것 같다. 병원에 오시면 의자에 앉는 것도 불편하셔서 혈압 재는 것도 생략하고 얼른 처방만 해달라고 했기 때문에 차분하게 대화를 못 해 봤던 것이 아쉬웠다. 너무 꿋꿋하게 살아가는 모습만 보여서 강한 분인 줄로만 알았는데, 막상 자살했다는 소리를 듣고 나니 마음이 무거웠다.

의과대학 시절에 배웠던 미국 내과학 교과서 머리말에는 의학 Medical Science은 단순한 과학이 아니라 과학적인 예술Art of Science이라 고 적혀 있었다. 과학적인 방법으로만 접근해서는 환자를 낫게 할 수 없다는 말일 것이다. 그래서 의사가 환자를 진료하는 것은 의 학적 지식을 갖춘 따뜻한 마음의 예술, 즉 의술醫術이어야 하는 것 이다. 조선시대 7대 임금이었던 세조는 『의약론』에서 의사를 8가 지로 분류했다고 한다.

1. 심의心醫: 병자의 마음을 편안하게 하고, 또한 그 마음을 움 직이지 않게 하는 의사.

2. 식의食醫: 입에 맞도록 먹게 하는 의사.

3. 약의藥醫: 약 먹기만 권하는 의사.

4. 혼의昏醫: 헤매는 의사.

5. 광의狂醫: 조심성이 없는 의사.

6. 망의妄醫: 약이 맞는지 틀리는지 모르는 의사.

7. 사의詐醫: 아무것도 모르면서 의사 흉내를 내는 사람.

8. 살의殺醫: 잘난 체하는 의사.

오늘날처럼 의학이 발달한 최첨단 시대에 옛날 방식으로 의사 를 분류하는 것은 무리겠지만, 겉으로 드러난 환자의 병뿐만 아니 라 환자의 마음상태까지 잘 보살필 수 있어야 명의名醫가 될 수 있다는 점에서 되새겨 볼 만하다. 삼십 년 이상 의업醫業에 종사해 온 나는 과연 어떤 의사인가 자문해 본다.

고통스러운 삶을 스스로 마감하신 지 몇 달이 지난 지금도 L할아버지 집 대문의 명패는 그대로 있지만, 굳게 닫힌 문과 아무것도 없이 텅 빈 할아버지 집 앞 골목의 휑한 모습이 주인 잃은 골목의 모습을 말해 주는 것 같다.

노인들의 노후

한 곳에서 오래 진료를 하게 되면서 자연히 단골 노인 환자분들이 늙고 변해가는 과정을 잘 지켜볼 수 있다. 늙어간다는 것은 우리 신체의 모든 기능이 약해지고 퇴화하는 과정이다. 안타깝게도 이런 노화 과정에서 생겨난 노인 문제는 자기 자신과 가족은 물론, 주변 여러 사람도 힘들게 하는 경우가 많고, 나이가 들수록 점점 더 악화되기 때문에 사회적으로도 큰 문제가 된다. 육체적인 건강이 나빠지는 경우도 문제지만, 특히 치매로 인한 문제는 가족들에게도 큰 고통이고 담당 의료인에게도 무척 힘든 일이다. 평균수명이 80이 넘어선 요즘은 대부분 암이나 심혈관계 질환, 골다공증, 또는 치매 같은 병을 피할 수가 없다.

신 할머니를 처음 만난 것은 20여 년 전, 할머니가 70대 초반이었을 때였다. 할머니는 항상 깔끔하게 화장을 하고, 눈에 띄는 화려한 색상에 평범한 노인들이 입기에는 약간 짧은 스커트를 입고 다니셨기 때문에 멀리서 봐도 쉽게 알아볼 수 있었다. 한 손에 멋진 백을 들고 언제나 얌전하게 걸으셨고, 나에게 진료를 받으러 오실 때도 단정한 자세가 흐트러짐이 없으셨고, 말씨도 공손하셔서 '참 멋진 할머니구나.'라고 느꼈었다. 가족력은 자세하게 기억나지 않지만, 아드님과 딸이 한 분씩 있는데 분가해서 따로 살고 할머니 혼자 지내고 계셨다는 것은 기억한다.

할머니는 고혈압이나 당뇨병 같은 성인병은 없었고, 위장병이나 감기 같은 가벼운 질환으로 자주 병원에 오셨다. 가끔 기운이 없다고 영양제를 놔 달라고 하셔서 영양 수액을 놔드리곤 했었다. 80대 중반까지도 할머니는 항상 같은 모습이었고, 나를 신뢰하고 나의 의견을 존중해 주시는 것 같았다. 일제시대 때 고등교육을 받았다고 하셨고, 한문이나 일어도 능통하며 필체도 좋으셨다.

그렇게 늘 변함없이 다니시던 할머니가 80대 후반이 되면서 고집이 세지고, 자기주장을 너무 강하게 내세우시거나, 양보하는 모습이 사라지고 여유가 없는 모습으로 변해가기 시작했다. 할머니 증상에 맞게 약을 조절해 드리면 자기가 돈이 없다고 무시해서 일부러 싼 약으로 주신다고 불평하면서 전前하고 똑같은 약으로 달라고 성화를 내고, 오래 쓰면 안 되는 약이라고 자세히 설명하고 약을 바꾸려 해도 납득을 못 하시고, 항상 불만스런 표정을 지으면서 짜증스런 모습을 드러내기도 하고, 일본어를 종이에 써 가면서 자신의 자존심을 내세우기도 하고, 보답할 테니 살려 달라고도 하시고, 집안에 좋은 일 있거든 꼭 연락하라고도 하셨다. 귀가 어두워져서 한 번씩 설명하려면 목소리를 크게 하지 않으면 알아듣지 못하시고, 할머니도 큰 소리로 엉뚱한 소리를 하는 등 예전의 이해심 많고 멋진 할머니의 모습을 찾아보기 어렵게 변해갔다.

치매증상이 점점 심해지는 것 같아서 종합병원으로 진료 의뢰를 해 드려도 나에게만 매달려서 가려고 하지 않으셨다. 보호자를 불러서 자초지종을 설명하고 같이 가 보시라고 해도 막무가내였다. 자식들과의 관계도 좋지 않은 것 같았다. 할머니의 행동은 점점 퇴보하면서 오실 때마다 진료 순서를 어겨서 우리 직원들을 힘들게 하고, 다른 사람 진료하는 도중에 불쑥 진찰실로 들어오는 일도 있고, 의사를 의심하고 우울한 모습으로 변해갔다. 2~3년간 한 달에 두세 번 오실 때마다 할머니 요구대로 진료를 해드리는 수밖에 다른 방법이 없었다. 방문 요양사가 할머니 집으로 방문하여 도와드리게 되었으나, 할머니 성에 차지 않으면 그 요양사에게도 욕을 하고 야단치기 일쑤였다고 한다.

신 할머니보다 15년 정도 젊으신 강 할머니는 남편 되시는 분이 고등학교 교장 선생님이셨는데, 아주 곱게 늙으시고 일 년에 몇 개월 정도씩 태국에서 지내면서 재미있게 사시는 멋스러운 할머니셨다. 남편분이 돌아가신 후, 혼자 살게 되었는데 5~6년 전부터 죽음에 대한 공포로 인해 주위 사람을 힘들게 했다. 진료를 받으러 오시면 뒤에 환자가 많이 대기하고 있어도 전혀 신경 쓰지 않고 젊은 시절부터 자기에게 있었던 얘기를 끝없이 늘어놓기 시작하였다. 중간에 조금이라도 싫어하는 기색을 보이면 나는 원장님만 믿고 찾아오는데 그럴 수가 있느냐며 서운해하더라는 얘기를 주변 사람을 통해서 전해 듣는 경우가 차츰 늘어났다. 삶에 대한 애착이 너무 강해서 좋다는 영양제는 다 찾으시고, 주변 사람을 배려하는 마음이 사라져 오로지 자기만을 생각하는 이기적인 모습으로 변해갔다. 자주 만나던 친구분들도 이런 모습이 싫어서 하나둘씩 떠나고 이제는 혼자 외톨이가 되셨다.

멋진 할머니의 모습이었지만, 지금은 점점 피폐해져 가는 두 할머니를 보면서 현대 의학으로도 확실한 치료 방법이 없는 치매를 앓고 계시는 분들에게 갖는 안타까운 심정을 지울 수 없다.

반면에 위의 두 할머니와는 대조적인 노후를 사는 분도 계신다. 신 할머니보다 세 살 많으신 임 할머니도 나에게 진료를 받기 시작한 지 20여 년이 되신 분인데, 임 할머니는 고혈압으로 혈압강하제를 한 달에 한 번씩 타러 오셨다. 수수한 차림의 할머니는 항상 웃는 낯으로 오셔서 언제나 별 불평 없이 진료를 받고 가셨다.

특별히 요구하는 사항도 없으시고, 혈압을 측정하고 간단한 진찰 후에 처방을 해 드리면 언제나 만족해하는 분이셨다. 할머니의 자녀분들도 나에게 진료를 받는 분들인데, 최근 할머니가 병원에 안 오시기에 따님에게 물어봤더니 종합 검진에서 담낭암이 발견되어 종합병원에 입원해 계신다고 하셨다. 그러면서 어머니인 임 할머니에 대해 소상하게 말해 주었다.

임 할머니의 아버님은 독립 운동가셨고, 임 할머니는 세브란스 의전 간호학과를 나온 간호사셨으며 9남매를 낳아서 잘 키워 주셨단다. 그 시절에 그런 정도의 교육을 받으셨다면 상당한 엘리트이신 셈이다. 할머니는 20여 년간 나에게 진료를 받으면서 자신이 간호사였다는 사실을 말하지 않으셨다. 따님 얘기로는 자기 기억에 어머니인 임 할머니로부터 자라면서 한 번도 야단을 맞은 적이 없었고, 자식들이 무엇을 하든 부정적인 말씀은 하지 않으셨다고 한다. 늘 긍정적이셨고 자식들을 격려해 주신 덕에 9남매 모두가 훌륭하게 잘 자랐고, 할머니의 노후도 편안하게 잘 지내 오셨다고 한다.

대개 노인들은 사고의 유연성이 떨어지고, 고집이 세지며, 자식 자랑 아니면 자식에 대한 불평들을 하면서 타인에 대한 배려가 부족해지기 십상인데 임 할머니에게는 이런 점들을 찾아볼 수 없었다. 담낭암이라는 사실을 알고도 할머니는 쉽게 받아들이고 수술은 받지 않기로 결정하였으며 편안하게 마지막 순간을 기다리고 계신다고 한다.

또, 현재 나에게 진료를 받고 계시는 할머니 중 가장 연세가 많으신 김 할머니는 95세이신데 이 할머니도 20년 넘게 고혈압 등으로 나에게 진료를 받으시는 분이다. 매달 한 번씩 오시는데 항상 할머니의 따님 부부와 같이 오신다. 늘 변함없이 깔끔한 차림의 김 할머니는 머리를 곱게 빗어 넘기고 비녀를 꽂고 다니신다. 진료실에 들어와서 "할머니 좀 어떠세요?" 하면 한결같이 충청도 사투리로 "쟝(그냥) 그렇지 뭐." 하신다. 20여 년간 똑같은 질문에 똑같은 대답이시다. 좀 더 구체적으로 물어보면, 그때부터 하나하나 아픈 곳을 말씀하신다. 손목이 아프고 손가락이 아프고, 무릎이 아프고 허리가 아프고 등등, 대부분의 노인이 앓고 있는 증상들을 많이 호소하신다. 그러면 옆에서 따님과 사위가 한마디씩 거든다. 집안 텃밭에 있는 풀을 뽑으셔서 그렇다고 나에게 일러바친다. 하지 말라고 말려도 굳이 나가서 곰지락거리신다고 한다. 할머니께 그렇게 아프시면 일하지 말라고 하면 할머니는 밥 얻어먹으려면 해야 한다고 웃으면서 답하신다. 할머니께 20년 전이나 지금이나 변함없이 늙지도 않으신다고 하면 할머니는 사위가 잘해 줘서 그렇다고 대답하신다.

백세百歲를 눈앞에 둔 할머니께서 그처럼 딸과 사위에게 사랑받고 사실 수 있는 비결은, 건강을 유지하기 위해 늘 움직이고 조그만 일에도 항상 고마워하는 지혜를 가지고 있으시기 때문인 것 같다. 누가 가르쳐 준 것도 아닐 것이고, 학교에서 책으로 배운 것도 아닐 텐데 그러한 지혜가 어디서 나왔는지 궁금하다.

언젠가 이 할머니께 '내가 빌딩을 지을 때까지는 사셔야 된다.'고 말씀드린 적이 있는데, 할머니가 오실 때마다 언제 빌딩 짓느냐고 물으신다. 나는 '할머니 오래 사셔야 되니까 천천히 지을게요.' 하고 웃고 만다. 진료를 마치고 나가실 때 내가 일어나서 "안녕히 가세요." 하면 할머니는 양손으로 머리 위에 하트모양을 그리면서 수줍고 귀여운 표정으로 "원장님, 사랑해요." 하시면서 나가신다. 할머니는 늘 행복한 표정이시다.

노인들은 대부분 자식들한테 피해를 주지 않고 건강하게 살다가 죽는 게 소망이라고 한다. 그동안 진료실에서 노인들의 삶을 관찰하면서 편안한 노후를 맞는 노인들의 공통점이 있다는 것을 느꼈다. 젊어서부터 긍정적인 마음을 가지고, 가정의 화목을 위해 자기에게 주어진 역할을 다함은 물론이고, 자신의 건강을 지키기 위한 노력도 게을리하지 않는 것이었다.

이 중에서도 가장 중요한 것은 위의 임, 김 할머니에게서 보듯이 가족 간의 따뜻한 사랑을 바탕으로 한 화목한 가정을 갖고, 나이가 들수록 조그마한 일에도 감사하며 아랫사람들을 자주 치하하면서 사는 것이다. 이것이야말로 노후에 찾아오는 치매와 같은 질병도

예방하고 행복하게 인생을 마감할 수 있는 비결인 것 같다.

결국 자효쌍친락子孝雙親樂이요

가화만사성家和萬事成인 것이다.

P군에게

오늘 아침 너의 할머니로부터 너의 아빠 소식을 들었다. 추석이 지난 그다음 주에 너의 아빠가 돌아가셨더구나. 지금 한창 열심히 공부해야 할 고등학생인데 얼마나 마음이 아프겠니. 가끔 길에서 너의 아빠를 본 적이 있다. 초췌한 모습으로 불편한 몸을 이끌고 초점 잃은 표정을 하고 어디론지 걸어가는 모습을 보면서 참 안타까운 마음이었다.

내가 이 동네에서 진료를 시작한 지 벌써 22년째인 것 같다. 그러니까 네가 태어나기 훨씬 전에 이 동네에 왔었다. 또 이 동네에 오기 전에 종합병원 내과 과장으로 있을 때 너의 할아버지를 처음 만났었다. 인근 대학교 교수였던 너의 할아버지와 테니스를 함께

쳤던 기억이 난다. 어느 날 너의 할아버지가 살고 계시던 자리에 동네에서 제법 큰 건물이 들어서고 그 자리에 한의원이 생겼었다. 그 한의원 원장이 너의 아버지셨고, 내가 알기로 너의 할아버지께서 은퇴 자금으로 너의 아버지를 위해 그 한의원을 지어 준 것으로 알고 있다. 초창기에는 너의 아버지가 운영하는 한의원이 참 잘되었던 것으로 기억한다.

자존심이 강하셨던 너의 할아버지가 어느 날부터 안 보이시기에 궁금했었는데 나중에 알고 보니 너의 부모님이 이혼을 하셨더구나. 네가 아주 어렸을 때의 일이라 너에게 너의 어머니에 대한 어떤 기억이 남아 있는지 모르겠다. 네가 처음 너의 할머니와 함께 나에게 독감 예방 접종을 하러 왔을 때가 초등학교 일 학년이었는데 너는 울지도 않고 주사를 잘 맞던 기억이 난다. 그때 이미 너의 아버지는 이혼의 충격 때문이었는지 뇌출혈과 그 후유증으로 고생하고 있다는 것을 알았다. 아토피성 피부염이 심했음에도 불구하고 할머니가 잘 보살펴 준 덕분이었는지 너는 표정도 밝고 잘 자라는 것 같았다. 그러나 너의 피부병이 좀처럼 나아지지를 않았던 것을 보면 어린 마음에도 마음고생이 많았음을 나는 알 수 있었다.

설상가상으로 너의 할머니마저 뇌졸중이 와서 다리를 절뚝거리게 되셨더구나. 그래도 너의 할머니께서는 힘든 내색 안 하시고 모든 것을 운명으로 받아들이시는 것 같더라. 치매 증상까지 와서 두문불출하시는 너의 할아버지와 뇌출혈 후유증으로 반신 마비된 너의 아버지 뒷바라지까지 묵묵히 견뎌내시는 것을 보고 새삼 이 세상 어머니들의 위대한 희생정신 같은 것을 느꼈었다.

어느 날 너의 할머니께서 나에게 오셨을 때 너의 할아버지께서 퇴직금을 한 번에 수령하지 않고 연금으로 신청했더라면 지금처럼 힘들지 않았을 거라며 한탄하시더구나. 그래도 내가 보기에 너의 할머니는 손자인 너를 많이 아끼고 사랑하시는 것 같더라. 네가 아니었다면 할머니에게 무슨 희망이 있었겠니? 다행히 네가 비뚤어지지 않고 공부도 잘하고 있다고 자랑하시더라.

그런데 바로 지난달 너의 아버지께서 심장질환으로 사망하셨다는 소식을 오늘 너의 할머니에게서 들었다. 반쪽이 되신 얼굴에 반창고를 여러 군데 붙이고 들어오시는 너의 할머니를 보고 깜짝 놀라 무슨 일이 있으시냐고 물었더니 '아들이 보름 전에 죽었다.'고 하시더구나. 너의 할머니는 이제 눈물도 마르셨는지 울지도 않으시더라. 할아버지 때문에 속상한 말씀을 하시면서 그저 멍한 표정으로 한숨만 짓는 모습을 보고 뭐라고 위로의 말을 해 드려야 할지 모르겠더라.

P군아!

어린 나이에 부모의 이혼, 한의사인 아버지의 투병과 사망 등 가슴 아픈 일들을 너무 많이 겪었지? 아직은 어려서 잘 이해할 수 없는 어른들의 세계가 많을 것이다. 나도 너의 부모가 왜 이혼을 해야 했는지 알 수가 없다. 이제 네 앞에 있는 현실을 있는 그대로 받아들이고, 너의 운명을 스스로 잘 개척해 나가길 바란다. 인간이 우리 의지대로 태어나는 것이 아닌 것처럼, 살다 보면 우리가 원치 않은 환경에 내던져지는 경우가 많단다. 또 세상 사람들의 생김새가 다 다르듯이, 태어나서 살아가는 환경도 다 다르단다. 너보다 좋은 환경에서 태어나고 자란 사람도 물론 많고, 너보다 못한 조건에서 사는 또래들도 많다. 주어진 환경이라는 것은 너의 의지나 선택과는 무관한 것이다. 즉 너의 잘못이 아니라는 뜻이다. 그러므로 너에게 주어진 환경을 부끄러워하거나 창피하게 생각할 이유가 없다.

지금은 고등학생이니까 우선은 학교에서 배우는 공부에 충실하길 바란다. 앞으로 인생을 살아가는 데 필요한 기본적인 상식이나 교양은 대부분 고등학교까지의 공부로도 충분하다고 생각한다. 그리고 좋은 친구가 따로 있는 것은 아니겠지만, 그래도 착한 친구들을 사귀기 바란다. 좋은 친구들은 힘들 때 서로 위로가 되고, 어려울 때 서로 도울 수 있는, 평생 지녀야 할 보물과 같은 사람들이다. 또 어려운 일이 있거든 학교 선생님들께 숨기지 말고 상담했으면 좋겠다. 학교 선생님들은 너와 같은 학생들을 많이 겪어 보셨고, 네 또래의 학생들이 어떤 고민을 하고 있는지 잘 알고 계신다. 혼자 고민하고 해결해 보려고 노력하는 것도 좋지만, 많이 힘들면 선생님들께 상담하는 것을 주저하지 않았으면 좋겠다.

　고등학교 졸업 후 바로 취업을 할 수도 있고, 대학에 진학할 수
도 있다. 어느 길을 선택하든 옳고 그른 것은 없다고 생각한다. 지
금은 학력이나 학벌시대가 아니고 실력이 중요한 시대라는 것을
잊지 말아라. 네가 잘할 수 있고, 즐겁게 할 수 있고, 적성에 맞는
일을 직업으로 선택하는 것이 후회하지 않는 길이 될 것이다. 그
러나 그 과정에서 대학에 진학할 학비가 없다는 핑계만으로 대학
진학을 포기하려는 생각은 안 했으면 좋겠다. 대학이나 사회는 너
같은 학생들을 위한 다양한 혜택을 준비하고 있다. 물론 그런 혜
택을 받으려면 너 자신도 그만한 노력을 해야 한다. 나의 경우도
의과대학에 입학할 때 입학금만 집에서 지원받았고 졸업할 때까
지 나 혼자 해결했었다. '하늘은 스스로 돕는 자를 돕는다.'라는 평

범한 말이 진실이라는 것을 믿기 바란다.

앞으로 살아가는 데 크고 작은 많은 문제와 부딪히게 될 것이다. 항상 기본에 충실하고 정도正道를 걷도록 노력하길 바란다. 혹시 나의 도움이나 조언이 필요하거든, 지나는 길에 잠깐 들러라. 네가 꿋꿋하게 잘 성장하는 모습을 오래도록 지켜보고 싶구나. 마지막으로 채근담에 나와 있는 금언金言을 하나 인용해서 너에게 용기를 주고 싶다.

'일이 여의치 않을 때는 나보다 못한 사람을 생각하라. 그리하면 하늘을 원망하고 남을 탓하는 마음이 저절로 사라질 것이다. 마음이 게을러질 때는 나보다 나은 사람을 생각하라. 그리하면 정신을 가다듬어 분발할 수 있을 것이다.'

멋있게 늙어가기

군의관을 마치고 첫 근무지로 선택한 곳이 청주의 한 병원이었다. 내과 과장으로 재직한 3년 동안 만난 고객들 중에는 26년이 지난 지금도 내 고객인 분들이 많이 계신다. 그분들 중에 특별히 인상적인 분이 H교수님이다.

H교수님은 청주의 한 대학에 교수로 재직 중이실 때 나를 처음 찾아오셨었다. 무뚝뚝한 표정의 교수님은 고혈압이 있으셨는데 처음에는 약을 써도 잘 조절이 안 되었다. 한 달에 한 번씩 내원해서 혈압을 측정하고 약 처방을 해 드리는데, 어느 날 혈압이 몇 달째 계속 높아서 혹시 다른 문제가 있는지 대학병원으로 가 보시는 것이 좋을 것 같다고 말씀을 드렸더니 일언지하에 웃으면서 '괜찮

으니까 약 그대로 처방해 달라.'고 하셔서 그대로 해 드리고 지켜
보는 수밖에 없었다.

언제나 같은 표정이시고 무뚝뚝한 H교수님은 내가 종합병원에
서 나와서 개원을 한 후에도 지금껏 변함없이 나에게 진료를 받으
러 오신다. 진료실에 들어오셔서 아무 말씀도 없이 팔을 내밀고
혈압을 재면, 혈압이 얼마인지 묻지도 않으시고, 혹 내가 어디 불
편하신 데 있는지 여쭤 보면 '아무 문제없다.'고 손사래를 하시면
서 진료실을 나가신다.

그렇게 무뚝뚝하시던 교수님이지만, 어느 날 유럽 여행을 다녀
왔노라고 하면서 포도주를 한 병 가져오신 적이 있었고, 자신은
양주를 별로 좋아하지 않는다면서 비싼 양주를 한 병 주신 적도
있었다. 한 번은 내가 서울 학회에 갔다가 청주로 돌아오는 고속
버스를 타려고 기다리던 중 대합실에 앉아 계시던 교수님 부부와
우연히 마주쳤다. 반갑게 인사를 나누고 같은 차를 타고 내려와
서 청주 터미널에 도착 후 두 분께서 택시 승차장으로 가시는 것
을 보고 나도 한참 뒤에 따라가서 순서를 기다리고 있었다. 그런
데 교수님 앞에 택시가 서자 그분은 저만치 뒤에서 줄을 서 있던
나를 막무가내로 끌고 가시더니 뒷좌석 문을 열고 택시를 태우셨
다. 그리고는 택시 기사에게 돈을 주시면서 잘 모셔드리라고 하시
고는 사모님과 함께 내가 서 있던 자리로 가서 줄을 서시는 것을

보았다. 그날 나는 여러 사람 앞에서 많이 당혹스러웠고 난감해서 얼굴이 달아오를 정도였다. 연세 많으신 교수님 부부께서 누가 봐도 더 젊어 보이는 나에게 그런 호의를 베푸시는 것을 본 사람들도 어리둥절했을 것이다. 나도 사양해 보았지만 다른 도리가 없었다. 내가 먼저 나서서 택시를 잡아 드렸어야 했으나 그분의 성격을 잘 알기 때문에 망설이고 있다가 선수先手를 놓친 것이 후회스러웠다.

그 일이 있은 후 교수님께서 진료받으러 다시 오셨을 때 그날 너무 황송했었다고 인사를 했더니 '당연한 걸 가지고 뭘 그러세요.' 하면서 또 말문을 막으셨다. 은퇴하신 지 벌써 10여 년이 지났는데도 매일 도서관에 가서 책을 보신다고 하시는 교수님은 세월이 흘러가면서 겪어 볼수록 참 훌륭한 분이라는 생각이 들고 절로 머리가 숙여진다.

살아가면서 많은 사람을 만나게 된다. 서로의 이해관계가 얽힌 만남도 있고, 잠깐 알고 지내다 헤어지기도 하고, 오랫동안 알고 지내기도 한다. 오래 알고 지내는 사람인 경우, 세월이 지날수록, 알면 알수록 좋은 사람이 있는가 하면, 정반대인 경우도 있다. H 교수님의 경우, 약 25년을 나에게 다니시면서도 여느 고객들과는 다르게 우리 직원이나 나에게 불평을 하시거나 단골 고객으로서 특권을 누리려는 언행이 없으셨다. 대개 사회적 지위가 높은 단골

고객의 경우 자기의 이름을 기억해 주지 못하는 직원에게 화를 내거나 특별한 대우를 받고 싶어 하는 경우가 많다. 본인이 오래 다니셨다고 해도 근무한 지 얼마 안 된 직원은 기억하지 못하는 것이 당연할 수도 있는데 오실 때마다 접수할 때 성함을 물어본다고 역정을 내시는 분들을 보면 아무리 전직 고관이었어도 품격이 없어 보인다.

가끔 식당이나 공공장소에서 나이가 지긋하시면서도 단정한 외모에 매너도 좋으신 노인들을 보게 되는 경우가 있다. 세련되고, 여유롭고, 자신감 있어 보이는 그런 노인들을 보면 참 부럽다. 나이가 들수록 겸손하지만 자신감 있고, 단정하지만 지나치게 호사스럽지 않고, 부드럽지만 약간의 카리스마도 있고, 세련된 몸짓이지만 절제하는 모습의 노인들을 보면 닮고 싶어진다. 나이가 들면 자기만의 세계에 갇혀 자기주장이 강해지고 자기만을 받들어 주기를 바라는 경우가 많은데, 반대로 마음이 열려 있고 남을 더 배려해 주는 분들을 보면 존경스럽다.

평균 수명의 증가로 은퇴 후 적어도 20~30년은 더 사는 시대이다. 그동안 은퇴하신 분들이 살아가는 모습을 관찰해 본 결과 은퇴 후의 삶을 미리 준비하신 분들의 경우와 준비 없이 은퇴하신 분들의 생활이 현저하게 다른 것을 볼 수 있었다.

교직에 오래 계시다가 은퇴하신 한 선생님의 경우, 은퇴하기 10

여 년 전부터 준비해 오셨다고 한다. 정적靜的인 취미로 독서와 서예를 하기로 정하고, 적어도 일주일에 한 권의 책을 읽기로 했고, 동적動的인 취미로 테니스를 매일 하고, 조그만 야산을 하나 사서 나무를 심고 돌보는 재미로 즐겁고 보람 있게 살고 계신다. 그분의 경우 얼굴에 건강하고 행복한 표정이 드러나 보인다. 반면에 별 준비 없이 교장 선생님으로 은퇴하신 다른 선생님의 경우는 퇴직 후에 거의 하는 일 없이 매일 친구들과 술을 마시면서 지내다가 부인이 먼저 돌아가신 후 본인도 대장암에 걸려 혼자 초라하게 살고 계신다. 퇴근 무렵 길거리에서 마주치는 경우가 종종 있는데, 옷매무새가 많이 흐트러진 채로 취해서 비틀거리며 걷는 모습을 보면 안타까운 생각이 든다.

요즘 학회나 세미나에 가 보면 선배 의사들보다 후배 의사들이 더 많아 보인다. 한편으로는 아무것도 해놓은 게 없는데 벌써 이렇게 세월이 흘러갔나 하는 생각도 들고, 또 한편으로는 젊은 의사들에게 내가 어떻게 비칠지 자신을 돌아보게 되기도 한다.

연세대 철학과 명예교수이신 김형석 교수님은 올해로 96세이신데, 아직도 신체적으로뿐만 아니라 정신적으로도 아주 건강하시다고 한다. 이 노교수님께서 '젊었을 때는 용기 있는 사람이 잘 살고, 장년기에는 신념이 있는 사람이 잘 살며, 나이가 들어서는 지혜가 있는 사람이 잘 산다.'고 강조하신 것을 어떤 책에서 본 적이 있다. 또 나이 들어가는 후배 노인들을 향해 다음과 같이 충고하신 것이 가슴에 와 닿는다.

"젊은 사람들이 '저 노인에게는 배울 게 있다.'라고 생각하게 만드는 것이 중요합니다. 그러려면 젊은 사람들과 얘기할 때 손아랫사람이라고 함부로 끼어들어 얘기하지 말고, 그들이 요청할 때에만 말하는 것이 좋습니다. 나이가 들면 혼자 지내거나 나이가 아래인 사람들을 대하게 됩니다. 그래서 자신의 처신을 생각하지 않는 습관이 생겨 인간으로서 품위를 잃기 쉬워요. 그러면 존경도 받을 수 없지요. 나이가 들수록 언제나 다른 사람에게 좋은 인상과 기쁨을 줄 수 있어야 합니다. 나이가 많든 적든 상대방을 정중히 대하는 자세가 중요합니다."

암과 인생

어느 날 건강해 보이는 미모의 35세 여성이 나를 찾아왔다. 약 두 달 전부터 음식을 먹으면 목에 걸리는 기분이 든다는 것이었다. 그런데 첫 숟갈을 삼킬 때만 그렇고, 그다음부터는 또 잘 넘어간다고 했다. 워낙 표정도 밝고 건강해 보였기 때문에 심각한 병에 의한 증상은 아닐 것 같은 생각이 들었지만, 그래도 관상만으로 진단이 되는 것은 아니기 때문에 식도 쪽 병이 의심스러우므로 내시경 검사를 해 보는 것이 좋겠다고 얘기했다. 마침 그날은 금식하지 않은 상태였기 때문에 다음 날 금식하고 오라고 했더니 직장 때문에 당장은 시간 내기가 좀 힘들다고 하면서 우선 약을 며칠 먹어 보고 시간 내서 오겠다고 했다. 응급 상황은 아니기 때문에 나도 일단 그렇게 하자고 하고 증상에 맞게 일단 약을 처방해 주었다.

  이틀이 지난 토요일 아침 일찍 그 환자가 내원하였다. 약을 먹
어도 증상이 호전되지 않아서 아무것도 먹지 않고 왔다고 했다.
바로 내시경을 준비해서 검사를 시작했다. 검사를 시작할 당시에
는 혹시 역류성 식도염이나 가벼운 질환 정도겠지 하는 마음으로
식도부위를 잘 관찰하면서 위쪽으로 천천히 내시경을 밀고 들어
갔다.

  식도 중간부분까지는 깨끗했고, 특별한 병변이 보이지 않았다.
몇 센티만 더 들어가면 위에 도달하는데 위에 들어가기 전에 약
간의 저항감이 있더니 출혈이 생겼다. 흔히 환자가 내시경 도중
에 구역질을 하면 있을 수도 있는 일이라 별로 이상하게 생각되지
는 않았고, 천천히 삽입하면서 출혈부위가 어딘지 찾아보았다. 조
금씩 아래로 내려갈수록 출혈이 더 심해지는 것 같았다. 식염수로
닦아내면서 출혈부위를 찾아보았는데, 식도 끝부분에 울퉁불퉁하
게 생긴 종양 같은 것이 환자의 호흡과 식도의 움직임에 따라 보
일 듯 말 듯했다.

  조금 더 밀어 넣으면 확실히 볼 수 있을 것 같았지만, 무리하게
내시경을 삽입하면 출혈이 더 심해질 것 같아서 내시경 검사를 중
단하였다. 환자에게 지금까지의 내시경 소견을 설명하고, 내시경
이 들어가지 못할 정도로 식도 끝이 좁아져 있기 때문에 가까운

영상의학과로 가서 식도와 위 조영술 검사를 해야겠다고 설명한 뒤, 바로 소견서를 작성하여 영상의학과로 보냈다.

한 시간쯤 후에 환자가 검사영상 CD를 가지고 돌아왔다. 여전히 밝은 표정을 지으면서 저쪽에서 의사 선생님이 이상한 소리를 한다고 웃으면서 말했다. 가져온 CD와 소견서를 봤더니 예상보다 심각했다. 위胃의 꼭대기 부분에서 생긴 위암이 식도 벽을 타고 올라와 식도가 좁아진 것이다. 위암이 상당히 진행된 상태였다. 옆에 있는 환자의 표정은 밝은데 오히려 나의 가슴이 답답해서 나도 모르게 한숨이 나오기 시작했다. 혼자 왔느냐고 물었더니 남편이 밖에 와 있다고 해서 들어오게 했다. 젊은 두 부부를 옆에 앉혀 놓고 뭐라고 설명할까 한참을 망설이다가 이것은 약물치료가 어려운 병이니 대학 병원으로 가봐야 할 것 같다고 했다. 환자는 여전히 미소를 띤 채 "대학 병원에 가면 바로 치료되지요?" 하고 물어왔다.

"네, 그럴 수도 있고, 수술을 해야 할 수도 있습니다."
"그럼 암 같은 건가요?"
"그럴 수도 있습니다."

마지막엔 "그냥 단순한 덩어리일 수도 있지요?"라고 되묻기에

"네."라고 얼버무릴 수밖에 없었다.

　사람마다 암 선고를 받았을 때 받아들이는 태도가 다 다르지만, 환자 목전에서 암이라고 바로 말하기가 쉽지는 않다. 오래 다녔던 환자인 경우, 성격이나 성향을 알기 때문에 암이 진단되었을 때 어떻게 얘기할 것인지 판단이 서지만 한두 번밖에 대면한 적이 없는 경우에는 바로 그 자리에서 얘기를 해야 할지, 좀 더 시간을 두고 얘기를 하는 것이 좋을지 판단하기가 쉽지 않다. 언젠간 알게 되겠지만, 대개 갑작스러운 암 진단 소식은 환자와 그 가족에게 심한 충격을 주기 때문이다.

　영상의학과 의사도 이 젊은 여성에게 암이라는 표현을 하기가 망설여져서 대충 설명했던 것 같았다. 영상의학과 소견서에는 검사 시 투여한 바륨이 다 빠져나가면 더 정확한 진단을 위해 CT 스캔을 해 볼 것을 권고하였다. 나는 이런저런 검사하면서 경제적, 시간적 낭비하지 말고 곧바로 대학 병원으로 가는 것이 좋겠다고 했다. 그리고 어차피 토요일이라 지금은 진료 예약이 어려우므로 주말 잘 보내고 집에 가서 어느 병원으로 갈 건지 상의해서 월요일 날 다시 오라고 했다.

　옆에 서 있던 남편이 "저희는 잘 모르니까 원장님께서 좋은 데로 예약해 주세요."라고 말하면서 진료실을 나서는 표정으로 보아 그 남편도 아직 병의 심각성을 잘 모르고 있는 것 같았다. 왜냐

하면, 이런 경우 남편이 심각한 병을 인지하였다면 대개는 환자를 먼저 나가게 하고 따로 남아서 자세한 내용을 듣기를 원하기 때문이다. 내가 따로 불러서 얘기할 수도 있지만, 그럴 경우 대부분 환자가 눈치를 채기 때문에 그냥 보냈다. 주말이라도 편히 보내도록 해 주고 싶었다. 애들이 몇인지, 몇 살인지 궁금했지만 차마 묻지 못했다.

월요일 아침 두 부부가 다시 왔다. 젊은 엄마의 표정은 자기가 갑자기 대학병원으로 보내져야 하는 이 상황에 대해 약간은 의아한 듯 보였으나, 앞으로 다가올 힘든 과정을 아직 잘 모르고 있는 것 같았다. 가능한 한 가장 빠른 진료를 받을 수 있는 대학병원에 전화해서 진료 날짜를 잡고 진료 의뢰서를 써 주고 나서 애들이 있느냐고 물었다. 8살짜리와 6살짜리 둘이 있다고 하면서 돌봐 줄 사람이 있다고 했다.

40대 후반에 췌장암을 선고받고 남아있는 삶이 불과 수개월밖에 안 되는 미국 카네기 멜론대학의 랜디 포시 교수가 '마지막 강의'를 하는 장면은 많은 사람이 보았겠지만, 나에게는 더욱 인상적이었다. 췌장암이 간의 여러 곳에 퍼져있는 CT 사진을 강의실을 가득 메운 청중들에게 보여 주면서 자기가 처한 피할 수 없는 현실을 부정하지 않고 담담하게 받아들인다고 했다. 그 강의를 주최한 측에서는 죽음을 목전에 둔 한 인간이 세상을 향해 어떤 말을 해 줄 수 있는지 궁금해했을 것이다. 강의 주제는 '어린 시절의 꿈을 어떻게 이루어 낼 수 있는가?'였다. 강의를 진행하는 동안 랜디 교수는 유머와 재치로 청중을 사로잡으면서 강의를 진행하였다.

랜디 교수의 강의 중 곰곰이 새겨 보았던 말은, '경험이란 당신이 원하는 것을 얻지 못했을 때 얻어지는 것이다.'Experience is what you get when you didn't get what you wanted. 라는 말이었다. 즉, 뭔가를 하려고 시도해 보았으나 뜻대로 되지 않았을 때 우리가 배우는 것이 경험이라는 뜻일 것이다. 강의에서 그는 또 다음과 같은 말들을 남겼다.

* 감사하는 마음을 보여주세요. 감사할수록 삶은 위대해집니다.
* 준비하세요. 행운은 준비가 기회를 만날 때 온답니다.
* 가장 좋은 금은 쓰레기통의 밑바닥에 있습니다. 그러니 찾아 내세요.
* 당신이 뭔가를 망쳤다면 사과하세요. 사과는 끝이 아니라 다시 할 수 있는 시작입니다.
* 완전히 악한 사람은 없습니다. 모두에게서 좋은 면을 발견하세요.
* 가장 어려운 일은 듣는 일입니다. 사람들이 당신에게 전해 주는 말을 소중히 여기세요. 거기에 해답이 있습니다.
* 그리고 매일같이 내일을 두려워하며 살지 마세요. 오늘, 바

로 지금 이 순간을 즐기세요.

랜디 교수가 강의를 했던 강당에는 그의 아내를 포함해서 약 500여 명의 청중이 있었는데, 강의 도중에 맨 앞줄에 있던 아내를 불러 뜨겁게 포옹하면서 준비한 생일 케이크를 앞에 놓고 청중들과 함께 아내에게 생일 축하 노래를 불러 주는 장면은 퍽 인상적이었다. 그러나 나에게 그보다 더 인상적이었던 것은 강의 마지막에 랜디 교수가 청중을 향해 "사실 오늘 강의는 여러분을 위한 것이 아니라 저의 자식들을 위한 것이었습니다."라고 하는 말이었다. 강의 제목이 왜 '어린 시절의 꿈을 어떻게 이루어 낼 수 있는가?'였는지 알 수 있었다. 물론 강의실에 그의 어린 아이들은 없었지만, 나중에 자기가 죽은 뒤 아이들이 그의 강의를 듣고 이해할 만큼 컸을 때 아버지로서 자식에게 해 주고 싶은 말을 했던 것이다.

6살, 3살, 1살밖에 안 되는 어린 아이들을 남겨두고 가야 한다는 미안함은 물론, 애들이 점점 커 가면서 아버지의 부재不在에 대해 어떻게 받아들이고 성장해 나갈지에 대해 아버지로서의 책임감과 걱정하는 마음을 잘 읽을 수 있었다. 아직 남은 시간 동안 아이들이 커서 기억에 남을 만한 추억을 되도록 많이 만들어 주기 위해 노력하는 그를 보면서 세상 아버지의 마음은 다 똑같다는 생각을 했다. 랜디 교수는 마지막 강의를 한 지 9개월 만인 47세의 나이에 자택에서 지인들과 가족들이 지켜보는 가운데 끝까지 웃음을 잃지 않고 농담을 주고받으면서 숨을 거두었다고 한다.

나에게 암을 진단받은 젊은 엄마를 보면서 랜디 포시 교수가 생각났던 것은 바로 아이들 때문이었다. 물론 위암은 췌장암보다는 생존기간이 길고, 아직 위암이 식도 외에 다른 장기로 퍼져 있는지는 알 수 없어서 그 환자가 얼마나 살 수 있을지 알 수 없다. 그러나 쉽지 않은 치료 과정이 기다리고 있을 것이다. 한창 엄마의 사랑이 필요할 아이들을 위해서도 그 젊은 엄마의 완치 소식을 듣고 싶은 마음이 간절하다.

하늘이 준 선물

일차 진료를 담당하는 개원의로 일하다 보면 자기 전문 분야가 아닌 다른 영역의 환자들도 보게 되는 경우가 많다. 그렇기 때문에 자기 전문 분야만 집중적으로 진료하는 대학병원 의사들과는 달리 일차 진료의診療醫는 다양한 환자의 다양한 증상에 대해 다양한 가능성을 항상 염두에 두고 진료에 임해야 실수를 줄일 수 있다.

5년 전 어느 무더운 여름날, 30대 중반의 여성이 복통을 호소하며 내원하였다. 복통은 상복부에서 약간의 압통이 있었지만 심한 통증은 아니었고 약 일주일 정도 되었다고 했으며, 다른 병원에 다녀왔으나 별 차도가 없어서 위내시경을 해 봐야 할 것 같아서 왔다고 했다. 계절적으로 여름에는 흔히 배탈도 많이 나고, 감기환자에 비해 복통환자가 많은 편이다.

진찰 결과 특별히 의심되는 것이 없어 마지막 생리가 언제였는지 물어봤더니, 두 달 정도 되었는데 원래 다낭성 난소가 있어서 생리가 불규칙했다고 했다. 환자는 결혼한 지 9년 되었는데 아직 애가 없다고 했고, 애를 못 가질 것으로 알고 임신을 포기하고 살고 있다고 했다. 일단 위내시경을 하기 전에 초음파를 먼저 해 보자고 하고 초음파 검사를 시행하였다. 하복부를 스캔하던 중 자궁 내에서 초기 임신 시 볼 수 있는 전형적인 임신낭이 관찰되었다. 환자에게 임신하신 것 같다고 얘기했더니 깜짝 놀라면서 정말 임신이 맞느냐고 의아해했다. 임신이 틀림없다고 얘기하고 일단 위내시경 검사를 보류하고 산부인과에 가서 다시 확인해 보라고 하고 보냈다.

2년이 조금 더 지나서 그 여성이 아주 귀엽고 야무지게 생긴 두 딸을 데리고 속이 아프다고 다시 내원하였다. 나에게 처음 내원했을 때 내가 얘기한 대로 바로 산부인과에 가서 임신한 것을 다시 확인했고 건강한 쌍둥이 여아를 출산했다고 한다. 원장님 아니었으면 이 세상 빛도 못 볼 뻔한 아이들이라고 하면서 쌍둥이 자매를 나에게 보여 주었다. 두 번째 방문한 날 위내시경을 시행했고, 위염 진단 후 치료하였다.

맨 처음 가벼운 복통으로 내원했을 당시 흔히 보는 입덧 같은 증상이 아니었기 때문에 별생각 없이 환자가 원하는 대로 위내시경을 시행하고 위염 진단하에 약을 계속 복용하게 했더라면 어떻게 되었을까 생각해 보았다. 약의 종류에 따라 다르겠지만, 임산부에게 써서는 안 되는 위장약도 있기 때문에 만일 그런 약을 썼더라면 임신을 계속 유지해야 할지 많은 고민을 해야 했을 것이고, 임신을 유지했으면 출산 시까지 여러 가지로 걱정이 많았을 것이다. 그 과정에서 임산부에게 주는 스트레스도 적지 않았을 것이다. 결혼한 지 9년 만의 임신을 순간의 판단 실수로 잘못되게 할 수도 있었다고 생각하면 앞이 캄캄해진다.

쌍둥이 엄마는 그 후에도 나에게 진료를 받으러 올 때마다 예쁘게 잘 자라고 있는 서영이와 서윤이를 데리고 와서 보여 준다. 나도 그 아이들을 볼 때마다 그때 위내시경을 서두르지 않고 임신을 확인해 본 게 참 다행이었다는 생각을 한다.

나도 결혼 후 5년 동안 애가 없어서 2세 갖는 것을 포기하고 애 없이 둘만 살기로 마음을 먹었었다. 나보다 늦게 결혼한 동생이 조카를 먼저 낳았는데 그 후로는 명절 때 집에 가면 부모님께 괜히 죄송한 마음이 들기도 했다. 결혼 후 첫 몇 년 동안은 아이를 갖기 위해 노력했으나, 우리 부부가 둘 다 스트레스가 많아서였는지 임신이 되지 않았었다. 병원에 가서 진찰도 받아 봤으나 별 이상은 없다고 하는데 아기가 안 생겨서 결국 2세 갖는 것을 접고 마음 편히 살기로 했었다.

그러던 중 서울을 떠나 경남 창녕에서 군의관으로 근무하는데 대구의 한 산부인과에서 첫아이의 임신 사실을 알았다. 아내가 몸이 좀 이상하다며 창녕에서 가까운 대구의 한 산부인과를 찾아갔는데 초음파 검사 결과 임신인 것을 확인했을 때의 그 묘한 기분을 아직도 생생하게 기억한다. 그날 대구의 한 식당에서 군의관 월급에 비해 과한 점심을 먹었었다. 임신사실을 알게 된 날 반갑고 기쁘기도 했지만, 한편으론 내 어깨와 가슴을 무겁게 누르는 중압감 같은 것도 느꼈었다. 이제 새로 태어날 나의 자식에 대한 무한한 책임감과 아버지로서의 역할에 대해 많은 생각을 했었다. 임신 기간 내내 건강한 아이로 태어나기를 기도했고 다행히 첫아들 상의相宜가 건강하게 태어났다. 그리고 2년 5개월 만에 둘째 아들 상오相晤까지 얻었다.

의학적으로 말하자면, 신체 건강한 두 부부가 정상적인 결혼 생활을 하면 대개 2년 이내에 임신하게 되어 있다. 그러나 많은 경우에서 보듯이 실제로는 그렇지가 않다. 그래서 아이를 갖는다는 것은 단지 부부의 뜻대로 되는 것이 아니고 하늘이 내려준 선물이라는 생각이 든다.

서영이와 서윤이의 경우도 결혼한 지 9년 동안이나 임신이 되지 않아서 이미 2세 갖는 것을 포기하고 있던 차에 생긴 애들이니 하늘이 내린 선물이나 마찬가지일 것이다. 그렇게 예쁜 쌍둥이 딸을 주려고 하늘이 그동안 뜸을 들인 것 같다. 전에 나에게 한 번도 진료를 받으러 온 적이 없던 그 아이들 엄마가 그날따라 나를 찾

아온 것도, 또 그날 내가 서둘러
서 내시경 검사를 시행하지 않고
초음파를 먼저 시행한 것도 다 어
찌 보면 하늘의 뜻이었을지도 모
른다는 생각이 든다. 환자가 많이
밀려서 바쁘게 진료를 하다 보면 환자의 자세한 병력도 들어보지
않고 급하게 진료를 하는 경우도 있기 때문에 자칫 내가 서둘렀더
라면 임신한 것을 놓칠 수도 있었다.

　건강하고 예쁘게 잘 자라고 있는 서영이와 서윤이를 보면 내가
비록 대학병원이 아닌 조그마한 개인 의원에서 일하고 있는 일차
진료의診療醫이지만 나름대로 보람도 느끼고 의사로서 책임감도
많이 느낀다. 나에게도 모교의 대학병원에서 교수로 일할 기회가
있기는 했었다. 그때 그 제안을 수용하고 대학병원에서 근무했더
라면 지금쯤 한 분야의 전문가로서 활동하고 있겠지만, 겸손함이
나 생각의 폭은 지금보다 못하지 않았을까 생각하면서 개원의로
서의 삶에 위안을 삼아 본다.
　개원의가 아니었다면 서영, 서윤이의 탄생과 같은 드라마틱한
인연도 없었을 것이고 그 아이들이 그렇게 귀엽고 예쁘게 자라는
모습을 지켜보는 기쁨도 없었을 것이다. 앞으로도 이들 쌍둥이 자
매가 건강하게 잘 자라는 과정을 오랫동안 지켜보고 싶다.

Mother Mary에게서 온 편지

그처럼 뜨겁게 달아올랐던 한여름의 태양도 토라져 뒤돌아 가는 지구를 붙들지 못해 뒷전으로 밀려나고 서늘한 가을세상으로 바뀌었구나. 산들산들 부는 바람이 시원하고 출근길에 마주치는 아파트 주변 단풍나무들이 너무도 아름답고 곱더라. 길에 떨어진 낙엽을 밟으며 걷는 기분도 상쾌하고 노랗게 물들어 가는 은행나무 이파리들도 참 예쁘다. 교대敎大 교정에 있는 나무들도 빨갛게 물들었고 점심때마다 올라가는 잠두봉 동산에서도 가을을 진하게 느낄 수 있더라. 무심천을 따라 사람 키보다 더 크게 자란 억새들 사이를 걸으면서 지난 1년간 널 보고 느낀 것을 적어 본다.

그간 이런저런 일로 마음고생이 많았던 것 다 알고 있다. 그래

　도 너답게 잘 견뎌내더라. 사춘기 때 겪었던 지독한 질풍노도의 풍
랑과 방황을 잘 이겨낸 것처럼 뒤늦게 찾아온 고뇌의 시간도 극복
하기 위해 노력하는 모습을 옆에서 보니 때론 안쓰럽기도 하더라.
논어를 읽으면서 필사하고, 일요일이면 토익 시험도 보러 가고,
가끔 먼 고행苦行길도 다녀오고. 마음을 달래기 위한 너의 몸부림
을 보면서 어떻게 도와줘야 할까 고민도 했었다. 그러나 어차피
혼자서 이겨 내야 하는 일들이기에 그냥 두고 볼 수밖에 없었다.
아픈 만큼 성숙해지고 시간이 지나면 다 잊혀 질 일들이겠지만 인
간이기에 상처받고 고민하는 것도 당연한 일일 것이다.

　그날 이후 너에게 많은 변화가 있었던 것 같다. 좋아하던 운동
도 그만두고, 하루가 멀다 하고 찾아다니던 각종 세미나와 학회에
가는 일도 뜸해지고 사람을 믿지 못하고 너 자신만의 장막과 성을
쌓고 지내더구나. 때로는 우울해 보이기도 하고 잠을 못 잔 것 때
문인지 초췌해 보이기도 하더라. 술 마시는 날이 많아지고 잠 못
이루는 날도 많아져서 건강에 무슨 이상이 올까 걱정했다. 다행히

평소에 건강관리를 잘해온 덕분에 잘 견뎌낸 것 같더군.

　인제 그만 내려놓고 네 원래의 모습으로 돌아갈 시간인 것 같다. 좋아하는 운동도 다시 시작하고, 일요일마다 다니던 학회도 열심히 다니고, 읽어야 할 책도 부지런히 읽어야지. 새로 시작한 플루트도 열심히 연습하고, 등산도 자주 다니고, 다른 취미 활동도 열심히 하면서 아픔과 상처를 잊기 바란다. 좋아하던 MTB도 타면서 시원한 한강 길을 달려보고, 소원疏遠했던 친구들도 자주 만나라. 지나간 가슴 아픈 일은 다 잊고, 버킷리스트에 포함된 것들부터 하나하나 해 나가렴. 아직 해야 할 일들이 많이 남아 있는데 언제까지나 이렇게 주저앉아 있을 수는 없지. 이제 훌훌 털어버리고 일어서라.

　앞으로도 살면서 '畵虎畵皮難畵骨 知人知面不知心(화호화피난화골지인지면불지심)'이라는 말을 잊지 말아라. 사람의 본바탕은 쉽게 바뀌지 않는다는 것을 기억해라. 그동안 충분히 경험해 봐서 잘 알 거다. 그 정도로 해두고 안 되면 더 기대하지 마라. 나는 너를 믿고 네가 그동안 잘 해왔던 것을 믿는다. 너도 더는 상처받지 말고 믿을 건 오직 너 자신뿐이라는 걸 잊지 마라. 그만하고 다 내려놓아라. 비틀즈의 노래 'Let it be'의 가사처럼 그냥 그대로 두어라. 어둠 속에서도 빛은 찾아올 것이고 시간이 지나면 저절로 해결될 것이다. 그게 정답일 것이다.

이제 인생 제2막을 더 준비해야 할 시간이다. 넌 아직 건강하고 의지도 강하잖니? 인생은 60부터라는 말이 너에게 해당되는 말로 다가왔다. 박차고 나가서 도전해 보아라. 그동안 열심히 살아왔는데 뭐가 그렇게 두렵니?

'삶은 새로운 것을 받아들일 때에만 발전한다. 결코 아는 자가 되지 말고 언제까지나 배우는 자가 되어라. 마음의 문을 닫지 말고 항상 열어 두어라.'

이제 막 인생의 후반전에 돌입했다. 마지막에 후회 없이 웃을 수 있도록 다시 시작해 보아라. 최후의 순간에 미련이 남지 않도록 열심히 일하면서 보람 있는 것들을 향유享有해 보아라. 더 늦기 전에 해야 할 일이 있다면 망설이지 말고 해 보아라. 너를 믿고 건투를 빈다.

2016년 晚秋에

외추리의 추억

태어난 곳
병목 안 조그만 동네
대나무 숲 맨 위 따로 떨어진 외딴 집

연 만들어 띄워 주시던 할아버지
근엄하셨던 아버지의 아버지

온 식구들 다 같이 옹기종기 모인 밥상 위에 놓인
생선 한 조각과 부엌에서 갓 구운 김 한 장
호기심에 만지던 화투짝
형과 함께 몰래 피워 본 담배

그리고 대나무 회초리

담양 장날이면
아버지의 외로움과 고단함이 묻어난 술주정
어머니의 피신과 외할머니 댁
동네 어른 외할아버지
꽃상여, 만장挽章
인자하신 외할머니
어머니 같았던 이모, 착한 외삼촌들

한여름 냇가에서 발가벗고 물놀이
시원한 등목
한겨울 썰매, 연 날리기, 팽이치기, 새총
호롱불, 램프
정월 대보름날 당산제, 농악, 지신밟기, 쥐불놀이

금성초등학교
석현리
오 리五里나 된 무지 먼 길
대실에 사는 무서운 형들, 구슬, 딱지
손오실 냇물

목까지 올라온 무서운 흙탕물

장마철 비 오면 돌아가야 했던 길

하늘에서 빗줄기 따라 떨어진 팔딱거리는 길 위의 미꾸라지

학동 넘어가는 고갯길

산딸기, 오디, 시커먼 입술

저수지, 얼음물보다 시원한 옹달샘

그리고 튼실하게 생긴 가재, 다슬기, 오색 빛깔 피라미

추운 겨울 맨 발로 건너다 빠진 공포의 차가운 사이내

고무신, 소달구지

먼지 나는 신작로, 달려가는 멋진 버스, 고소한 자동차 매연 냄새

2학년 담임 박향자 선생님

바지에 실수해서 창피한 일

어깨에 멘 보자기 가방

오래 빨아 먹는 독 사탕

건빵, 옥수수빵, 가루우유, 달콤한 뉴슈가

오전 반, 오후 반

금성남초등학교

외추리

동네 친구들 L, S, K…

구슬치기, 자치기, 공기놀이, 땅따먹기 놀이

역굴대 찧어 고기 잡기

맨손으로 붕어 잡기

개구리, 뱀

나무 올라 새 새끼 잡기, 매미 잡기, 쐐기

비 오는 날 따뜻한 감자

땡감 주워 먹기

매곡, 소풍, 절, 보물찾기, 사이다, 삶은 계란

고추잠자리, 메뚜기, 홍시 따 먹기

난생 처음 먹어본 라면

처음 써 본 모나미 볼펜

처음 들어온 전깃불

유선 라디오, 차 사고로 누가 죽었다는 놀랍고 무서운 뉴스

서울, 금성 라디오

둥근 바위 간첩

겨울이면 뒷산 토끼몰이, 젖은 양말, 모닥불, 관솔, 화로

꿩 사냥꾼, 포인터

방 안 고구마 뒤주에 들어온 쥐 잡기

겨울에 시원한 생고구마 깎아 먹기

동네 형들 따라 갈퀴 나무하러 가기

내려오다 고꾸라지기

김원국 선생님
광주 사는 도시 소녀
풍금과 노래
10원짜리 물렁한 공 차기
야간 수업, 수제비, 동아전과, 문제 풀기
음악 수업, 44 884 442~~~
음표 외기
도도도시라 쏠미쏠미 레레미 파레미 미라쏠~~~
계명 외기
학교에서 잠자기

순창 우시장에서 거금 9000원에 사 오신 우리 집 보물 1호 송아지
깔망 메고 꼴 베기
작두질하다 형 손가락 자를 뻔한 일
지독한 가뭄에 두레박으로 물 품어 올리기
모내기, 감자 캐기, 벼 베기, 이삭줍기

어느 날 담양에서 사 오신 너무나 멋진 새 자전거
수없이 넘어지고 다치고 혼자 배운 자전거

공 잘 차던 X

산수 잘하던 Y

고고孤高하게 걸어가던 Z

어느 날

하나 둘

광주로 서울로

흩어지기 시작한 친구들

잊혀진 추억과 우정

사랑하고 결혼하고 애들 낳고

하나 둘 다시 돌아온 친구들

되살아난 추억과 우정과 사랑

우연과 인연이 섞인 채로

다시 싹터버린 사랑과 우정

그대로인 친구, 많이 변한 친구

먼저 간 친구들, 혼자 된 친구들, 소식 없는 친구들

알 듯 모를 듯한 친구들

아직도 못다 한 우정과

아프지 않았으면 더 좋았을 사랑과

끝나지 않을 추억과 인연이

그곳에 고스란히 남아있다.

참 좋은 사람

M국장님!

당신은 언제라도 볼 수 있어서 좋습니다.
비가 오는 날에도
바람이 싸늘하게 불어오는 날에도
눈이 오는 날에도
아무 때라도 만날 수 있어서 감사합니다.

당신은 무슨 얘기든 잘 들어주어서 좋습니다.
시시콜콜한 얘기도
진지한 얘기도

고민거리도

그냥 살아가는 얘기도

언제나 말할 수 있어서 고맙습니다.

당신은 세상 사는 방법을 잘 알고 있어서 좋습니다.

현명하게 살아가는 법도

올바르게 대처하는 법도

관계를 개선하는 법도

어려울 때 잘 이겨내는 법도

잘 일러주어 감사합니다.

당신은 나를 믿어 주어서 좋습니다.

의사로서 내가 하는 말을 믿어주고

나의 불평하는 소리도 믿어주고

내가 믿는 사람을 믿어주고

나의 감정을 믿어주고

다 터놓고 얘기할 수 있어서 고맙습니다.

당신은 만날수록 더 좋은 사람이라 좋습니다.

만날수록 배울 점이 많고

이야기할수록 사는 지혜를 얻게 되고

삶에 대해 많은 것을 깨닫게 되고
책에서 배울 수 없는 것을 알게 해주어 감사합니다.

당신은 아무 때나 만나자고 할 수 있어서 좋습니다.
언제나 내 시간에 맞춰주시고
내가 바빠도 이해해 주시고
갑자기 전화해도 만나주시고
오랜만에 연락해도 반겨 주셔서 고맙습니다.

당신은 무슨 얘기든 마음 편하게 할 수 있어서 좋습니다.
내가 실수한 얘기도
내가 잘못한 얘기도
내가 부끄러워할 얘기도
내가 잘한 얘기도
다 들어주고 이해해 주어서 감사합니다.

당신은 늘 한결같아서 좋습니다.
즐거울 때나
속상한 일이 있을 때나
기쁠 때나
기분 나쁜 일이 있어도

늘 흔들리지 않는 모습을 보여 주셔서 고맙습니다.

당신과 함께 소주잔을 기울일 수 있어서 좋습니다.
어느 길로 가야 할지 헤맬 때
이런 저런 일로 힘들 때
그냥 술 한잔 하고플 때
비 오는 날 불현듯 누구와 얘기하고 싶을 때
당신과 소주 한잔 할 수 있어서 감사합니다.

당신은 아무 연고 없는 이곳에서 친하게 지낼 수 있어서 좋습
니다.
만난 지 사반세기가 지나도
언제나 따뜻하게 반겨주시고
외롭지 않도록 배려해주시고
고향친구처럼 편하게 대해주셔서
항상 감사합니다.

당신은 참 좋은 사람입니다.

2장

살아가는
이 야 기

7시간 동안의 고행

산사山寺 주변은 어딜 가나 산세山勢가 뛰어나고 사찰까지 들어가는 길은 걷기에 참 좋다. 특히 고찰古刹인 경우엔 깊은 산골짜기에서 흘러내려오는 물길 따라 길이 나 있는 경우가 많기 때문에 물이 맑고, 흐르는 물소리를 들으며 걷다 보면 한여름에도 시원하고 기분이 상쾌해진다. 佛心(불심)이 깊어서라기보다는 이처럼 산속에 자리 잡고 있는 절 주변 도량道場 분위기가 좋아서 여행 삼아 사찰을 자주 찾는 편이다.

근래에 가슴이 답답하고 기분이 우울할 때면 가끔 찾아가는 곳이 있다. 경북 경산 팔공산 꼭대기에 있는 선본사 갓바위다. 신라시대인 9세기 때 제작된 것으로 알려져 있는 이 불상은 돌로 만들어진 석조여래좌상이며 중생의 모든 병을 낫게 해준다는 약사여

래불로 해마다 입시철이면 많은 학부모들이 이곳을 찾아 자녀들의 합격을 기원하면서 간절히 기도하는 모습을 TV에서 자주 볼수 있는 곳이다. 간절히 기도하면 한 가지 소원은 들어 준다는 전설이 있기도 하는 갓바위 불상은 입시철이 아니라도 많은 사람들이 각자 나름의 사연을 가지고 자주 찾는 곳으로 알려져 있다.

우연한 기회에 갓바위에 한 번 다녀온 후로 최근에 제일 자주 가는 도량이 되었다. 소원을 빌러 가는 경우보다는 머리가 복잡하고 심란할 때 잠시 벗어나기 위해서 그곳까지 먼 길을 떠나는 경우가 대부분이다. 해발 수천 미터 높이의 차마고도茶馬古道에서 수개월에 걸쳐 오체투지五體投地하는 티베트인들의 순례에 비하면 아주 잠시 떠나는 호화스런 여행 같은 일이지만, 그래도 내겐 의미

있는 고행길이다. 24시간 개방되어 있어 아무 때나 갈 수 있는 곳인데 개인적으론 환한 낮보다는 밤에 가는 것을 좋아한다.

금요일 오후 진료를 마치고 청주에서 출발하여 갓바위 주차장까지 약 200km 정도를 쉬지 않고 부지런히 가면 대략 2시간 반 정도 소요된다. 팔공산 입구에 도달하면 토속 음식점들이 눈에 많이 띄고 고시원이라고 써진 간판들도 더러 보인다. 주차장에 차를 세우고 간단한 배낭 하나를 짊어지고 10분쯤 올라가면 정면에 '팔공산 선본사'라는 현판이 있고 뒤쪽에는 '해동제일기도성지海東第一祈禱聖地'라고 쓰여 있는 일주문이 있다. 여기를 통과하면 버스정류장이 있고 한쪽에 어묵과 공양미, 초 등을 파는 조그만 가게가 하나 있다. 배가 고픈 탓도 있겠지만 추운 날씨엔 따뜻한 어묵이 제격이다. 여기서 약간 맵고 짭조름한 국물과 어묵으로 간단히 허기를 채우고 물 한 병을 사서 산을 오르기 시작하는데 이때가 대략 저녁 10시쯤 된다.

금륜교金輪橋를 지나자마자 바로 비탈길을 올라가야 하는데 처음부터 빠른 걸음으로 오르면 안 되고 천천히 올라가야 끝까지 쉬지 않고 올라갈 수 있다. 너무 욕심 부리지 말라고 이렇게 경사진 꼭대기에 갓바위 불상을 만들었을까? 조금 오르면 곳곳에 설치된 스피커를 통해 "약사여래불, 약사여래불, 약사여래불….'을 읊는 염불 소리가 목탁 소리와 함께 계속해서 들려오는데 그 리듬에 맞추어 한 발짝 한 발짝 오르면 그나마 힘이 덜 든다. 아주 단순한 오 음절의 염불이지만 찬찬히 들어 보면 호흡에 따라 마디마디 운율이 조금씩 다르고 그 속에 생로병사生老病死의 인생사와 더불어 희로애락애오욕喜怒哀樂愛惡慾의 인간의 모든 감정이 다 녹아들어 있는 것 같다. 염불에 상당한 내공이 있는 스님만이 낼 수 있는 소리이기 때문에 내가 '약사여래불'을 같이 따라 해 보면서 비교해 보면 그 운율과 톤이 맞지 않아 마치 음치가 노래하는 것처럼 어색하다. 캄캄한 밤에 바람 소리, 나뭇잎 흔들리는 소리와 함께 들려오는 편안한 염불 소리가 복잡한 머리를 비우게 하는 데 상당한 효과가 있고 바람과 지형의 영향으로 염불 소리가 가까워졌다 멀어졌다 하는 것도 산을 오르면서 느낄 수 있는 묘미 중 하나이다. 속리산 법주사 입구에서 들려오는 묵직한 설법說法은 인생의 덧없음을 깨우치고 욕심 없이 살아가라고 하는데 왠지 무거운 느낌을 주는 반면, 팔공산 산골짜기에서 은은하게 울려 퍼지는 단순한 오 음절의 '약사여래불'은 아무 내용이 없기 때문인지 오히려 마음을 가볍게 해 준다.

늦은 밤인데도 어린 아이의 손을 잡고 오는 가족들도 있고, 혹은 연인끼리, 혹은 혼자서 오르내리는 사람들도 많다. 간혹 심각한 얼굴 표정에 몸이 무거워 보이는 사람도 있지만 대부분 밝고 환한 표정이다. 기도할 수 있다는 것에 감사하는 마음이 들어서인지 몰라도 내려오시는 분들의 표정은 더 밝아 보인다. 심각한 표정을 하고 있는 사람들을 보면 무슨 가슴 아픈 사연이 있을까 궁금해진다. 통일신라 시대부터 천 년이 넘는 기나긴 세월 동안 전국 각지에서 얼마나 많은 사람들이 얼마나 많은 사연을 가지고 여길 다녀갔을까? 그리고 또 앞으로 얼마나 많은 사람들이 이곳을 찾을까?

한밤중에 깊은 산중에서 들려오는 목탁 소리와 맑은 공기는 세속을 벗어나는 기분을 느끼게 한다. 특히 봄, 가을 가랑비 내리는 날 밤에 하얗게 옅은 안개가 산 중턱을 감싸면 마치 신선들이 노니는 말 그대로 별유천지비인간別有天地非人間의 무릉도원武陵桃源에 와 있는 신비한 기분이 들 때도 있다. 낮에 찾아가는 사찰과는 전혀 다른 새로운 경험을 하게 된다. 중간 부분부터 정상까지는 천 개가 넘는 돌계단을 올라가야 한다. 오르다 보면 점차 발이 무거워지고 숨이 차는 육체적 고통을 느끼게 되지만, 동시에 가슴속에 가득 찼던 일상의 상념들로부터는 차츰 해방되는 것을 느끼게 된다.

거의 정상 가까운 곳에 삼성각이 있고 바로 앞 건물에서 공양을 한다. 아침 6시부터 저녁 12시까지 공양을 하는데 배식을 받는 위쪽 벽엔 '공양하는 마음'이란 인상적인 글귀가 목판에 새겨져 있다.

공양供養하는 마음

'한 방울의 물에도 천지天地의 은혜恩惠가 스며 있고
한 알의 곡식에도 만인萬人의 노고勞苦가 담겨 있습니다.
정성精誠이 깃든 이 음식으로 몸과 마음을 바로 하고
청정淸淨하게 살겠습니다.'
南無釋迦牟尼佛(나무석가모니불)

혼자 앉아서 먹기가 쑥스러운 탓도 있고 왠지 불심이 더 깊어야 먹을 자격이 있을 것 같아서 아직 거기에서 공양을 해 본 적은 없다. 삼성각에서 천천히 오륙 분 정도 더 오르면 정상에 하늘을 향해 솟아있는 바윗돌 사이에 커다란 석조 불상이 보이고 그 앞에서 기도하는 사람들의 모습을 볼 수 있다.

합장 후 가쁜 호흡이 가라앉으면 자리를 잡고 마음을 가다듬고 나도 108배 준비에 들어간다. 처음에 108배를 시작한 이유는 여기까지 와서 108배도 안 하고 가면 죄 짓고 가는 기분이 들어서였다. 처음 몇 번 절을 하는 동안 가족과 자식들 생각이 나기는 하지만 횟수가 거듭되면 아무 생각 없이 엎드렸다가 일어나는 동작을 반복한다. 내가 어떤 형식을 취하든 아무도 나에게 관심을 두지 않기 때문에 주변을 의식할 필요도 없다. 손에 염주가 없기 때문에 숫자만 센다. 이 때 숫자 세는 것 빼 놓고는 無念無想(무념무상)의 상태라고 할 수 있다. 나를 낮추고 엎드릴 수 있다는 것에 더 큰 의미를 두는 편이다. 천상천하 유아독존天上天下唯我獨尊이라고 하지만 이때가 가장 겸손해질 수 있는 자세이고 의식儀式일 것이다.

마치 쓰레기통을 비우듯이 한 번 엎드릴 때마다 무거운 짐을 벗어 놓으면 점차 마음이 가벼워짐을 느끼게 된다. 오체투지五體投地를 하는 티베트 순례자들은 자기 자신이나 가족을 위해서가 아니고 세상의 평온을 위해서 그 힘든 고행苦行을 기쁜 마음으로 한다고 한다. 자기나 자기 가족의 소원을 이루게 해달라는 기도는 너무 소박하고 이기적인 기도 같다. 세상에 기적은 없다고 믿는 사람들을 향해 이 모든 게 다 기적이라며 세 걸음마다 혹은 다섯 걸음마다 온몸을 땅에 대고 엎드리면서 수천 킬로미터를 순례하는 그들에게 나의 108배는 너무 싱겁고 약해서 미안한 마음이 든다.

108배를 마치고 자리를 정리하고 나서 저 멀리 도회지의 불빛을 바라보면 속절없이 아름답게 보인다. 내일이면 피할 수 없이 다시 돌아가야 할 삶의 현장. 그동안 저곳에서 얼마나 바동대며 살아왔던가? 무엇을 위해 밤잠을 설치며 힘들어했던가? 이제 저 치열한 현장에서 살아온 날보다 살아갈 날이 더 짧다. 그간 열심히 살아온 것 같은데 왠지 허탈하고 빈껍데기만 남아 있는 것 같다. 오래 전에 내가 꿈꿨던 나의 모습은 무엇이었는가? 그간 잘 살아온 걸까? 별로 잘한 게 없는 것 같다. 잘못하고 실수한 일, 내

가슴속에 남은 상처들이 다시 고개를 내민다. 청춘만이 아픈 게 아니고 중년은 더 아프다. 아프니까 청춘이라지만 중년이라서 더 아프다. 짊어진 삶의 무게가 서서히 다시 고개를 들어 마음속에 침투하기 시작한다. 류시화 시인의 시를 조용히 읊어본다.

길 위에서의 생각

류시화

집이 없는 자는 집을 그리워하고
집이 있는 자는 빈 들녘의 바람을 그리워한다.
나 집을 떠나 길 위에 서서 생각하니
삶에서 잃은 것도 없고 얻은 것도 없다.
모든 것들이 빈 들녘의 바람처럼
세월을 몰고 다만 멀어져 갔다.
어떤 자는 울면서 웃는 날을 그리워하고
웃는 자는 또 웃음 끝에 다가올 울음을 두려워한다.
나 길가에 피어난 풀에게 묻는다.
나는 무엇을 위해서 살았으며
또 무엇을 위해 살지 않았는가를

살아 있는 자는 죽을 것을 염려하고
죽어 가는 자는 더 살지 못했음을 아쉬워한다.
자유가 없는 자는 자유를 그리워하고
어떤 나그네는 자유에 지쳐 길에서 쓰러진다.

오래 있을 수 없어서 불상에 합장하고 하산 길에 오를 수밖에 없다. 경사가 급하기 때문에 내려올 때도 다리에 힘을 주고 천천히 내려와야 한다. 정상에 오르는 것만큼이나 잘 내려오는 것도 중요하다는 메시지가 숨어 있는 것 같다. 그래도 올라갈 때보다는 한결 가벼워진 느낌이 들고, 먼 길 잘 왔다고 다음에 또 오라고 누군가 말해 주는 것 같다. 끝없이 이어지는 '약사여래불'의 염불 소리가 점점 멀어진다. 밤 11시가 넘어서 출발하여 다시 청주까지 돌아오는 길은 졸리고 피곤해서 중간 중간 휴게소에 들러 캔 커피를 사 마시거나 차 안에서 쪽잠을 자야만 한다. 집에 도착하면 토요일 새벽 두 시쯤 된다. 7시간 동안의 나의 천 리 길 고행은 이렇게 끝이 난다.

경복궁 영어 해설을 듣고 나서

지난 5월 화창한 봄날 모처럼 경복궁 나들이에 나섰다. 마침 일요일이라서 그런지 많은 사람들로 붐볐다. 근정문에 막 들어서는데 입구에서 해설을 기다리는 외국인들이 있어서 들어 보기로 하고 합류했다. 그동안 우리말 해설은 몇 번 들어 본 경험이 있었지만 영어 해설은 한 번도 들어 본 적이 없어서 호기심이 생긴 때문이었다. 또 하나는 우리 문화와 역사에 대해 사전 지식이 별로 없는 외국인의 입장에 서서 궁궐 해설을 듣는다면 어떤 느낌이 들까 궁금하기도 했었던 것이다.

해설자는 문화재청 소속의 중년 여성으로 단정한 외모에 예쁜 푸른색 한복을 입고 있었다. 해설을 들으려고 준비하고 있는 서양인 관광객들은 약 20여 명쯤 되어 보였고 해설자의 안내에 따라

질서 있고 진지하게 움직였다. 해설자는 예상대로 유창한 영어로 광화문 입구에서부터 근정전, 경회루, 향원정에 이르기까지 마치 노련한 앵커가 뉴스를 진행하듯이 해설을 이어갔다.

각 건물의 창건 연도와 일제 침략으로 불에 탄 연도, 복원 연도, 건물의 용도, 건물 내부에 있는 물건들의 사용처와 의미, 왕과 왕비에 관한 이야기, 지붕에 있는 잡상의 유래와 목적 등등까지 상세하게 설명해 나갔다. 내용을 우리말로 번역하면 그대로 내국인을 위한 우리말 해설이 되는 내용이었다. 아마 해설을 위한 지침서를 영어로 번역해서 다 암기하고 있는 것 같았다.

그런데 장소를 옮겨가면서 해설이 이어질수록 조금씩 마음이 불편해지기 시작했다. 새로운 건축물에 이르러 해설을 시작할 때

마다 되풀이해서 일본의 침략으로 불타 없어졌다는 것을 빠뜨리지 않고 강조하였다. 사실 궁궐 내 건축물 중 화재의 피해 없이 처음부터 현재까지 고스란히 남아 있는 건물이 거의 없는 것은 우리나라 국민이면 다 아는 사실이고, 이러한 역사적 사실을 얘기하는 데 이의를 제기할 생각은 없지만, 처음부터 끝까지 모든 건축물 앞에서 일본의 침략으로 불에 타 없어진 것을 되풀이해서 강조하는 것이 우리 문화를 알리는 데 얼마나 큰 도움이 될지 의문이 들었다. 우리 국민들에게 뼈아픈 역사를 상기시키고 애국심을 고취하는 효과는 있을지 몰라도 외국인들에게는 마치 지금 보고 있는 예술품은 진품이 아닌 모조품임을 계속해서 강조하는 것처럼 들릴 것 같아서 감흥이 반감되는 느낌이었다.

전체적인 경복궁의 개요를 설명할 때 대부분의 건축물이 일본의 침략으로 불에 타 없어졌으나 우리는 과거의 이러한 뼈아픈 외침을 잘 극복하고 고증을 통해 옛 모습 그대로 잘 복원해 가고 있다는 것을 한 번 얘기한 것으로 끝내면 안 되는 것일까? 지금 이 시대의 서양인들에게 우리는 피해자요 약자였고 일본은 침략자요 강자였다고 되풀이해서 강조하는 것이 과연 우리 문화와 역사를 알리고 홍보하는 데 얼마나 큰 도움이 될지 의문이다. 피해자인 우리는 선이요 침략자였던 일본은 악이니까 우리를 동정해 달라는 얘기처럼 들려서 귀에 거슬리는 느낌이었다. 서양인의 입장에서 '너희 나라가 힘이 없어서 당해 놓고 그걸 지금에 와서 자랑

삼아 얘기하는 건가?'라고 묻는다면 뭐라고 답해야 할까.

　서양인들은 법정에 나가서 쉽게 눈물을 보이지 않는다고 한다. 눈물을 흘리고 우는 것이 우리 정서로 보면 상대방으로 하여금 동정심을 유발하여 나에게 유리한 판정을 해주길 기대하지만 서양인들은 정반대로 생각한다는 것이다. 실제로 미국 법정에서의 표정을 보면 잘못을 저지른 피의자가 눈물로 호소하는 경우는 한 번도 본 적이 없다. 서양인들에게 우리 문화를 해설할 때는 우리 자신의 입장에서가 아닌 서양인들의 정서도 함께 고려하여 진행해 주었으면 하는 아쉬움이 남았다. 이젠 우리나라도 스스로 자랑스러워할 만큼 국력이 신장되었고 이에 따라 많은 외국인들이 우리나라를 방문하여 우리 문화에 관심을 갖는 만큼 우리의 부끄러운 역사보다는 내세울 만한 콘텐츠를 찾아서 소개해 주면 좋겠다는 생각이 들었다. 그렇게 하기 위해서는 무조건 우리의 논리와 시각으로 우리 문화를 해설하는 좁은 시각에서 벗어나 주변국인 중국이나 일본의 문화도 알아야 되고 서양 문화에 대한 지식도 골고루 참고하여 객관적인 입장에서 무엇을 내세워야 하는지를 더 연구해야 할 것 같다. 그래야 중국이나 일본의 건축물과 우리의 건축물이 어떤 차이가 있는지 서양인들에게 이해시킬 수 있을 것이다. 우리가 단순히 중국의 문화를 모방했다고 알고 있는 서양인들이 의외로 많기 때문이다.

또한 중국이 동북공정을 통하여 고구려의 역사마저 중국의 역사로 편입시키려는 마당에 광화문의 현판을 굳이 원래대로 한자로 썼어야 했나 하는 점에서도 나는 개인적으로 아쉽게 생각한다. 궁궐 내 다른 건물들은 차치하고 세종로 입구에서도 잘 보이는 광화문 현판만이라도 한글로 써서 여기가 세계적으로도 유례를 찾아보기 힘든 멋진 우리글을 창제하신 세종대왕이 한때 살았던 곳이었음을 상징적으로라도 보여줬으면 어떨까 하는 생각을 해 보았다. 외국인들, 특히 중국인들이 봤을 때 자신들이 배운 대로 조선이 명나라의 속국이었음을 입구에서부터 직접 눈으로 다시 한 번 확인하고 우쭐해 하며 다닐 것 같은 느낌이 들기 때문이다. 아직도 사대를 하고픈 마음이 남아 있는 사람들이 많이 있는 것 같은 생각이 든다. 세종대왕님의 동상을 바로 앞에 세워 놓고 부끄럽지도 않은지 모르겠다. 세종대왕님의 동상이 '光化門'을 등지고 있어서 그나마 다행인 것 같다.

몇 년 전 일본 동경에 갔을 때 한 박물관에 들른 적이 있다. 고대 중국과 일본의 도자기와 더불어 우리나라 도자기도 전시되어 있는 전시관이 따로 있었는데 당나라, 송나라 시대의 도자기들을 한참 구경하다가 갑자기 눈길을 사로잡는 도자기가 하나 눈에 확 띄었다. 그 아름다운 모습에 정말 숨이 멈출 것 같은 전율을 느끼면서 다가가 보았더니 바로 우리의 고려청자였다. 국사 시간에 고려청자의 우수성을 배운 바 있지만 세 나라의 도자기가 함께 전시되어 있는 일본의 박물관에서 본 우리 도자기의 아름다움에 감격하지 않을 수 없었다.

한 나라의 문화란 그 나름의 특수성과 특징이 있고 몇 가지 분야에서는 뛰어난 점이 있겠지만 어떤 나라의 문화가 다른 나라의 문화에 비해서 일방적으로 우수하다거나 열등하다는 얘기를 할 수는 없을 것이다. 중국과 일본 그리고 우리나라는 같은 한자 문화권으로 서로 문화적 교류가 많았던 만큼 서양인들의 시각으로 보면 상당히 비슷해 보일 수도 있다. 따라서 우리의 건축과 문화가 중국이나 일본과 어떻게 다른지 그들의 문화와 비교해서 해설을 해 주는 것이 서양인들에게 쉽게 이해가 될 것이라는 생각이 들었다.

또 하나 아쉬운 것은 왕비를 Queen(여왕)으로 해설하는 점이었다. 우리 국민이야 다 이해하고 누구를 지칭하는지 알지만 서양인들의 입장에서는 전혀 다른 존재이기 때문이다. 왕비는 Queen consort, 후궁은 Royal concubine이라는 어려운 말도 있기는 하지만 차라리 알아듣기 쉬운 현대적 용어로 중전마마는 The First Lady, 다른 왕비들은 The Second wife, The Third wife 등으로 하고, 후궁들은 King's other lady_{ladies}로 해설하면 어떨까 생각해 보았다.

해설사는 만약 자기가 조선시대에 태어나서 왕비로 간택된다고 해도 자기는 거절하겠다고 해서 듣는 사람들에게 웃음을 이끌어내면서 당시 궁궐 내에서의 여성들의 힘든 생활을 강조하고자 했다. 실제로 혹자는 궁궐 내에서의 왕비나 후궁의 삶을 최상의 시설을 갖춘 감옥으로 비유한 사람도 있기는 하다. 하지만 조선시대 당시 여염집 여성들의 삶은 편했겠는가? 궁궐 안에서의 삶은 적어도 먹고 입고 자는 문제에 대해서는 걱정이 없었을 것이다. 우리 궁궐 문화를 스스로 비하하는 듯한 해설에 기분이 씁쓸했다.

끝으로 전체적인 내용이 우리에게는 친숙하고 익히 아는 역사적 사실이지만, 우리 역사에 대해 별로 아는 바가 없는 외국인들의 입장에서는 약간 무미건조無味乾燥한 느낌이 들 수 있을 것 같았다. 그들에게 좀 더 쉽게 이해되도록 서양문화와 비교하면서 해설을 해 주었으면 좋겠다고 느꼈다. 예를 들면 임진왜란이 일어난 시기를 단지 1592년이라고 설명하는 것보다는 영국이 동인도 회사를 설립하기 약 10여 년 전이라든가 세계인들이 다 아는 셰익스피어가 한창 활동할 시기쯤 된다고 하면 그들에게 조금은 더 친숙하고 인상에 남지 않을까 생각해 보았다.

우리 문화와 역사를 처음 접해 보는 외국인들에게 우리 것을 일방적으로 너무 과대포장해서 해설할 필요는 없지만 굳이 비하할 이유도 없을 것이다. 그들이 좋은 인상을 가지고 가서 다음에 또

와 보고 싶은 관광 명소가 되고 자국에 돌아가서도 주변 사람들에게 꼭 가 봐야 할 곳으로 추천해 줄 수 있도록 해설의 내용을 좀 더 알차고 재미있게 꾸밀 필요가 있다는 생각을 해 봤다. 우리의 관광 자원을 개발하고 잘 활용하는 것은 우리 자신이 해야 할 일이기 때문이다.

국립현대미술관에 있는 나의 미술 작품

중·고등학교 시절 제일 못하는 과목이 미술이었다. 중학교 때 자기 손을 그리는 데생 시간에 아무리 잘 그리려고 해도 옆 친구들과 비교해 보면 내 그림은 어딘지 어색하고 균형이 맞지 않아 이상해 보였기 때문에 나에겐 미술적 감각이 부족하다는 것을 잘 알고 있다. 그래서 미술 시간만 되면 흥미가 없어지고 그림을 그리고 있을 때 미술 선생님이 옆으로 오시면 야단맞을까 봐 불안해지면서 조마조마했던 기억이 난다.

고등학교 1학년 때 야외에서 풍경화를 그리는 시간이 있었는데 미술 선생님이 옆에 오시더니 "넌 도대체 뭘 그리고 있니?"라고 말씀하시며 핀잔을 주었던 기억이 있다. 나는 사실 피카소처럼 그리려고 하고 있었지만 말이다. 그런 탓에 고등학교 3학년이 됐을 때 미술 수업이 없어져서 정말 좋아했었다.

　대학교 때도 조직학 실습 시간에 현미경을 보면서 세포의 모양을 하나하나 디테일하게 있는 그대로 그려야 하는 일이 쉽지 않았다. 미술 전시회를 가끔 가 보긴 하지만 고등학교 때 선생님으로부터 받은 트라우마가 계속 남아 있어서 내 손으로 직접 미술을 해 볼 생각은 해 본 적이 한 번도 없었다. 그처럼 미술에 소질이 없던 나에게 뜻밖에도 나의 작품이 서울의 국립현대미술관에 전시되는 영광이 주어졌다.

　한창 기승을 부리던 무더위가 약간 수그러져 가던 주말에 1박 2일의 학술 세미나를 마치고 경복궁 옆에 있는 국립현대미술관에 들렀을 때이다. 마침 보따리 작가로 유명한 김수자 작가의 '마음의 기하학'이라는 전시를 관람할 수 있었다. 작가는 공교롭게도 나와 동갑내기였고 같은 대학은 아니었지만 지방에서 태어나 서울에서 대학을 다녔기 때문에 조금은 시대적, 정서적 공감대가 있을 법도 했다. 대학 졸업 후 주로 뉴욕과 파리 등에서 활발한 활동을 하고 있는 국제적으로도 명성이 있는 서양화가인 모양이다.

　김수자 작가는 80년대 초 서양화과 대학원에 재학 중일 때 어머니와 함께 이불을 꿰매려고 바늘 끝을 실크 천에 대는 순간, 번개가 스치듯이 머리를 때리는 충격적인 에너지를 체험했다고 한다. 천과 바늘과 작가 자신의 관계 속에서 우주의 에너지가 바늘 끝으로 통하는 것을 느끼고 나서 보따리를 오브제로 한 철학적 행위예술을 선보였는데, 1997년 보따리 수백 개를 트럭에 싣고 11일 동안 우리나라 전국을 달리는 퍼포먼스(떠도는 도시들 – 보따리 트럭 2,727km)를 한 것을 시작으로 파리 등 세계 여러 도시에서 비슷한 퍼포먼스를 하고 있어 이제는 서양 미술계에서도 '보따리Bottari'라는 말을 알 정도로 유명해졌다고 한다. 보따리에 대한 작가의 이야기는 이렇다.

"보따리에는 사람의 이야기가 정말 다양하게 들어 있어요. 이불보로 펼쳐졌을 때에는 가족, 부부, 사랑, 정착, 안식을, 꽁꽁 싸매진 상태에서는 떠남, 결단, 이별 같은 의미를 담아요. 보따리는 한 장소에 놓여졌을 때에는 한 인간의 삶이 정착한다는 의미가 있지만, 언제라도 다시 이동할 수 있는 가능성도 동시에 내포하고 있어요. 또한 과거, 현재, 미래를 동시에 포괄하고 있지요."

작가의 이런 보따리에 관한 이야기에 나에게도 떠오르는 시절이 있다. 나는 의과 대학 6년 동안 24번의 보따리를 싸서 이사를 했다. 이사라고 할 것도 없이 간단한 책 보따리, 이불 보따리, 옷 보따리를 싸가지고 여기저기로 옮겨 다녔다고 하는 게 맞을 것 같다. 자의自意에 의한 것도 있었고 타의他意에 의한 것도 있었지만 어쨌든 일 년에 평균 4번은 거처를 옮긴 것이다. 일정한 주거지가 없는 셈이었는데 지금 생각하면 참 고달프고 힘든 생활이었지만 당시에는 그럴 생각을 할 겨를이 없이 살아남기 위한 한 방편으로 받아들였다. 때문에 불만스럽거나 내 처지를 비관하거나 하지 않았다. 오히려 당당하고 즐겁게 옮겨 다녔던 것 같다. 내 사주에 틀림없이 역마살이 끼어 있을 거라고도 생각했다.

보따리에는 꼭 필요한 것만을 싸서 이사를 했는데 내가 가장 소중하게 여겼던 것은 책과 강의 노트였던 것 같다. 다른 것들은 없으면 내가 좀 불편할 뿐이고 참으면 되는 것이었지만 책과 노트가 없으면 내가 거처를 옮길 이유가 없어지는 것과 마찬가지였기 때문이었다. 얼마 전 아주 오랜만에 책장 깊숙한 곳에 누렇게 색이 바랜 채 묻혀있던 당시의 노트들을 꺼내어 훑어보면서 나의 대학 시절을 추억해 보았다. 여러 번 망설이다가 버리기로 마음먹고 한 쪽으로 다 꺼내 놓았었는데 잠시 자리를 비운 사이에 아내가 다시 제자리에 꽂아 놓고 버리지 못하게 했다. 값나가는 예술품도 아닌데 버리지 못하게 하는 이유를 굳이 묻지는 않았다. 물어보지 않아도 나는 알고 있기 때문이다. 나에게 보따리는 빈곤, 배고픔, 떠남, 고달픔, 서러움, 회한, 과거와 더불어 희망, 의지, 재기再起, 열정, 가능성, 어머니, 미래 등의 복합적인 감정을 연상케 하는 상징물이다.

보따리 작가라는 별칭을 가지고 있는 김수자 작가가 바로 친숙하게 느껴지는 것은 바로 나의 이러한 전력前歷과도 관계가 있는 것 같다. 입구에서 해설가의 설명을 약 15분 정도 듣고 자유로이 관람하는 시간이 주어졌다. 첫 번째 작품이 '마음의 기하학'이었는데 이 작품은 관람객이 직접 작품에 개입하는 참여형 워크숍이었다. 전시실 입구에서 관람객이 찰흙 덩어리를 한 줌씩 배분 받아서 캔버스 기능을 하는 19m 길이의 타원형 탁자 앞에 앉아 둥그런 '구球' 형태를 만들어서 그 위에 놓는 작업을 하는 작품이었다. 색깔이 진한 찰흙도 있었고 약간 연한 빛깔의 황토색도 있었다. 관람객은 작가가 요구하는 모양을 만들기 위해 손으로 흙을 감싸고 굴리는 행위를 반복하면서 자신의 마음 상태를 모나지 않는 둥근 물질(유(有))로 만들어 제 자리에 놓음으로써 물질에서 다시 '무無'로 전환되도록 하는 체험을 하는 것이다. 작가의 의도는 이런 순환적인 행위를 통해서 두 손바닥에 가해지는 균형적인 힘 사이의 양극성을 깨닫도록 하는 것이며, 이를 통해 얻어진 물질인 구球가 하나의 작품이 되도록 하는 것이다.

이미 많은 관람객이 다녀갔는지 커다란 타원형 원반 위에는 탁구공만 한, 또는 야구공만 한 '구'들이 가득 놓여 있어 멋진 예술품이 완성되고 있었다. 나도 마음을 가다듬고 의자에 앉아 울퉁불퉁한 찰흙을 양손 사이에 넣고 비비거나 탁자 위에 놓고 살살 굴리면서 작가의 의도대로 작품을 만들어 나갔다. 그러나 제대로 된 '구'를 만드는 것이 생각보다 쉽지는 않았다. 약 10여 분의 작업을 통해 나름대로 그럴듯한 '구'를 만들어서 적당한 위치에 올려놓았다. 마침내 비록 작품의 일부이긴 하지만 내가 만든 '구球'도 당당히 작품으로 남아 전시가 되는 것이었다. 진짜 사람의 손으로 만들었는지 의심이 갈 만큼 완벽하게 공 모양으로 잘 만든 것도 있었고, 약간 오돌토돌한 서투른 모양의 작품도 있어서 더 조화를 이루고 있는 것 같았다. 멀리서 보면 비슷해 보이지만 가까이서 보면 크기나 모양, 곡면의 미세한 굴곡이 모두 달라 만든 사람의 개성이 드러나는 것 같았다.

찰흙은 무한정 공급되는 것이 아니고 준비한 양만큼만 공급하고 마감될 것이라는 관계자의 설명을 듣자 조금 늦었더라면 소중한 기회를 놓치고 아쉬워할 뻔했다는 생각이 들었다. 이 작품과

함께 '구의 궤적Unfolding sphere'이라는 사운드 퍼포먼스를 동시에 전시하고 있었는데 구형의 찰흙이 가지고 있는 표면의 기하학적 구조를 실타래의 소리나, 입에서 가글하는 소리로 풀어내며 탁자 위에 흩어져 있는 구형들과 조응하여 우주적 조형성을 드러내고자 하는 작가의 창의적 예술성을 보여주었다.

'마음의 기하학'에 이어서 '몸의 기하학' '몸의 연구' '실의 궤적' '연역적 오브제' 등의 작품이 전시되어 있는데, 특히 세계 여러 곳을 다니면서 직물을 짜는 원초적이고 근원적인 행위와 자연, 건축, 농업, 젠더 관계 등과의 구조적 연관성들을 새로운 방식으로 보여준 '실의 궤적'도 인상적이었다.

나와 동갑내기이고 지방 출신이며, 동시대同時代에 서울에서 대학을 다녔다는 공통점 때문에 좀 더 친숙하게 다가온 작가였고, 작가의 예술적 모티브가 된 '보따리'라는 공감대를 통해서 작품을 이해하고 감상할 수 있었다. 비록 작가가 기획한 작품이었지만 예술적 소질이 전혀 없는 나에게 작품에 참여할 수 있는 기회를 준 김수자 작가에게 감사의 마음을 전한다.

나의 논어 이야기

누구나 살다 보면 정도의 차이는 있어도 힘든 일이 생기게 마련이다. 일이 잘 안 풀려서 생기는 문제일 수도 있고, 인간관계가 꼬여서 오는 문제일 수도 있고, 건강상의 문제일 수도 있고 사소한 오해에서 생기는 문제일 수도 있을 것이다. 이처럼 힘든 일이 생기면 우리는 일차적으로 나에게 왜 이런 일이 일어났는지 부정하고 싶어지고 화가 나고 주변을 원망하기도 한다. 정말 힘들어서 스스로의 힘으로 해결할 수 없는 상황이 되면 우리는 절망하면서 방황하기도 하고 때로는 종교의 힘으로 극복하기 위해 노력해 보기도 한다.

과거를 뒤돌아보면 많은 좌절과 실패의 경험이 있었다. 그런데 그때마다 나에게는 아직 젊음이 있고 미래가 있다는 희망 때문에 그런대로 잘 이겨냈던 것 같다. 그러나 이제 나이가 들면서 힘든 상황에 부딪히게 되자 젊었을 때처럼 쉽게 떨쳐 버리질 못하고 밤마다 뒤척이면서 가족들까지 잠을 설치게 하는 날들이 지속되었다.

이런 상황을 벗어나기 위해서 나름대로 자구책을 구하던 중 마침 이지성이라는 작가가 쓴 『리딩으로 리드하라』라는 책을 읽은 것을 계기로 논어를 필사해 보기로 했다. 논어에 어떤 내용이 있는지 대충은 알고 있었지만 좀 더 절실한 마음을 가지고 읽으면서 필사해 보면 답답한 마음이 풀릴지도 모른다는 막연한 기대감을 가지고 시작해 보았다.

시간이 날 때마다 마음을 가다듬고 원고지에 만년필로 한 자 한 자 적어 가면서 그 뜻을 익히고 새겨 가면서 처음부터 끝까지 순서대로 필사를 시작하였다. 필체가 좋은 편이 아니라 글씨를 써 놓고 보면 마음에 들지 않은 경우가 많았는데 이럴 땐 내 마음이 삐뚤어진 탓으로 돌리고 반성하면서 가능하면 똑바로 쓸 수 있도록 집중하면서 써 나갔다. 마음에 절실하게 와 닿는 내용도 있고 나와 별로 상관없을 것 같은 것도 있었지만 개의치 않고 써 보았다. 두 번 정도 필사를 마친 후에 나 자신에게 어떤 변화가 있었는지 여러모로 생각해 보았다.

우선 한자漢子를 직접 종이 위에 쓰는 것 자체가 힐링의 시간이 되었다. 복잡한 생각을 접어 두고 오직 글씨를 똑바로 써야겠다는 마음으로 집중을 하게 되기 때문이다. 본래 생각을 많이 하는 성격인지라 한 번 어떤 상념에 빠지면 잘 벗어나지 못하는 버릇이 있는데 논어를 필사하는 시간만큼은 마음이 정돈된 기분이 들어서 좋았다.

두 번째로 지난날에 대한 반성을 하고 나에게 있는 문제점을 알아낼 수 있는 시간이 되었다. 그동안 살아오면서 가장 가까운 가족들뿐만 아니라 친한 친구들, 사회 생활하면서 만나고 헤어진 사람들과의 관계에서 내가 좀 더 세련된 방법으로 처신하지 못했던 것들에 대한 답들이 들어 있었다. 좀 더 일찍 마음에 새기고 알아 두었더라면 나 자신도 상처를 덜 받고 상대방과의 관계도 원만하게 갈 수 있었을 것이라는 아쉬움을 많이 느꼈다.

세 번째로 대인 관계에서의 자신감과 여유가 좀 더 생겨나는 계기가 되었다. 특히 날마다 진료하면서 만나는 다양한 성격의 환자들을 대하면서 내가 받아야 했던 스트레스를 훨씬 덜 받고 진료에 임할 수 있었고, 그들이 가끔 쏟아내는 불만에 따른 직원들에 대한 실망감도 잘 이겨낼 수 있어서 좋았다. 다시 말하면 인간에 대한 이해의 폭이 넓어짐을 느낄 수 있었다. 나와 감정이 별로 좋지 않은 사람을 대할 때도 전보다는 훨씬 여유를 가지고 웃는 낯으로 대할 수 있게 되었다.

네 번째로 화를 잘 다스릴 수 있게 되었다. 일상생활에서 피할 수 없는 순간적인 화, 예를 들면 운전 중 자주 경험하는 난폭 운전자들에 대한 분노 같은 것을 잘 참아내고 웃어넘길 수 있는 내공을 갖게 되었다. 또 나를 배신한 사람들에 대한 미움도 참아내는 데 많은 도움이 되었다. 만일 논어를 읽고 마음을 추스르지 않았다면 내가 어떤 상황으로 빠져들었을지 솔직히 자신이 없다.

논어 필사에 한창 열중할 때쯤 우리 병원에 다니는 어떤 여자 목사님이 나에게 종교가 있느냐고 물어보기에 공자님교를 믿는다고 웃으면서 대답한 적이 있다. 목사님은 열변을 토하면서 성경을 읽고 교회를 다니라고 한참 동안 설교를 하고 나가셨다. 물론 공자는 석가모니나 예수님에 비하면 지극히 평범한 인물이라고 할 수 있다. 종교가 절대적인 선에 이르는 길을 안내하는 것이라고 한다면, 논어는 평범한 인간에게 살아가는 동안 자기를 다스리고 원활한 인간관계를 유지하기 위해 필요한 인간 관계학이자, 자기 수양의 경전이라고 할 수 있을 것이다. 따라서 기독교인이건 불자건 무슬림이건 논어의 가르침을 먼저 배우고 실천하면서 살 수 있다면 지구촌은 좀 더 살기 좋고 평화로운 세상이 될 것이라는 상상을 해 본다. 목사님이나 스님이 몰염치한 범죄를 저지르는 것을 보면 논어를 먼저 마음에 새기고 나서 성경이나 불경을 공부하고 성직자의 길을 갔다면 그런 범죄를 저지르지 않았을지도 모른다는 아쉬움을 가져 보기도 했다.

나를 찾아오는 고객들과 대화를 하다 보면 육체적 고통 못지않게 정신적 스트레스를 호소하는 분들이 많다. 집에서 가족 간에 생기는 갈등, 유산 상속과 관련된 문제, 경제적인 어려움, 주변 사람들과의 문제, 또는 직장에서의 문제 등 정말 다양하고, 하나하나 얘기를 듣다 보면 어디서부터 문제를 해결해 나가야 할지 답답한 경우가 많다. 일시적인 문제인 경우 별로 문제가 되지 않으나 장기간에 걸쳐서 지속적으로 스트레스에 시달리는 분들은 결국 불면증이나 다른 육체적 질환으로 이어지는 경우가 많다. 고혈압이나 당뇨병이 악화되기도 하고 위장병이나 소화 불량에 시달리기도 하고, 우울증과 화병으로 힘들어하는 경우도 생긴다. 이러한 여러 가지 정신적 스트레스 중에서도 역시 가장 힘들어하는 것은 불편한 인간관계에서 생기는 문제인 것 같다. 가장 큰 기쁨도 사람에게서 오고 가장 큰 아픔도 사람 때문이라는 말이 마음에 와 닿는다.

　　우리는 태어난 순간부터 어떤 형태로든 누군가와 관계를 맺고 살 수밖에 없다. 따라서 좋은 인간관계를 맺고 살아간다는 것은 행복한 삶을 위해서뿐만 아니라 사업에 성공하기 위해서도 꼭 필요한 요소 중의 하나일 것이다. 관계가 꼬이기 전에 내가 어떻게 처신해야 하는가를 배우는 것이야말로 가장 선행先行해야 할 공부가 아닐까 생각해 본다.

　또한 이미 틀어진 관계를 풀 수 있는 방법을 배우는 것도 관계 회복을 위해서 필요할 것이다. 나는 이와 같은 인간관계에 관한 가장 좋은 지침서 중의 하나가 논어라고 확신하며, 만일 내가 20 대쯤에 논어를 읽고 가슴속에 깊이 새겨 놓았더라면 여러 가지로 지금보다 훨씬 윤택한 삶을 살아가고 있지 않을까 생각해 본다.

　요즘 취업 때문에 힘들어하는 젊은 사람들도 논어를 필사하면 서 인간관계에 대해 공부하고 자신에게 보완해야 할 점을 찾는다 면 틀림없이 좋은 일이 생길 것이다. 만일 논어를 30번 정도 필사 한 사람을 채용에서 탈락시킨 회사가 있다면 나는 그 회사는 발전 가망성이 별로 없는 회사일 것이 분명하기 때문에 다시는 지원하 지 말라고 하고 싶다. 끝으로 요즘 나에게 가장 와 닿는 논어 문구 를 하나 적어 본다.

人而無信(인이무신)이면 不知其可也(부지기가야)라

大車無輗(대거무예)하며 小車無軏(소거무월)이면

基何以行之哉(기하이행지재)리오?

사람에게 신의가 없으면 그 쓸모를 알 수가 없다. 만약 (소가 끄
는) 큰 수레에 소의 멍에가 없거나, (말이 끄는) 작은 수레에 멍에
갈고리가 없으면 무엇으로 그것을 끌고 가겠는가?

나이 60에 보는 토익시험

학창시절 시험기간이 되면 항상 긴장되고 스트레스가 쌓이게 마련이었다. 초등학교 시절의 받아쓰기 시험부터 시작하여 사회 생활을 위한 입사 시험까지 시험은 누구에게나 거쳐야 할 통과의 례 같은 과정이다. 중·고등학교 시절에는 학급 석차와 전교 석차 가 함께 나오기 때문에 더욱 부담스러웠던 기억이 난다. 시험 때 과목별로 시험 범위가 정해지면 나름대로 계획을 세우고 시험에 대비하지만 마지막에 가서는 조금만 시간이 더 있었으면 하는 아 쉬움이 남는다. 시험을 치르고 나서, 다음번 시험 때는 미리 준비 해서 잘 봐야겠다고 스스로 다짐하고 나서도 그 다음 시험 때 똑 같은 후회를 반복하곤 했었다.

대학에 가서도 마찬가지였다. 특히 의과대학은 공부해야 될 과목이 많고 암기해야 할 양이 많아서 수시로 시험을 치러야 했었기 때문에 마음 편할 날이 별로 없었던 것 같다. 학위를 마칠 때까지 얼마나 많은 시험 때문에 시달렸는지 생각만 해도 진저리가 날 지경이다. 시험을 통과하지 못하면 다음 단계로 나아갈 수 없기 때문에 꼭 통과해야만 하는 관문과 같은 것이었다. 피할 수 없으면 즐기라는 말이 있는데 어디 쉬운 일이겠는가?

한동안 그런 부담스러운 시험으로부터 해방되고 더 이상 그런 통과 의례 같은 게 없다는 현실에 만족하고 살았다. 그런데 어느 날 다시 내가 스스로 시험을 치러 나섰다. 그냥 이대로 산다고 누가 뭐라 하는 사람 아무도 없겠지만 한동안 유행하던 죽기 전에 꼭 해 봐야 할 리스트에 토익시험을 포함시키고 나 자신을 시험해 보고 싶었다. 다른 영어 시험은 여러 번 봤지만 토익 시험은 난생 처음으로 보게 된 것이다. 이렇게 해서 몇 년 전부터 인연을 맺은 토익 시험을 환갑이 다 된 이 나이에도 가끔 보게 된다. 이것도 약간의 중독성이 있는지 모르겠지만 토익 시험을 자꾸 보게 되는 이유는 이렇다.

우선 첫째로 시험은 시험이지만 나의 미래를 결정짓는 변수가 되는 시험은 아니기 때문에 점수에 연연할 필요가 없어서 부담이 없다. 버킷리스트에 포함이 된 만큼 항상 목표로 하는 점수가 정해져 있기는 하지만 목표한 점수가 안 나왔다고 당장 실망할 필요가 없다. 이 나이에 그만큼만 해도 된다고 스스로 위안을 삼으면 되고 그야말로 죽기 전에 달성하면 된다는 생각이 있기 때문에 아직 여유가 있고 시험은 한 달에 한 번씩 계속 볼 수 있다.

둘째로 고사장에 가면 학창시절 시험 때 느껴봤던 약간의 긴장감을 맛보면서, 젊은 학생들 틈에 있으면 같이 젊어지는 기분이 들어서 좋고 학생들을 보고 있으면 싱그러운 에너지를 느낄 수 있다. 학생들이 내 모습을 보고 '저 아저씬 뭐지?' 하는 것 같은 의아한 표정을 짓는 걸 보면 좀 눈치가 보이기는 한다. 아직까지 고사장에서 나보다 나이 많아 보이는 응시자를 본 적은 없다.

세 번째로 시험을 치르는 약 세 시간 동안은 복잡한 일상에서 벗어나 피난처에 온 느낌이 들어서 좋다. 물론 주변에 젊은이들이 있기는 하지만 서로 이권을 두고 경쟁하는 사람들도 아니고, 서로 알려고 노력할 필요도 없고, 눈치 볼 필요도 없고 오로지 자기 할 일만 하면 된다. 자기 할 일만 하고 있으면 서로에게 상처를 줄 이유가 없고 상처 받을 일도 없다. 시험이 끝나면 아무 미련 없이 흩어지면 그만이다. 고사장에서 마주치는 사람들은 사회생활에서 만나는 인간관계와는 달리 무미건조無味乾燥하지만 불편부당不便不當한 중립적中立的인 관계로 끝나기 때문에 부담이 없어서 좋다.

넷째로 오로지 한 가지 일에 온 신경을 집중해 볼 수 있는 좋은 시간이다. 특히 듣기평가 시간에는 잠시라도 집중력이 흔들리면 정답을 놓치게 된다. 마치 사격 선수가 마지막 방아쇠를 당길 때 집중력이 흐려지면 안 되는 것처럼 머릿속을 텅 비운 채로 집중력을 발휘해야 한다. 지나간 문제에 미련을 두면 다음 문제까지 놓치게 되므로 빨리 잊어야 한다. 토익 시험은 나에게 뇌의 집중력과 순발력을 기르고 미련을 버리는 훈련 시간과 같아서 나름대로 가치가 있는 시간이다. 셰익스피어 이후 최고의 극작가이고, 노벨상과 오스카상을 둘 다 거머쥔 유일한 작가이며, 명연설가인 버나드 쇼는 "뭔가에 몰두해 있는 사람은 행복하지도 불행하지도 않다. 움직이며 살아있을 뿐. 그건 행복보다 기분 좋은 상태다."라고 했다 한다.

마지막으로 외국어 공부가 치매 예방에 도움이 될 수 있다는 논문 발표를 본 적이 있는데 덤으로 그런 효과도 있으면 좋겠다. 고등학교 친구들 모임에 갔을 때 몇몇 친구들이 은퇴하고 영어 공부를 한다는 얘기를 들었는데, 어떻게 공부하는지 묻지는 못했지만 내가 아주 엉뚱하지는 않다는 안도감이 들었다.

불가佛家에서 참선을 전문으로 삼는 고승들은 참선이란 무념무상無念無想의 상태가 되는 것을 말한다고 한다. 그러나 엄밀히 이야기하면 뇌가 살아 있는 한 아무것도 생각하지 않는다는 것은 현실적으로 불가능하기 때문에, 정신통일을 방해하는 잡념이라든가 망상 등에 대해 무념無念이고 무상無想인 상태, 즉 의식이 한 가지 일에 집중된 상태에 도달함을 목표로 정진한다는 얘기를 들은 적

이 있다.

　이와 같은 참선에 비할 바는 못되지만 나에게 있어서 토익을 보는 시간은 수행의 의미와 더불어 힐링의 시간이기도 하다. 이미 지난 문제에 미련을 둘 필요가 없고 틀렸을 거라고 고민할 필요도 없으며 다음 문제가 어떤 게 나올지 아무도 모르기 때문에 미리 고민할 필요도 없다. 내가 할 수 있는 범위 내에서 최선을 다하면 그만이기 때문에 모르는 문제가 나왔다고 괴로워할 필요도 없다. 아직 성적이 나오기 전에는 내가 고른 답이 정답이라고 생각하면 마음 편하다. 오직 현재만 있을 뿐이고 지금 이 순간에 충실하면 된다. 어쩌면 이 나이에 경험해 볼 수 있는 가장 순수한 참선의 시간과도 같은 것이라고 강변强辯하면 고승高僧에게 혼날 짓인지 모르겠다.

    토익은 3시간 동안의 짧은 수행으로 잠시나마 힐링과 더불어 수양하는 느낌을 가질 수 있기 때문에 더 적절한 방법을 찾을 때까지 나의 토익 시험은 계속될 것 같다.

모닝커피를 마시면서

아침에 출근해서 진료를 시작하기 전까지 한 시간 정도 여유가 있기 때문에 진료실과 분리된 나만의 공간에서 커피를 마시는 것이 일과의 시작처럼 된 지 오래되었다. 그날그날의 커피의 종류에 따라, 날씨에 따라, 기분에 따라, 계절에 따라 커피 맛이 다른데 난 항상 뜨거운 핸드드립 커피를 마신다. 무더운 여름에도 뜨거운 커피를 한 모금씩 천천히 마시는데 빨대를 꽂아 빨아 마시는 냉커피는 왠지 품위가 없어 보이고 커피향도 별로 나지 않기 때문에 커피라기보다는 단순한 청량음료 같아서 좋아하지 않는다. 플라스틱으로 된 빨대가 입에 닿는 느낌도 썩 좋지는 않다.

커피는 때론 유난히 쓴 맛이 날 때도 있고 약간 무덤덤할 때도 있다. 사실은 입안에 느껴지는 씁쓸한 맛보다는 후각을 파고드는 진한 커피향이 더 좋다. 그래서 향기가 별로 없는 캡슐커피도 썩 좋아하지 않는 편이다. 향기가 없는 커피는 안주 없이 마시는 술과 같고, 반주 없이 부르는 노래와 같고, 꽃 한 송이 없는 결혼식장 같은 느낌이 든다.

또 이때는 채널이 고정된 FM 라디오를 틀어 놓는데 이 시간에는 주로 감미로운 클래식 음악이 나온다. 간혹 그날의 기분에 딱 맞는 음악이 흘러나오면 그때는 커피 맛이 더 좋게 느껴진다. 오늘처럼 아침부터 비가 추적추적 오는 가을 아침에는 바흐의 무반주 첼로곡이나 차이콥스키의 피아노 협주곡, 쇼팽의 피아노곡 같은 음악이 나오면 제격이다.

커피를 마시면서 테이블 위에 놓여있는 책들 중 하나를 골라 몇 줄 또는 몇 페이지 정도 읽는다. 테이블 위에는 항상 5~6권 정도의 책이 놓여있다. 그날그날 기분에 따라 읽고 싶은 부분을 쉽게 찾아서 읽어볼 수 있기 때문이다. 긴 소설이나 어려운 책보다는 주로 수필이나 시집이 놓여 있는 경우가 많다.

꽤 오랫동안 한용운 님의 시집 『님의 침묵』과 피천득 님의 수필집 『인연』이 놓여 있었다. 한용운 님의 시詩 중 고등학교 교과서에도 실려서 익히 알고 있는 '알 수 없어요'와 '님의 침묵'을 비롯하여 주옥같은 님의 시를 읽으면서 커피를 한 모금 한 모금 마시면 기분이 맑아지고 깨끗해진다. 고교시절 따뜻한 봄날 학교 뒷동산에 혼자 누워 흘러가는 구름을 보며 이런 시들을 암송했던 기억이 떠오른다.

불교의 근대화와 대중화에 노력했고 독립운동에도 적극적이었던 만해 한용운 님은 과묵하고 성격이 대쪽 같은 분이었다고 한다. 그러나 『님의 침묵』에 실린 88편의 시는 대부분 여성스럽고 섬세한 시어로 쓰여 있고, 1926년에 발표된 시집임에도 지금 읽어도 전혀 어색하지 않을 만큼 멋진 표현들이 많다. 고교시절 한용운 님의 시를 해석할 때 '님'은 '조국'이나 '조국의 독립'을 의미하는 것으로 배웠다. 그러나 읽으면서 느껴지는 느낌 그대로 '님'이 연인이라고 해도 틀리지 않을 것 같다. 오히려 사랑하는 여인이라고 해야 훨씬 쉽게 이해된다. '님'과 나와의 사랑으로 일관된 한용운 님의 시 가운데 하나를 적어본다.

행복

나는 당신을 사랑하고, 당신의 행복을 사랑합니다.
나는 온 세상 사람이 당신을 사랑하고
당신의 행복을 사랑하기를 바랍니다.
그러나 정말로 당신을 사랑하는 사람이 있다면,
나는 그 사람을 미워하겠습니다.

그 사람을 미워하는 것은 당신을 사랑하는 마음의 한 부분입니다.

그러므로 그 사람을 미워하는 고통도 나에게는 행복입니다.

만일 온 세상 사람이 당신을 미워한다면,

나는 그 사람을 얼마나 미워하겠습니까.

만일 온 세상 사람이 당신을 사랑하지도 않고 미워하지도 않는다면,

그것은 나의 일생에 견딜 수 없는 불행입니다.

만일 온 세상 사람이 당신을 사랑하고자 하여

나를 미워한다면, 나의 행복은 더 클 수가 없습니다.

그것은 모든 사람이 나를 미워하는 원한의 두만강이 깊을수록

나의 당신을 사랑하는 행복의 백두산이 높아지는 까닭입니다.

또한 피천득 님의 수필집 『인연』에 나오는 수필들을 천천히 음미하면서 읽고 있으면 심성이 고운 선생님의 따뜻한 가슴과 따님에 대한 애틋한 사랑을 느낄 수 있다. 특히 고등학교 교과서에도 있었던 선생님의 수필 '인연'은 읽을수록 참 멋있는 글이라는 생각이 든다. 십여 년의 간격을 두고 세 번밖에 만나지 못했고 결국 이루지 못한 아사코와의 인연이었지만 어느 멋진 연애소설보다 더 따뜻한 사랑과 진한 아쉬움을 느낄 수 있다. 마지막 부분의

'그리워하는데도 한 번 만나고는 못 만나게 되기도 하고, 일생을 못 잊으면서도 아니 만나고 살기도 한다. 아사코와 나는 세 번 만났다. 세 번째는 아니 만났어야 좋았을 것이다.'라는 구절에서 선생님이 마지막으로 아사코를 본 후 무엇을 가장 아쉬워했을까 궁금해진다.

요즈음 나의 테이블엔 고故 장영희 교수의 수필집『내 생에 단한 번』,『살아온 기적, 살아갈 기적』, 정호승 산문집『내 인생에 힘이 되어준 한마디』와 성경책, 그리고『우리나라 나무도감』같은 책들이 놓여 있다.

성경책은 나한테 진료를 받기 위해 정기적으로 오시는 누이 같은 분으로부터 선물로 받았다. 그분은 편안한 인상에 늘 웃는 낯으로 대해 주시는데 자기가 살아오면서 가장 잘한 일 중의 한 가지가 성당에 다니는 일이라고 하시면서, 행복하게 사는 법을 두고 잘못 살고 있는 사람들이 많다고 애통해하며 구약과 신약이 같이 실려 있는 두꺼운 성경책을 선물로 가져오셨던 것이다. 오실 때마다 어떤 부분을 읽어 보라고 권하신다. 난 기독교인이 아니고 오히려 불교 쪽에 좀 더 가깝다고 말씀드리고 싶지만 실망하실까 봐 아무 말도 못 하고 읽어 보겠노라고 웃으면서 대답한다. 한두 페이지 읽을 때도 있지만 거의 펼쳐 놓은 상태로 있는 경우가 많다. 펼쳐 놓은 성경책만 보아도 나에게 많은 것을 말해주는 것 같아서 그대로 두고 있다. 주변에 기독교인들이 많은데 이 분들이 알면 혼날 일인지 모르겠다.

한편 나무도감은 가끔 주변에서 나의 시선을 끄는 나무들의 이름이라도 알고 싶은 마음으로 구입하였다. 책에 너무 많은 나무들이 실려 있어서 찾아보는 데 힘든 점이 있기는 하지만 언제든지 찾아볼 수 있다는 뿌듯한 기분으로 항상 테이블 위에 펼쳐 놓고 있다.

또 장애자로 고단한 삶을 이어가다가 설상가상으로 암까지 앓게 되면서도 꿋꿋하게 살다가 간 고故 장영희 서강대 교수의 글을 읽으면서 지쳐가는 나를 다시 일으키고, 아들이 영국으로 유학가던 날 힘들 때 읽어 보라고 아들에게 선물했던 정호승 님의『내 인생에 힘이 되어준 한마디』도 마음속에 많이 와 닿는 글이다. 고

^故 장영희 교수의 글을 읽고 써 놓은 독후감 중에서 공감이 가는 두 분의 글이 책의 맨 뒤표지에 적혀 있어서 나의 소감을 대신해 본다.

최영아(아나운서)

누군가에게 받은 상처 때문에 마음의 벽을 쌓아갈 때 장영희 선생님은 괜찮다고, 눈물 또한 삶의 일부이며, 어쩌면 행복의 작은 씨앗일지도 모른다고 위로해준다. 울먹이는 등을 토닥이는 따스한 손길을 느끼게 된다.

박경림(방송인)

살다 보면 사람 때문에 힘들 때가 있다. 그럴 때면 무작정 사람을 피하고 싶어진다. 하지만 우리는 곧 깨닫게 된다. 그 상처 또한 사람으로 인해 치유된다는 것을. 그리고 이 한 권의 책으로 많은 위안을 받는다.

매일 고객들을 만나러 가기 전에 나만의 독립된 공간에서 향기 그윽한 한 잔의 커피와 함께 음악을 들으면서 이런 책들을 잠시나마 펼쳐볼 수 있는 아침이 있어서 행복하다.

중년의 외도

의사가 된 지도 벌써 30년이 넘었다. 의과대학부터 따지면 40년 가까운 세월 동안 한길을 걸어온 셈이다. 대학시절에는 따로 취미 생활을 할 만큼 시간적, 경제적 여유가 없었다. 더 솔직하게 얘기 하면 마음의 여유가 없었는지도 모르겠다. 졸업 후 인턴, 레지던트 를 마치고 전문의가 될 때까지도 여유가 없기는 매한가지였다. 뒤 돌아보면 젊은 시절 멋진 연애 한 번 못 해 보고 참 무덤덤하게 살 았던 것 같다. 혈기 왕성했던 청춘이 별 낭만도 없이 지나버린 셈 이다. 기억에 남는 것은 같이 모여서 공부했던 것뿐이다.

전문의 과정을 마치고 군의관으로 근무하던 시절에는 경제적으 로 크게 나아지지는 않았지만, 시간적인 여유가 비교적 많아서 테 니스를 하기 시작했다. 따로 레슨을 받지 않고 혼자서 배웠기 때문에 아주 잘하지는 못하지만 동호인들끼리 치면 재미있게 즐길 수 있는 수준은 된다. 군의관을 마치고 사회에 나와서도 한동안 테니스를 열심히 하였다. 테니스 동호회에 가입하여 매일 새벽마다 코트에 나가서 땀을 흘리고 출근하곤 했었다. 한창 열심히 할 때는 추운 겨울이건 무더운 여름이건 개의치 않고 테니스 코트에 나갔던 기억이 난다. 눈이 온 날에는 새벽에 나가서 코트 위의 눈을 다 치운 후 운동을 할 정도로 열정적이었다. 테니스보다 더 재미있는 운동은 없고, 평생 테니스를 놓지 않을 것 같았다. 테니스와 깊은 첫사랑에 빠진 것이다.

애들이 초등학교에 들어갈 무렵 온 가족이 할 수 있는 운동을 찾다가 골프를 시작하였다. 난생 처음으로 돈을 내고 운동을 배워 봤다. 첫 번째 외도인 셈이다. 온 식구가 연습장에서 같이 연습하고 9홀 골프장에 가서 골프를 했던 기억이 난다. 골프를 하면서 테니스도 틈틈이 같이 즐겼다. 애들이 점차 바빠지고 아내도 시간에 제약이 있어서 나 혼자 동료들과 몇 달 더 하다가 골프와 이별한 후, 그 뒤로는 지금까지 골프를 하지 않는다. 격렬한 운동을 좋아했던 나로서는 체질에 별로 맞지 않는 운동이었다. 헤어지기를 잘했다는 생각이 들고 지금도 별로 하고 싶지 않은 운동이다. 첫 번째 외도는 싱겁게 끝나 버린 셈이다. 외도라기보다는 잠깐 스치고 지나간 인연이라고 하는 것이 맞을 것 같다.

두 번째 외도는 배드민턴이었다. 운동을 하고 싶은데 비가 와서 테니스를 못 하게 된 날 교육대학교 체육관 입구에 서서 배드민턴 치는 것을 구경하고 있었다. 그때 어떤 친절한 동호인 아저씨가 들어오라고 하여 가르쳐 주신 것이 계기가 되어 몇 년 동안 배드민턴과 열애를 하였다. 우연히 만나서 그렇게 깊게 빠지리라는 생각은 못했다. 참 신나고 스트레스 해소에도 좋은 운동이었다. 짧은 시간에 운동량도 많고 실내에서 하기 때문에 땀이 많이 나는 스포츠라서 좋았다. 배드민턴을 하는 동안에도 테니스는 계속 했기 때문에 양다리를 걸친 셈이다. 시간 관계상 이들과는 주말에만 교대로 가끔 만나다가 이제는 잠시 별거 중이다. 애들이 커서 서울로 가는 바람에 주중과 주말에 자주 서울을 다녀와야 하는 생활이 시작되면서 차츰 테니스와 배드민턴을 할 수 있는 날이 줄어들 수밖에 없었기 때문이다.

세 번째 외도는 산악자전거였다. 상당 기간 자전거를 탈 기회가 없었지만 어려서부터 자전거를 타 봤고 특히 중학교 시절에는 매일 10km 정도 되는 거리를 자전거로 통학했기 때문에 자전거에는 자신이 있었다. 시간관계상 동호회에 가입은 안 하고 주로 야간에 청주 무심천 자전거 전용 도로나 가까운 야산에서 많이 탔다. 때론 서울 한강변에서 강바람을 맞으며 신나게 달려도 보았다. 운동 강도를 마음대로 조절할 수 있기 때문에 혼자서 하기에도 좋은 스포츠라는 생각이 든다. 한창 산악자전거에 맛을 들일 무렵, 부주의로 내가 좋아하던 자전거를 잃어버린 일이 있었다. 잠깐 한눈파는 사이에 누가 훔쳐 가 버린 것이다. 그 후에 마치 사랑하는 애인을 빼앗긴 기분이 들고 미련이 남아서 아직 새 자전거를 사지 않고 있다.

여러 가지 일들로 마음이 복잡하고 잠 못 이루는 날이 많아지던 어느 날 고속도로 휴게소에 있는 미니 서점에 『한국의 야생화』라는 조그만 그림책이 눈이 띄었다. 약 150가지 정도의 야생화를 봄부터 가을까지 계절별로 정리해 놓은 책이었다. 꽃이나 식물에 대해 별로 아는 바가 없어서 아쉬울 때가 많았는데 야생화에 관한 책을 보자 갑자기 호기심이 생겨 그 책을 아내 몰래 샀다. 아내는 내가 책을 너무 많이 산다고 가끔 잔소리를 하기 때문이다.

복수초를 시작으로 변산 바람꽃, 괭이눈, 미치광이풀, 노루귀, 깽깽이풀 등 재미있는 꽃 이름을 보면서 이렇게도 멋진 꽃 이름을 모르고 있었구나 하는 생각에 나의 꽃에 대한 무식함을 절감했다. 꽃 이름 외는 데 조금씩 재미가 붙자 대학 다닐 때 해부학 시간에 뼈와 근육 등의 이름을 암기하던 생각이 나서 통째로 외워 보기로 하고 그림을 보면서 꽃 이름을 암기하기 시작했다. 진료실 책상 옆에 두고 틈이 나면 외웠다. 학창시절 같으면 두세 시간이면 암기할 수 있는 분량을 거의 한 달이나 걸렸던 것 같다. 그 다음에는 『한국의 정원화』라는 똑같은 형식의 책을 한 권 더 사서 같은 방법으로 암기하였다. 정원화는 서양식 이름이 많아서 더 암기하기가 힘들었다.

금년 봄 새싹이 트기 시작할 무렵부터 점심시간을 이용해 교육대학 뒷산에 올라가서 꽃들이 피는 것을 하나하나 관찰해 보고 그동안 암기한 야생화들을 찾아보았다. 그런데 책에서 본 꽃들과 실제로 야산에서 피는 꽃들이 매칭이 잘 되질 않아서 역시 이론적인 공부보다는 현장 학습이 중요함을 깨달았다. 하지만 꽃 이름을 외운 그 자체만으로도 성과는 있었다. 휴대폰으로 꽃 사진을 찍어서 모르는 꽃 이름을 알려주는 어플리케이션에 올리면 금방 답이 올라와 알아볼 수 있기 때문이다. 참 좋은 세상이다. 이렇게 우연한 기회에 꽃과의 외도가 시작되었고 지금은 꽃들이 시들면서 야생화와의 만남도 잠시 뜸하지만 내년 봄 다시 만날 날을 손꼽아 기다리고 있다.

사실 테니스나 배드민턴 같은 스포츠는 시합을 해야 재미가 있고, 상대를 이기기 위해 경쟁하고 때론 상대를 속이는 야비한 방법을 써야 한다. 하지만 꽃과의 사랑은 내가 꽃을 사랑한 만큼 배신하지 않고, 속이지 않고, 내가 좋아하는 케빈 컨의 'I am always right here'라는 피아노곡 제목처럼 항상 그 자리에서 나를 기다리고 있기 때문에 억지를 부릴 필요가 없어서 좋다. 이처럼 격한 운동보다는 정적인 것에 차츰 취미가 생기는 것이 나이에 따른 호르몬 분비의 영향일 수도 있겠다는 생각이 든다. 꽃과의 인연은 이렇게 시작되었고 진한 열애는 아니어도 오랜 기간 지속될 것 같다.

꽃과의 외도는 자연히 사진과의 외도로 이어졌다. 꽃들의 아름다운 모습을 사진으로 담아 두기 위해 디지털 카메라를 구입하였다. 아직은 작품사진을 찍을 수준은 안 되지만 자주 찍다 보면 차츰 나아지리라 기대하면서 꽃과 카메라와 나 이렇게 셋이서 좋은 연인이 될 것 같다. 이번 주말에는 우리 동네 '미동산 수목원'에 가서 이들과 함께 사랑을 속삭여 보련다.

마지막으로 사랑에는 음악이 필요할 것 같아서 악기를 배워 보기로 했다. 처음에는 첼로를 전공한 아내에게 부탁해 첼로를 시작했다. 첼로를 택한 가장 큰 이유는 레슨비가 안 들어가기 때문이었다. 몇 번 가르쳐 주는 듯하더니 이내 첼로는 어려워서 힘들다고 하면서 비교적 쉬운 플루트를 권하여 결국 플루트 레슨을 받게 되었다. 플루트와는 아직 열애는 아니고 좋은 감정을 가지고 서로 알아가는 중이라 남 앞에서 발표할 단계는 못 된다. 나중에 손자들 앞에서 멋있게 연주하는 할아버지의 모습을 보여주기 위해 열심히 배우고 있는 중이다.

　이렇게 중년이 되어서 이것저것 다 해 봤는데도 첫사랑 테니스와의 인연은 끊을 수가 없을 것 같고 언제 다시 만나도 반가울 것 같다.

토요일 오후 진료실에서

주 5일제 근무가 시행된 후로 토요일 오후가 되면 환자가 뜸해져서 차분하게 생각할 여유가 생긴다. 예전에는 이렇게 바쁘지 않은 토요일 오후가 참 좋았다. 혼자만의 시간이 생기고 책을 한 페이지라도 더 볼 수도 있었고, 주말을 어떻게 보낼까 계획도 짜 볼 수 있기 때문이었다. 월요일부터 바쁘게 일하다가 잠시 한숨 돌리고 쉴 수 있는 토요일 오후와 일요일이라는 시간이 바로 눈앞에 다가와 있을 때 그 기분은 열심히 일해 본 사람만이 느낄 수 있는 특권일 것이다.

아이들이 어렸을 때는 주말에 주로 산이나 온천을 많이 찾아다녔다. 결혼 후 한동안 아이가 안 생겨서 마음고생을 많이 했는데, 결혼 5년 만에 첫 아이가 생겼다. 애들이 아직 없었을 때 혼자서 목욕탕을 가면 애들 손잡고 오는 아빠들이 그렇게 부러울 수가 없었다. 그래서 온 식구가 같이 유성온천이나 수안보, 온양온천 아니면 초정 약수터 같은 곳을 찾아서 온천도 즐기고 맛있는 음식도 사 먹곤 했었다. 아장아장 걷는 두 녀석들을 데리고 목욕탕에 가서 때를 밀어 주고 비누칠도 해 주던 시절이 그립다.

유치원 시절엔 여름에 수영장에 자주 갔었고 겨울에는 스키장에도 자주 갔었다. 당시에는 지금처럼 모든 스키 장비를 렌탈해 주는 시대가 아니고 자기 장비를 가지고 다니던 시절이라 나는 부츠를 신은 채로 두 녀석의 부츠를 들고 스키를 메고 스키장 입구까지 뒤뚱거리며 힘들게 걸어가서 애들 부츠를 신기고 스키복을 여며 주고 스키를 신기고 나면 스키를 타기도 전에 지칠 지경이었다. 그래도 애들이 귀엽게 스키 타는 모습을 보는 것은 참 행복한 시간이었다. 이처럼 그 당시엔 토요일이 되면 항상 즐겁고 가족들과 함께 보낼 수 있다는 기대감으로 부풀어 있었다.

애들이 점점 커 가면서 가족끼리 함께할 시간들이 줄어들기 시작했다. 기껏해야 같이 저녁을 먹을 수 있는 정도가 되더니 이제는 얼굴 보기도 힘들게 되었다. 애들이 바빠지면서 이제는 식구가 다 모여서 밥을 먹으려면 미리 약속을 잡아야 가능하게 되었다.

이런 저런 연유로 최근 몇 년 동안 일요일엔 거의 학술 세미나에 참석하는 재미로 살았다. 하루가 다르게 발전하는 최신 의학 지식을 배우고 익히는 일에 정말 열심이었다. 혹 일이 있어서 세미나에 못 가는 날은 뭔가 허전하고 아쉽고 하루를 헛되이 보냈다는 느낌마저 들었다.

그런데 어느 날 너무 의학 공부에만 매달려서 살아온 내가 좀 편협한 시각을 가지고 살고 있구나 하는 생각이 문득 들어서 한때는 『조선 왕조 실록』과 조선 시대 관련 책들에 흠뻑 빠지기도 했다. 궁궐과 조선 시대 역사책을 매일 탐독하면서 몇 개월을 보내기도 했다. 소위 사추기思秋期에 겪는 정신적 방황이 약간의 학문적 외도로 이어졌는지도 모르겠다.

나이가 들면서 이제는 토요일 오후가 되면 예전 같은 설렘이나 기대감 같은 것보다는 아쉬움과 공허함과 허전함이 밀려오는 것을 느낀다. 여기저기서 결혼식 청첩장이 오는데 주로 토요일 낮에 혼례식이 있기 때문에 갈 수 없는 경우가 대부분이다. 특히 친

구들 자녀 결혼식 때 지리적으로, 또 시간적으로 맞출 수가 없어서 거의 가 보질 못하고 축의금만 보내는 경우가 많다. 하객으로 가서 자연스럽게 친구들을 만나고 안부도 묻고 사는 얘기도 하면서 우정을 나누어야 할 텐데 그러질 못해서 항상 미안하고 아쉬운 마음이다. 때로는 외톨이가 되어가는 느낌이 들 때도 있다. 혹자는 개인 의원인데 문 닫고 가면 되지 않느냐고 하는 사람들도 있지만 말처럼 쉽지 않은 게 개인 의원을 운영하는 우리들의 현실이다. 노인 환자들이 많은 탓에 힘들게 아픈 다리를 이끌고 2층까지 올라왔다가 헛걸음하고 가셔야 할 할머니, 할아버지들을 생각하면 문을 닫는 것이 쉬운 일은 아니다.

또한 토요일 오후에 진료실에 앉아 있는 것이 왠지 시류時流에 역행하고 있다는 기분이 들 때도 있다. 대부분 직장인들이 토요일에 근무를 안 하고, 특히 이미 은퇴한 친구들이 적절한 취미 생활을 하면서 즐기는 것을 보면 부럽기도 하다. 정년이 없는 나를 부러워하는 친구들도 많지만 끝이 없다는 것이 사람을 얼마나 힘들게 하는지 모르고 하는 소리다. 정상이 어딘지 모르고 무작정 올라가야 할 산이라고 가정해 보면 잘 알 수 있을 것이다.

물론 적절한 때 진료 시간을 줄이고 나의 시간을 갖는 것을 내가 결정하면 되는 일이긴 하지만 많은 친구들이 한창 은퇴하는 시기라서 그런지 토요일 오후까지 진료실에 있어야 하는 내가 언제까지 이렇게 살아야 할지 고민스러워지기도 한다. 더 일하고 싶어도 하지 못하는 친구들에겐 사치스럽고 행복한 고민인 줄은 잘 알지만 말이다. 더 늦기 전에 하고 싶었지만 시간이 없어서 미루고 있었던 것들을 해 보고도 싶고, 여유를 가지고 맘껏 여행도 다녀 보고 싶다.

이제 남은 인생을 어떻게 살 것인지 한 번쯤 정리하고 가야 할 시기인 것 같다. 아내는 나이 들수록 옷도 잘 입고 젊은 사람들을 배려하고 매너를 지키고 깔끔하게 하고 다니라고 충고한다. 가족끼리 레스토랑에서 식사할 때면 애들로부터 많은 지적을 받기도 한다. 자기 또래의 종업원에게 존댓말 안 했다고 뭐라고 하고, 음식 먹는 순서가 틀렸다고 뭐라고 하고, 격식에 맞지 않은 음식을 시켰다고 지적하고, 와인을 너무 빨리 마신다고 지적하기도 한다. 아내는 식사 도중에 입가에 뭔가 묻어 있거나 흘리면서 먹으면 나중에 며느리 앞에서 어떻게 하려고 그러느냐고 구박한다. 병원에 오시는 노인 분들, 특히 할아버지들을 잘 관찰해 보면 융통성이 없어지고, 아집이 생기고, 여유가 없고 남을 배려하는 마음이 줄어드는 것 같다. 미래의 나의 모습이 될까봐 걱정된다. 옛 성현들의 충고를 다시 한 번 새겨본다.

恩義廣施(은의광시)하라
人生何處不相逢(인생하처불상봉)이리오

讐怨莫結(수원막결)하라
路逢狹處難回避(노봉협처난회피)니라

사람들에게 은혜와 의리를 두루두루 베풀며 살아라.
사람이 살다 보면 어느 곳에서든 서로 만나기 마련이다.
사람들과 원수지간이 되지 마라.
좁은 길에서 서로 만나면 피해 가기 어렵다.

於我善者(어아선자)라도 我亦善之(아역선지)하고
於我惡者(어아악자)라도 我亦善之(아역선지)하라
我旣於人無惡(아기어인무악)이면
人能於我無惡哉(인능어아무악재)인저

나에게 착하게 대하는 사람에게 나도 착하게 대하고,
나를 나쁘게 대하는 사람에게도 역시 착하게 대하라.
내가 그 사람을 나쁘게 대하지 않았다면
그 사람도 나에게 나쁘지 않게 대한다.

一派靑山景色幽(일파청산경색유)한데
前人田土後人收(전인전토후인수)라
後人水得莫歡喜(후인수득막환희)하라

更有收人在後頭(갱유수인재후두)니라

한 줄기 푸른 산 경치가 그윽한데
앞사람의 논밭을 뒷사람이 거둔다네
뒷사람은 논밭을 거두었다 기뻐 마라
또다시 거둘 사람 바로 뒤에 있으니

트리오 연주

나는 음악을 듣거나 노래하는 것을 좋아한다. 듣는 것은 유행가든 가요든 클래식이든 판소리든 가리지 않는 편이다. 악기는 초등학교 학예회 때 심벌즈를 해 본 것과 고등학교 때 기타를 혼자 조금 만져 본 게 전부이다. 내가 미술에 소질이 없다는 것은 잘 알고 있지만 아직까지 음악에 소질이 없다는 생각은 해 보지 않고 살았다. 그런데 요즘 들어서 음악에도 아주 소질이 없음을 절실하게 깨닫게 되었다.

플루트를 배우기 시작한 지가 오래되지는 않았지만, 처조카가 결혼을 한다기에 같이 식사하는 자리에서 농담조로 내가 "축하 연주를 해 줄까?"라고 말한 것이 발단이 되어 진짜 연주를 해야 할 상황에 처하게 되었다. 어떤 곡을 연주할까 고민 끝에 노랫말이 마음에 들고, 마침 시월에 결혼을 한다기에 '시월의 어느 멋진 날에'라는 곡을 연주곡으로 정하고 혼자 악보를 구해서 연습을 시작해 보았다.

처음에는 열심히 하면 할 수 있을 것 같은 생각이 들었다. 그런데 연습을 자꾸 해 봐도 몇 군데가 소리가 잘 나지 않고 운지가 쉽게 되지 않아서 남 앞에서 연주하기에는 많이 부족한 것 같았다. 결혼식 날짜가 다가오자 조금씩 자신이 없어지기 시작했다. 이대로는 안 되겠다 싶은 마음에 아직 실력이 모자라서 연주를 못 하겠다고 했더니 많이 실망하는 표정이 역력했다.

또 다시 고민 끝에 할 수 없이 플루트 선생님께 얘기하고 이 곡에 대해 집중적으로 연습을 해 보고 최종 결정하기로 마음을 바꾸었다. 대충 어떤 식으로 연주할 것인지 지도를 받고, 마침 아들이 서울에서 왔기에 트리오 연습을 해 보기로 했다. 아들이 피아노, 아내가 첼로, 내가 플루트 이렇게 연습을 하기 시작하였다.

함께 연주를 해 봤더니 혼자 연주할 때와는 또 달랐다. 나 혼자 연주할 때는 박자가 조금 틀려도 상관없었지만 같이 연주를 할 때는 박자를 못 맞추어서 자꾸만 틀리는 것이었다. 그 전에는 계명을 외우고 노래를 알기 때문에 비슷하게 불면 되었는데 트리오가 되니까 나 혼자 박자를 못 맞추고 딴 길을 가는 것이었다. 나 혼자 하기에도 바쁜데 옆에서 연주하는 소리에 맞추어서 연주를 하려니 도저히 맞출 수가 없었다. 아내가 악보를 보면서 그대로 박자를 맞추라는데 그 박자를 정확히 따라가기가 힘들어서 빨랐다 느렸다 했다. 아내가 악보는 과학이나 수학처럼 정확한 것이라고 하면서 악보의 중요성을 강조하였다. 그러고 보니 플루트 선생님이 메트로놈을 위에 놓고 그 박자를 세어가면서 연주하는 연습을 하라는 것을 소홀히 한 것 같았다. 사실 나는 주로 다른 사람이 연주하는 것을 듣고 외워서 그대로 따라하려고 했던 것이지 악보를 제대로 볼 줄 몰랐던 것이다.

처음 플루트를 시작할 때 나는 혼자서도 할 수 있을 것 같았다. 플루트 교재를 사서 보고, 강의는 유튜브로 보면서 시작해 봤는데 연습을 하면 될 것 같았다. 어차피 클래식 같은 어려운 음악을 할 것도 아니고 유행가 정도만 불 수 있으면 된다고 생각했고, 대입 시험공부도 혼자 했는데 뭐 이런 거 혼자 못 하겠나 하는 짧은 생각으로 시작했던 것이다. 하지만 보고 있던 아내가 답답해 보였는지 레슨비 줄 테니까 레슨을 받으라고 억지를 부려서 레슨을 시작했었다. 첫 레슨 때 다른 것은 몰라도 음악은 혼자 하기가 힘든 것이라고 한 플루트 선생님의 말이 실감이 났다.

인류 역사상 가장 뛰어난 천재로 알려진 모차르트는 다섯 살 때부터 작곡을 했다고 한다. 물론 어느 한 분야의 천재가 따로 있기는 하겠지만 나는 예순의 나이에도 악보조차 볼 줄 모르기 때문에 천재와 둔재가 얼마나 차이가 나는지 알 수 있을 것 같다.

아무튼 하늘에서 말썽을 피우다가 인간 세상으로 쫓겨나, 천상에서나 들을 수 있는 아름다운 음악을 남겨놓고 간, 그래서 '하늘에서 잠시 쫓겨난 음악 천사'라고 불리는 모차르트는 그처럼 천재였음에도 못생기고 키도 작고 고집스럽고 괴팍해서 주위 사람들과 잘 어울리지 못했다고 한다. 너무 어려서 이름을 날렸기 때문에 또래 아이들과 함께 학교에 다니면서 인간관계나 사회생활에 필요한 예절이나 상식을 배우지 못한 것도 원인이 되었을 것 같다. 하늘에서 잠시 쫓겨난 이 천재는 이 땅에서 잠시 머물다가 35세의 나이에 하늘로 되돌아갔다. 반면에 많은 교향곡을 작곡하여 '교향곡의 아버지'라고 불리는 하이든은 모차르트보다 24년 먼저 태어났는데 성격이 아주 상냥하고 친절해서 주변 사람들로부터 많은 존경을 받았다고 한다. 어른스럽고 점잖은 하이든은 모차르트의 2배가 넘는 77세까지 살았다고 한다.

인류가 만든 음악 중에서 가장 완벽한 아름다움을 실현했다고 일컬어지는 두 사람은 고전파 음악을 발전시킨 거장들이다. 인류 사상 최고의 천재였던 모차르트는 인류 최고의 음악을 작곡하였음에도 아내의 낭비벽 때문에 빚쟁이로 세상을 마감했고 장례를 치를 돈조차 없어서 묘비 하나 없이 거의 버려지다시피 쓸쓸하게 묻혔다고 한다. 반면에 하이든은 부와 명예와 수壽를 다 누렸고 자기가 가르쳤던 제자 베토벤이 활동하는 것도 지켜보는 행운을 누

렸다고 한다. 요즘처럼 영악한 애들에게 모차르트처럼 짧고 굵게 천재로 살고 싶은지, 아니면 천재가 아니어도 하이든처럼 남들 존경을 받으면서 오래 살고 싶은지 물어보면 틀림없이 천재로 태어나서 오래 살고 싶다고 대답할 것이다.

나는 이미 음악 둔재지만 음악을 즐기면서 하이든처럼 오래 살고 싶다. 음악적 재능이 없는 내가 사람들의 귀를 조금이나마 즐겁게 해 주기 위해서는 많은 연습을 해야 할 것이다. 첫 트리오 연습은 내가 얼마나 박자감이 없는지, 합주를 얼마나 대충 생각하고 있었는지, 악보가 얼마나 정확성을 요구하는지를 깨닫게 되는 계기가 되었다.

　무슨 일이든 초보자 시절에는 모든 게 서툴고 미흡할 것이다. 이제 막 신혼 생활에 들어가는 신랑, 신부도 여태껏 서로 다른 환경에서 살다가 함께 시작하는 생활이 서툴고, 때로는 불협화음이 생길 수도 있을 것이다. 그러나 내가 서투른 플루트 연주를 매일 연습해서 조금씩 나아지는 것처럼, 또 혼자 연주하는 것보다 합주를 위해서 서로 박자를 잘 맞추어야 하는 것처럼 두 사람도 서로에게 양보하고 맞추어 가면서 잘 살기를 바란다. 그리고 모차르트처럼 영특하고 하이든처럼 따뜻한 마음을 가진 2세들을 낳아서 잘 키우길 바란다. 축하연주까지는 아직 보름 정도 남아 있으므로 좀 더 악보에 충실하게 연습해 보련다.

한겨울 밤의 꿈 - 백담사 다녀와서

지난 1월 초 연휴를 맞아 대학에 다니는 둘째 아들과 단둘이 생전 처음으로 백담사를 가 보기로 하고 나섰다. 한동안 매스컴에서 많이 오르내렸던 곳이고, 백담사 가는 길이 아주 좋다고 얘기해준 분이 있어서 한 번쯤은 꼭 가 보고 싶었던 곳이었다. 점심을 강릉에서 먹고 나서 갑자기 결정한 일이라 별 준비 없이 출발했다.

강릉에서 출발하여 주문진까지는 뻥 뚫린 넓은 길로 순식간에 달려갔다. 그런데 그 다음부터는 연휴기간인지라 많은 관광객들로 인해 동해안 길이 생각보다 많이 혼잡했다. 도중에 일정을 바꿔 볼까 망설이기도 했지만 마땅히 다른 곳이 떠오르지 않았다. 막힌 길을 뚫고 드디어 백담사 입구 주차장에 도착했을 때 거의 4시가 다 되어갔다. 한겨울 해질 무렵이 다 된 것이다.

입구에서 사찰까지 가는 셔틀버스가 있는 것 같아서 물어보니 겨울에는 운행을 안 한다고 했다. 안내판을 보니 백담사까지 약 6.5km이며 겨울철에는 5시 이후에는 가능하면 관람을 삼가달라는 문구가 보였다. 아마 갑작스런 폭설이나 한파에 대한 경고로 보였다. 순간 망설여졌다. 그대로 돌아가기엔 왔던 길이 아쉽기도 하고, 저녁에 특별히 할 일도 없었고, 언제 다시 오게 될까 하는 마음으로 일단 가 보기로 했다. 옷은 따뜻하게 입었고 다행히 차 트렁크에 등산화가 있어서 나는 등산화로 갈아 신었지만 아들은 평소 신던 신발을 그대로 신고 출발했다. 그래도 물은 준비하는 것이 좋을 것 같아서 편의점을 찾아봤으나 주변에 아무것도 없었다. 물도 없고 먹을 것도 준비 안 한 상태에서 일단 가는 데까지 가 보기로 했다. 항상 대책 없이 일 벌여 놓고 수습하느라 고생하는 버릇이 있는데 이날도 비슷한 상황이 되었다.

날씨는 한겨울답게 추웠고 눈은 오지 않았지만 잔뜩 흐리고 바람이 꽤 불었다. 강원도 산간지역답게 산에는 녹지 않은 눈과 바위 틈 사이의 얼음들이 눈에 띄었다. 유난히 하얀 바윗돌 사이로 흘러내리는 시냇물 소리를 들으며 천천히 걷기 시작했다. 가끔 두세 명씩 배낭을 짊어지고 내려오는 사람들을 마주하며 혹시나 같은 방향으로 가는 팀이 있는지 자꾸 뒤돌아보곤 했다. 혹시 무슨 일이 있을 경우엔 도움을 청할 수 있는 동행자들이 필요할 것 같

은 느낌이 들었기 때문이다. 2명씩 두 팀이 있었는데 한 팀은 젊은 연인끼리였고, 다른 한 팀은 중년 부부인 것 같았다. 젊은 연인들은 카메라와 삼각대를 들고 중간 중간에 사진을 찍으면서 따라오는 것 같았다. 같은 방향으로 가는 팀이 있다는 것이 반가웠고 끝까지 같이 갔다가 내려오면 좋겠다고 생각은 했으나 말을 붙여 보진 못했다. 2~3km쯤 걷다가 아들에게 슬쩍 물어봤다.

"그냥 돌아갈까?"

백담사까지 갔다가 돌아오려면 아직도 10km 이상을 더 걸어야 하는데 얼마나 경사가 심한 오르막이 있을지, 어떤 난코스가 있을

지 전혀 사전 정보도 없이 무작정 가기가 겁이 나기도 했고, 아들 녀석이 평소 운동을 별로 좋아하지 않아서 비만인 데다가 운동 신경도 좀 무딘 편이어서 걱정이 앞섰기 때문이었다. 그런데 의외의 답이 돌아왔다.

"여기까지 왔는데 그냥 끝까지 가 봐요."

아들이 끝까지 가자고 하는데 아버지로서 그냥 돌아가자는 말을 할 수가 없었다. 초등학교 때 산에 가면 중간에 힘들어서 짜증 내던 녀석의 이 같은 대답에 아들이 대견스럽기도 했다. 물도 없고 먹을 것도 없이 걷기가 부담스러워서 하산하는 등산객 차림의 일행들 배낭에 꽂힌 물병을 보며 하나 구걸해 볼까 생각도 해 봤지만 말이 쉽게 나오지 않아서 포기했다.

한참을 걷다 보니 우리랑 같이 올라오던 팀들이 눈에 보이지 않았다. 도중에 되돌아간 것 같았다. 다행히 경사가 급한 코스는 없었다. 한 시간쯤 갔을 때 날이 어두워지기 시작했다. 목이 좀 말라서 골짜기에 있는 얼음을 깨서 녹여 먹어 볼까 시도해 봤으나 여의치 않아서 포기했다. 가끔 아들의 상태를 곁눈질로 점검하는 것 말고는 별 말 없이 걸음을 재촉했다. 굽이굽이 돌고 돌아 깊은 골짜기에 있는 다리에 이르자 첩첩산중에 백담사의 모습이 어둠 속에서 희미하게 보이기 시작했다. 깊은 산중이었지만 널따란 개천을 앞에 두고 다리 건너 꽤 넓고 평평한 곳에 자리 잡고 있었다. 그러니까 처음부터 백담사까지 물줄기 옆을 따라서 이어진 길을 걸어서 백담사에 도착한 것이다.

어서 가서 따뜻한 차라도 한잔 마시고 싶어서 서둘렀다. 대개 유명 사찰이 있는 곳에는 찻집이 항상 있기 때문에 잔뜩 기대를 걸고 있었는데 이미 문을 닫고 불도 꺼져 있었다. 할 수 없이 지나가는 스님에게 합장하고 물을 마실 수 있느냐고 물었더니 샘물 있는 곳을 알려 주어 따뜻한 차 대신 차가운 물을 마시고 주변을 둘러보았다. 이미 날이 저물어서 찬찬히 볼 여유는 없었다. 만해 한용운 연구소도 경내에 있었다. 사찰에서 일하시는 분들인 듯 몇 분들이 승용차로 빠져나가는 모습이 보였다. 주위는 완전히 어두워지고 가끔 수행을 하시는 스님인지 아니면 템플스테이를 하는 분인지 알 수 없지만 어둠 속을 뚫고 어디론지 걸음을 재촉하시는 모습도 한두 분 눈에 띄었다.

우리도 더 지체하지 말고 서둘러야 했다. 날씨가 어떻게 변할지 모르고, 한 번 왔던 길이지만 어둡고 오가는 사람이 없어서 걱정스러워졌다. 계곡을 무심히 흐르는 차가운 물소리와 바람에 나뭇가지 흔들리는 소리가 하산을 재촉하는 듯했다. 초저녁이었지만 주변에 아무런 불빛이 없고 이날따라 하늘엔 별도 달도 구름에 가려 너무도 캄캄했다. 아주 어렸을 적 전기가 들어오지 않았던 시절에 어두운 밤길을 걸어 본 이후 그렇게 깜깜한 밤을 본 적이 없었다. 산골에서의 어두운 초행길은 아무 이유 없이 겁이 나고 두렵게 마련이다. 별일 없겠지 하면서도 아들이 잘 따라올지 걱정도 되고 준비 없이 나섰던 길이 조금은 후회스럽기도 했다. 점심 후 아무 것도 먹지 않은 상태라 배도 고프기 시작했다. 먼 길을 다녀오시는 것 같은 차림의 스님이 사찰을 향해 익숙하게 걸어가는 모습이 잠시 반갑게 다가왔지만 이내 어둠 속으로 사라졌다.

이제 칠흑 같은 깜깜한 산골짜기 외길에는 아들과 나 단 둘뿐이었다. 나는 부러진 나뭇가지 하나를 적당한 길이로 꺾어서 손에 들었다. 혹시 있을지도 모를 짐승들의 위협으로부터 보호할 목적도 있었고, 마주쳐 올지도 모르는 사람에게 우리의 존재를 미리 알릴 목적도 있었다. 손에 뭔가 들고 있는 것이 없는 것보다는 약간의 안정감을 주었다. 어렸을 적 깜깜한 동네 골목길을 다닐 때 달려드는 개에 맞서기 위해서 막대기 하나쯤은 꼭 들고 다녔던 경험이 되살아났다. 한두 걸음 뒤에서 따라오던 아들은 혹시 내가 돌에 걸려 넘어질까 봐 뒤에서 휴대폰의 플래시를 켜서 비추어 주었다. 내 휴대폰을 꺼내서 배터리가 충분한지 확인해 보았다. 절반 이상 남아 있기는 했지만 만일의 사태에 대비해서 아들에게 플래시 비추는 걸 관두라고 했다. 얼마나 더 가야 할지를 가늠해 보면서 때로는 헛기침을 하기도 하고 막대기를 땅에 질질 끌기도 하면서 두려움을 떨쳐버리려 노력했다. 우리가 걷고 있는 길

외에는 아무 것도 보이지 않았기 때문에 돌아오는 길은 훨씬 멀게 느껴졌다.

언젠가 함께 걷고 있는 아들과 함께 신촌의 한 극장에서 '어둠 속의 대화'Dialogue in the Dark라는 이색 체험을 한 적이 있었다. 1988년 독일 프랑크푸르트에서 안드레아스 하이네케 박사에 의해 시작된 '어둠 속의 대화'는 그야말로 불빛 하나 없는 완전한 어둠 속에서 로드 마스터의 안내에 따라 청각과 촉각 등에만 의존해서 탐험을 하는 특별한 체험이었다. 볼 수 없다는 것은 아무것도 보이지 않는 것이 아니라 무한한 상상력을 자극하고 잠자고 있던 모든 다른 감각들이 깨어나도록 하는 신비한 경험이었다. 눈으로 인지할 수 있는 감각이 둔해질 때 우리 신체는 시각 이외의 다른 모든 감각을 총동원하여 우리 몸을 보호하고자 하는 또 다른 능력이 생기는 것을 직접 체험했었다. 물론 그동안 살아오면서 체득한 시각적 경험의 결과이겠지만 귀와 온몸의 피부가 사물을 인식하고 감지할 수 있다는 것을 배웠었다. 백담사에서 내려오는 어두운 길에서도 그때와 마찬가지로 다른 모든 감각들이 총동원되고 있음을 느꼈다.

얼마를 걸었을까? 마지막 약간의 오르막길을 오르고 나니 저 멀리서 희미한 불빛이 보였다. 한 줄기 불빛이 그렇게 반가울 수가 없었다. 마음 속의 불안감도 사라지고 별 탈 없이 도착했다는 안도감과 함께 배가 고파오고 피로감이 몰려오기 시작했다. 9시가 다 되어가는 시각에 입구 주차장에 도착해서 차를 몰고 경포대로 돌아와 저녁을 먹고 근처 숙소에 도착해 보니 밤 열두 시가 가까웠다. 무작정 나섰던 아들과의 백담사 여행은 백담사의 겉모습만 대충 보고, 백담사 가는 길이 어떻게 생겼는지만을 확인한 채 이렇게 끝났다. 아들은 피곤했는지 눕자마자 깊은 잠에 빠졌다.

아들아!

오늘 어두운 산길 걷느라고 긴장도 되고 많이 힘들었지? 인생이라는 긴 여정을 하다 보면 오늘처럼 뜻하지 않은 상황에 마주칠 수도 있는 거란다. 주변 여건이 나빠지는 경우도 얼마든지 생길 수 있다. 미리 준비할 수 있으면 좋겠지만 완벽하게 준비가 안 된 상태로 일을 시작해야만 할 때도 있다. 그래도 네가 중도에 포기하지 않고 끝까지 가 보자고 했을 때 아빠는 네가 대견스럽고 기뻤다. 네가 돌아가자고 했으면 많이 아쉬웠을 거다. 때로는 모험도 할 줄 알아야 하고 때로는 잘 포기하는 법도 배워야 한다. 힘들게 일을 추진했지만 오늘처럼 별로 얻은 것 없이 돌아올 수도 있는 거다.

목적지에 가서 사찰도 꼼꼼히 살펴보고 스님을 만나 설법도 들어 보고 만해 한용운 님에 대해서도 더 배울 수 있는 좋은 기회였는데 시간이 허락지 않아서 바로 뒤돌아와야만 했던 게 아쉬웠다.

따뜻한 차 한잔 기대했지만 못 마시고 차가운 샘물만 삼키고 왔는데 그것도 못 마셨다면 더 힘들었을 거야. 추위를 녹여 주는 따뜻한 차는 못 마셨지만 차가운 물로라도 목을 축일 수 있었다는 데 감사할 줄 알아야 한다.

노력한 만큼의 소득 없이 빈손으로 돌아왔다고 아무 소득이 없는 것은 아니었다. 다음에 올 때는 어떻게 준비하고 와야겠다는 것을 배웠다면 그것도 큰 소득이란다. 내려오는 길에 네가 없었으면 더 외롭고 무섭고 힘들었을 거야. 네가 뒤따라오면서 휴대폰으로 길을 비추어 줬을 때 고마웠다. 네가 있어서 든든했다. 살다가 힘든 일이 생기면 부모가 네 곁에 없더라도 하나뿐인 형과 상의하고 돕고 의지하면서 잘 극복해 나가기를 바란다. 항상 따뜻하고 밝은 날만 있는 것이 아니고 때론 추울 때도 있고 비바람이 불기도 하고 폭풍이 몰아치기도 하는 것처럼 우리 인생도 그런 거란다. 비록 언제 끝이 날지 알 수 없는 어두운 길에 있어도 포기하지 않고 가다 보면 밝은 빛이 반겨주듯이 살다가 힘든 일이 생겨도 좌절하지 말고 인내심을 가지고 잘 이겨내길 바란다.

한 가지 더 부탁하자면 운동에도 좀 취미를 가져 봤으면 좋겠다. 오늘 보니까 지구력은 괜찮은데 좀 더 민첩해야 하겠더라. 음악이나 와인동호회만 열중하지 말고. 남자가 한두 가지 운동은 해

두는 게 좋다. 오늘 백담사 여행을 통해서 이런 것들을 교훈으로 얻은 하루가 되었기를 바란다. 다음번엔 제대로 준비해서 따뜻한 봄날이나 단풍 드는 가을에 온 가족과 함께 다시 한 번 꼭 가 보자. 잘 자라.

미안함

오래전 종합병원에 근무할 당시 한 동료 내과 의사가 개원 준비를 하면서 자기는 2층에 개원자리를 잡아서 적어도 계단을 잘 올라올 수 있는 정도의 환자들만 보겠다고 했던 말이 기억난다. 종합병원에 근무하다 보면 갑자기 환자의 상태가 나빠져서 곤란을 겪게 되는 경우가 있기 때문에 적어도 2층 정도를 걸어서 올라올 수 있으면 그래도 심폐기능에 아주 큰 이상은 없을 것이라는 생각이 들어서 그런 생각을 한 것이었다. 꼭 그런 이유에서만은 아니겠지만 대부분의 개인 의원들이 2층에 있다.

내가 운영하는 의원도 계단을 걸어서 올라와야 하는 2층에 있다. 개원 초기에는 일주일에 한 번씩 야간 당직의원으로 등록하여 24시간 진료를 했고, 공휴일이나 일요일에도 진료를 했었다. 애들이 유치원도 가기 전이었기 때문에 온 식구들이 차가운 탈의실 바닥에서 쪽잠을 자면서 야간 당직을 했던 기억이 난다. 2년 정도 일요일도 쉬지 않고 진료를 하다가 너무 힘들어서 일요일 진료를 그만두었다. 그 후에도 토요일과 공휴일에는 오후 5시까지 진료를 했었다. 토요일 진료를 오후 5시에서 오후 4시로 한 시간 줄이는 데 꼬박 10년이 걸렸다.

몇 년 전부터는 근로기준법이 강화되면서 직원들의 근로 시간 조절이 불가피하여 토요일 오후진료를 2시까지 줄이고 공휴일은 1시까지 줄임과 동시에 직원들에게 순환근무를 하도록 해서 쉬는 날을 늘려 주었다. 공휴일이나 토요일에 오시는 많은 환자 분들이 쉬지도 못하고 근무하신다면서 의사라는 직업은 본인에게는 별로 좋지 않은 직업인 것 같다고 동정의 말씀들을 하신다. 실은 애들이 유치원부터 대학교 때까지 한 번도 입학식이나 졸업식에 가 본 적이 없었으니까 가족들에게도 별로 좋은 직업은 아닌 것 같다.

지금은 소아 환자들은 거의 없고 대부분의 환자가 나이가 많으신 분들이지만 초창기에는 소아 환자들도 꽤 있었고 찾아오는 고객들의 나이도 비교적 젊었었다. 주변 동네가 주로 주택가이고 새로운 아파트가 들어서지 않았기 때문에 젊은 사람들은 좀 더 살기 편한 공동 주택으로 이사를 갔고 나이 드신 분들은 그대로 살고 계신 것이 주된 이유일 것이다. 또 전에는 법원과 검찰청이 바로 가까이에 있어서 주변 상권이 활발하게 돌아갔으나 이들 관청이 다른 곳으로 이전하는 바람에 지금은 상권이 많이 침체된 것도 젊은 환자가 줄어드는 원인이다. 주변의 많은 변호사들과 법률 사무소도 법원과 검찰청이 있는 주변으로 이전했고 예전에 법원과 검찰청이 있던 곳에는 충북대학교 평생대학원과 공무원 청렴연수원이 들어와 있지만 고정으로 출근하는 사람들의 숫자가 전보다는 훨씬 적은 듯하다. 법원과 검찰청이 다른 곳으로 이전하자 여기저기서 나에게 그쪽으로 이전할 것을 권유하는 유혹들이 많았었다. 번듯한 새 건물에 아주 좋은 조건을 제시하면서 이전을 권유할 때 옮겨 볼까 고민도 했었지만 지금 이 자리를 고수하고 있다. 이전을 하지 않는 이유는 몇 가지가 있었지만 '다른 곳으로 가지 말고 꼭 이 자리에 있어 달라.'고 하는 할머니 할아버지들의 간청도 내가 이곳을 떠나지 못하는 이유 중의 하나였다.

뒤돌아보면 지난 20여 년 동안 큰 탈 없이 진료해 온 것에 감사하다. 사소한 사건들이야 없지 않았고, 직원들 때문에 속상한 일들도 있었지만 큰 과오 없이 성실하게 진료해 온 덕에 지역 주민들에게도 크게 인심을 잃은 것 같지는 않다. 아쉬운 점은 주변 지역이 다른 지역에 비해 낙후되고 나이 드신 분들이 주로 거주하게된 점이다. 개원할 당시만 해도 상당히 활발한 지역이었는데 여러 곳에 대규모 아파트 단지들이 들어서는 동안 이곳은 관공서가 다

른 곳으로 이전하는 등 상대적으로 낙후된 동네가 되었다. 안타깝게도 오랫동안 나에게 진료를 받아오시던 나이 드신 분들이 이제한 분 두 분 세상을 뜨시거나 요양원에 들어가 계신다.

최근 들어 고령 환자들이 점점 더 늘어나면서 지금처럼 2층에서 계속 진료를 해야 할지 고민이 많아졌다. 다리가 불편하고 허리가 아프신 노인들이 지팡이를 짚어가며 올라오는 모습을 보면안쓰러운 마음이 든다. 힘들게 올라오신 할머니 할아버지께 나는미안한 마음이 들어서 2층까지 올라오시느라 고생이 많으셨다고인사하고 진료를 시작한다.

오늘은 한동안 안 오셔서 돌아가신 줄만 알았던 102살 된 할머니께서 오랜만에 영양제를 놔 달라고 오셨다. 할머니께 "제 얼굴잘 보이세요?" 했더니 "머리가 많이 희어졌네!" 하신다. "할머니 머리는 다시 검어지네요." 했더니 "얼른 가야 할 텐데 가지도 않고 이렇게 또 찾아왔다."고 웃으신다. 실제로 할머니의 머리카락은 완전한 백발이었는데 조금씩 검은 머리가 나고 있었다. 잠시 후 할머니의 인지기능을 알아보기 위해 "할머니 지금이 몇 월 달인지 아세요?" 했더니 "아흔 두 살인가?" 하면서 같이 온 따님을 쳐다보신다. 같이 온 따님은 눈을 껌벅하면서 할머니가 가끔 엉뚱한 말씀을 하신다고 눈치를 주신다.

또 언제부터인지 정확하게 기억은 안 나지만 나는 매일 아침 출근할 때마다 장애가 심한 아들을 통학버스에 태우기 위해 무거운 휠체어를 밀고 가는 수심 가득한 가냘픈 엄마와 사무실 앞에서 마주친다. 그 엄마는 얼마 전까지만 해도 아이가 아프면 중학생이 다 된 아들을 힘들게 진료실까지 업고 들어왔었다. 나는 그때마다 그 엄마에게도 속으로 무척 미안한 마음이 들었지만 일부러 미안한 표정을 짓지 않았다. 그 엄마에게 그런 정도의 육체적 수고스러움은 장애아를 기르면서 평생 짊어지고 가야 할 가슴속 삶의 무게에 비하면 아무것도 아니라는 것을 잘 알기 때문이었다. 아이의 장애가 나을 수만 있다면 10층인들 업고 오지 못하겠는가. 하지만 요즈음은 그 학생과 엄마가 나의 진료실에 오지 않는다. 아마 그동안 그 아이가 더 자라서 이제는 업고 올라오기에는 너무 버거울 것이다. 이 모든 고마운 분들에게 2층까지 올라오는 수고로움을

조금이라도 덜어 주려면 내가 이제 다 내려놓고 아래층으로 내려
가야 할 차례인 것 같다.

성악가 플로렌스와 나

영화를 자주 보지는 않지만 주말에 특별히 할 일이 없을 때 아들이 예매를 해주는 대로 극장엘 가게 된다. 지난주 일요일 처조카 결혼식에 참석한 뒤 오후에 신촌의 한 작은 영화관에서 '플로렌스'라는 영화를 보았다. 마침 저녁 식사 시간이라 그런지 사람이 별로 없어서 객석 50~60석 규모의 극장에서 5명이 오붓하게 영화를 보았다.

영화 '플로렌스'는 플로렌스 포스터 젠킨스라는 여자 소프라노 가수에 대한 실화를 바탕으로 한 영화이다. 1868년 미국 펜실베이니아 주의 부유한 가정에서 태어난 플로렌스는 어려서 음악을 배우고 싶어 했지만 아버지의 반대로 꿈을 이루지 못하고 지냈다.

18세 때 의사인 프랭크와 눈이 맞아 집에서 도망 나와 필라델피아로 가서 결혼한 그녀는 결혼생활 도중 매독에 감염되는 등 고생하다가 1902년에 이혼하였다. 이후 교사와 피아니스트로 생계를 이어가다가 1909년 아버지가 사망하여 많은 돈을 유산으로 물려받게 되자 그동안 아버지의 반대로 하지 못했던 가수생활을 시작하게 된다. 성악레슨을 받고 클럽을 창단하고 리사이틀을 여는 등 활발한 활동을 하지만 문제는 가수로서의 재능이 많이 부족했었다는 것이다. 음치 수준인 그녀의 성악 실력은 음정도 불안했고, 리듬이나 박자감도 전혀 없어서 공연을 할 때마다 혹평과 웃음거리가 되기도 했었다. 그러나 정작 그녀는 자신이 위대한 성악가라는 확신을 가지고 성악을 계속한다.

첫 남편 때문에 얻은 매독으로 정상적인 부부 생활을 하지 못하고 왼손을 쓰지 못하는 등 후유증으로 고생하면서도 음악에 대한 열정을 포기하지 않은 그녀를 위해 새로운 남자친구도 그녀를 도와 마침내 그녀는 꿈이었던 카네기 홀에서 공연을 하게 된다. 반주자인 맥문도 처음에는 그녀의 카네기 홀 공연에 난색을 표했지만 그녀의 남자친구 싱클레어의 설득에 못 이겨 카네기 홀에서의 공연을 성사시킨다. 하지만 그 다음 날 아침 일찍 뉴욕타임즈에 최악의 공연이었다는 기사가 난 것을 본 플로렌스의 남자친구는 플로렌스가 그 신문을 보고 실망할까 봐 가판대에서 신문을 모조리 사서 쓰레기통에 버린다. 자기 공연에 대해 궁금증을 견디다 못한 플로렌스가 길거리를 지나다가 쓰레기통에 버려진 신문을 찾아내어 자기 공연에 대한 혹평을 보게 되고 결국 한 달 뒤에 76세의 나이로 눈을 감는다는 내용이었다.

　한때 '착각은 자유'라든지 '공주병에 걸린 사람' 같은 말들이 유행했었다. 자기 스스로 잘났다고 생각하고 행동하는 사람들을 가리켜 부르는 말이었다. 플로렌스는 어쩌면 그런 성격의 인물이었던 것 같다. 때로는 왕따가 되기도 하고 비아냥의 대상이 되기도 하는 그런 류의 사람은 조직사회에 적응하기가 쉽지 않다. 그러나 무서운 집념을 가지고 뭔가를 이루어 내려면 소심한 성격보다는 플로렌스와 같은 자신감이 더 필요할 수도 있다.

　그래서 플로렌스를 1%의 재능과 99%의 자신감으로 성공한 가수라고 평가하고 있다. 플로렌스의 꿈이 최고의 소프라노 가수가 되는 것이었다면 그녀의 꿈은 이루어지지 않았다고 할 수 있지만 꿈의 무대인 카네기 홀에서 공연을 해보고 죽는 것이 꿈이었다면 어쨌든 그녀의 꿈은 이루어진 것이다. 세인들의 평가에 연연하지 않고, 나름대로의 자신감과 전략을 가지고 꾸준히 노력한 결과 그녀는 아무나 설 수 없는 무대에서 노래할 수 있었던 것이다. 그런 점에서 그녀는 성공한 소프라노 가수였다. 당시에 적절한 치료약이 없었던 것을 감안하면 그녀는 매독에 걸렸음에도 불구하고 오래 살았는데 그 이유는 성악에 열정을 가지고 노력하며 살았기 때문인 것 같다.

　그동안 카네기 홀에서 공연한 성악가 중 최악의 소프라노로 평가받고 있는 플로렌스는 하지만 많은 사람들의 관심을 끈 탓에 지금까지도 엄청난 레코드 판매량을 기록 중이고 역대 검색어 순위도 최고를 기록하고 있다고 한다. 또한 자신을 향한 혹평에 대해 그녀는 '사람들은 내가 노래를 못한다고 할 수는 있어도, 내가 노래를 안 한다고 할 수는 없을 것이다.'라는 말로 대꾸했다고도 한다.

　사실 나는 그날 처조카 결혼식에서 연주하기로 했던 축주祝奏를 하지 않았다. 원래는 아들이 피아노, 아내가 첼로, 내가 플루트 이렇게 트리오로 축주 연주를 준비하고 있었다. 강남의 한 웨딩홀에서 하기로 되어 있었는데 그 웨딩홀에 전속된 피아노, 첼로, 플루트 연주자가 배경음악 등을 연주할 예정이라는 이야기를 결혼식 며칠 전에 듣고 나서 고민 끝에 축주를 할 자신이 없어졌기 때문이다. 아내와 아들은 나에게 그동안 연습을 많이 했는데 아쉽지 않겠느냐며 좀 못해도 괜찮으니까 해보라고 권했으나 괜히 분위기만 망칠까 걱정도 되고, 전속 플롯 연주자에게 웃음거리가 될까 봐 관두는 게 좋겠다고 우겨서 축주를 그만두었다. 보통은 피아노, 바이올린, 첼로 이렇게 구성되어 있는 곳이 많은데 플루트가 끼어 있는 바람에 너무 비교될 것 같아 지레 겁을 먹었다.

　그날 결혼식 배경음악을 연주하는 전속 트리오를 바로 앞에서 들어 본 결과 그중에서 플루트 연주자가 단연 돋보이게 잘 연주하는 모습을 보고 축가 연주를 하지 않기로 한 나의 결정에 후회는 없었다. 나 때문에 바쁜 시간을 할애해 신촌의 한 스튜디오까지 빌려서 같이 연습했던 아내와 아들에게는 미안했지만 축주를 안 하기로 결정한 덕분에 결혼식에서 긴장하지 않고 편안하게 앉아 있다가 즐거운 시간 보내고 나올 수 있었다. 주변 사람들이 왜 연주를 안 했느냐고 아내에게 묻자 아내는 자기 신랑이 원래 완벽주의자라 자기도 어쩔 수 없었다고 대답하는 것을 들었다. 사실 나는 완벽주의자라기보다는 약간 소심하고 남의 시선을 많이 의식하는 편이라고 하는 것이 더 맞을 것 같다. 그래도 혹시 내가 이 영화를 미리 봤더라면 결혼식 축주를 했을지도 모르겠다는 생각을 하게 된다. 이럴 땐 플로렌스 같은 성격을 가진 사람이 부럽기도 하다.

조카 수연아! 약속한 축주 못 해줘서 미안하다. 축주는 안 했어도 마음속으로 행복하게 잘 살기를 많이 기도한 것 알지?

소주와 와인의 차이

술을 자주 마시지는 않지만 싫어하지도 않는 편이다. 친구들끼리 또는 가족끼리 함께 식사할 때 주로 술을 마시게 된다. 마시는 술의 종류는 그날의 안주나 기분, 같이 마시는 사람에 따라 달라진다. 삼겹살이나 회를 먹을 때는 주로 소주를, 중국 음식을 먹을 때는 고량주를, 닭고기를 먹을 때는 맥주를, 양식을 먹을 때는 와인을 주로 마신다. 또 기분이 좀 우울할 때는 소주 같은 독한 술을, 기분이 좋을 때는 약한 술을 마시는 편이다. 더운 여름에는 시원한 맥주를 많이 마시는 편이고, 추운 겨울에는 따뜻하게 데운 정종을 좋아한다. 비가 오는 날엔 소주를 선호하고 하얀 눈이 오는 날엔 와인을 마시고 싶어진다. 환한 낮에는 맥주를 마시게 되고 어두워지기 시작하면 소주가 더 생각난다. 일이나 운동으로 땀을 많이 흘리고 나서는 맥주나 막걸리가 좋고 음악을 들을 때는 와인이 좋다. 혼자 술을 마실 때는 소주나 칵테일을 주로 마시는 편이다.

대학에 다닐 때는 주로 같은 과 친구들과 소주를 마셨던 것 같다. 그 당시에는 요즈음 마시는 소주보다 도수가 센 소주들만 있었다. 신입생 환영회 때 선배들이 중국집에서 고량주를 큰 사발에 따라서 마시게 한 적이 있었는데 술에 대해 전혀 알지 못하고 겁 없이 마셨던 것 같다. 지금 생각하면 그날 저녁 바로 반납(?)하지 않았으면 어떤 일이 있었을지 아찔하다. 중간고사나 기말시험이 끝나는 날에는 거의 밤이 새도록 마신 기억이 난다. 스트레스가 최고조에 달했을 때는 독한 소주가 설탕물처럼 달게 느껴졌었다.

대학에 진학하여 양념 돼지갈비라는 것을 처음 먹어 보았다. 흑석동 골목 조그마한 술집에서 처음 맛본 양념 돼지갈비와 소주는 그야말로 환상적이었다. 시험기간 동안 가득 쌓였던 스트레스를 밤새도록 술을 마시면서 풀고 한두 시간 자다 일어나서 다시 도서관에 갔던 날들이 떠오른다.

오래 전 종합병원 내과 과장으로 근무하던 시절이 있었는데, 그때만 해도 젊은 시절이라 회식 자리에서 직원들이 따라준 술을 사양하지 않고 마신 후 응급실에 실려 간 일이 있었다. 지금 생각해 보면 술을 다룰 줄 모르는 시절이었다. 그 후에도 아주 가끔 늦게까지 술을 마시고 나서 그 다음 날 진료하는 데 힘들어서 후회한 적이 있다.

요즈음은 예전처럼 늦게까지 술을 마시는 경우는 거의 없다. 대부분 저녁 식사자리에서 식사와 함께 몇 잔 마시고 만다. 체력이 예전만 못한 이유도 있지만 가장 중요한 이유는 과음을 하면 다음 날 진료하는 데 지장이 많기 때문이다. 술을 잘 마신다는 것은 자기 몸에 무리가 가지 않을 만큼 기분 좋게 마시고 다음 날 별 부담 없이 일어날 수 있는 정도여야 한다. 최근에는 저녁 식사 때마다 아내가 안주와 술을 준비해 둔다. 내가 잠을 못 이루고 밤마다 뒤척이는 날이 많기 때문에 반주로 술을 마시게 하고 잠을 잘 재우기 위한 아내 나름대로의 처방이다.

술을 적당히 마시면 기분이 좋아지고 마음속에 있는 걱정거리가 사라지고 잠이 잘 온다. 그러나 모든 술이 똑같지는 않다. 나의 경우 적당히 마셨을 때 가장 기분 좋은 술은 소주이고 기분이 조금 좋다가 마는 경우는 와인이다. 와인도 술의 일종인데 왜 어느 수준까지는 기분이 좋아지는 듯하다가 그 다음부터는 머리가 아프고 더 이상 기분이 좋아지지 않는지 항상 의심스러웠다. 그래서 와인을 즐겨 마시고 와인을 '신의 물방울' 운운하며 예찬하는 사람들을 보면 잘 이해가 되질 않았었다.

그러던 차에 아들의 권유로 와인 수업을 들을 기회가 있었다.

일주일에 한 번씩 약 두 달간 서울의 한 와인 숍에서 강의를 듣고 와인을 시음하는 수업이었다. 구대륙 와인의 대표 격인 프랑스와 이태리, 스페인 와인, 신대륙 와인의 대표 격인 칠레와 미국의 와인 등을 놓고 생산지와 품종에 따른 특색, 와인 라벨 읽는 법, 와인의 향기 감별법, 와인 마시는 법 등에 대해 많은 것을 배울 수 있었다. 와인 수업이 종료되어 갈 때쯤 담당 강사에게 왜 소주는 마시면 적당히 취하고 기분이 좋고 온 세상을 가진 듯한 느낌이 오는데 와인은 그런 마음 상태에 도달하지 않는지를 물어보았다. 같이 수업을 듣는 다른 사람도 나의 의견에 동의하는 것 같았다. 그날 나는 시원한 답을 듣지 못했다. 다만 강사 자신은 그런 기분이 든다고 했던 것 같다.

그 뒤로도 와인을 자주 마실 기회가 있었으나 와인의 가격과 무관하게 최고로 기분 좋아질 때가 소주의 60% 정도밖에는 되지 않았다. 나의 경우 와인을 많이 마시면 과음으로 인한 부작용만 더 생기고 기분이 좋아지는 것은 어떤 한계가 있는 것 같다. 그래서 그동안 와인에 관한 책들을 보고 경험한 결과 지금은 와인을 나나름대로 다음과 같이 정리하였다.

우선 와인은 마음이 잘 통하는 사람과 함께 서로 많은 이야기를 나누면서 천천히 마시는 음료여야 한다. 불편한 사람과 불편한 일로 마시면 와인을 제대로 즐길 수가 없고 술로 인한 부작용만 생긴다. 불편한 관계를 풀려면 소주가 제일 낫다.

또 와인은 입으로만 마시는 것이 아니고 오감五感 특히 코로 향기를 느끼고 즐기는 것이 절반 정도 되어야 한다. 와인을 잔에 받아서 첫 잔을 바로 입으로 들이키는 경우 떫떠름하기도 하고 시큼하기도 한 맛이 썩 유쾌하지는 않다. 그래서 와인을 소주나 맥주처럼 입에 확 쏟아 넣으면 아무리 비싼 와인도 유쾌한 맛을 느낄 수 없다. 와인은 반드시 마시기 전에 충분히 흔들어서 향기를 느끼고, 한 모금만 입에 물고 나서 입에서도 그 맛과 향을 여유 있게 느낀 후에 삼켜야 한다. 소주나 맥주처럼 원샷을 하는 것은 절대 금물이다. 최대한 천천히 음미하면서 마셔야 한다.

또한 와인은 꼭 비싼 와인일 필요는 없고 자기가 마시기 좋으면 좋은 와인이다. 1776년 미국 독립 200주년을 기념하기 위해 프랑스 파리에서 당시 최고라고 자부하던 프랑스 와인과 미국 와인을 비교하는 블라인드 테이스팅 시음회가 열렸는데 예상을 뒤엎고 캘리포니아 나파밸리의 카베르네 쇼비뇽 레드와인과 캘리포니아 샤르도네 화이트와인이 최고 제품으로 선정된 것은 유명한 일화이다. 향기와 빛깔만 마음에 들어도 충분히 좋은 와인으로서 가치가 있다. 와인의 안주가 꼭 스테이크나 양식일 필요는 없다. 오히려 잘 삭힌 홍어나 순 우리식 안주도 충분히 가능하다.

와인 숍에 가보면 너무나 다양한 와인의 종류 때문에 어떤 것을 사야 할지 결정하기가 쉽지 않다. 이처럼 종류가 다양하다는 것은 포도의 종류와 생산지, 생산 연도, 생산자 등에 따라서 그 품질과 맛이 다 다를 수밖에 없고 우리의 소주나 전통주처럼 일정한 맛이 나게 만들지 못하기 때문이다. 그렇기 때문에 와인에 대해 여러 가지 말들이 많을 수밖에 없다. 아무리 비싼 요리도 내 입맛에 안 맞으면 먹을 수 없는 것처럼 비싸다고 나에게 잘 맞는 와인은 아니다.

결론적으로 와인을 별로 좋아하지 않는다면 와인 마시는 법만 알고 있으면 될 일이고, 와인 바나 레스토랑에 가서 와인을 마실 때 잘 모르겠으면 자기에게 부담 없는 가격대를 정해서 소믈리에의 추천을 받아서 선택하고, 와인에 대해 좀 더 알고 싶고 자주 마시고 싶다면 시음할 기회를 통해 가능한 여러 가지 종류를 마셔

보고 주머니 사정과 입맛에 맞는 와인을 골라서 좋은 사람들과 함께 대화하면서 즐기는 정도로 만족할 기호품인 것 같다.

와인에 대해 잘 알지도 못하면서 와인이 어쩌고저쩌고하는 사람을 '와인 스노브Wine Snob'라고 하는데 나를 '와인 스노브'라고 흉볼지 모르겠다.

트라우마

1976년 1월 대학 입학시험을 위해 입시 약 2주일 전 광주에서 서울로 미리 와 있었다. 당시의 대학입시는 요즘과 달리 전국적으로 보는 예비고사가 있었고 각 대학별로 보는 본고사가 따로 있었다. 동대문 어딘가에 있는 5층 건물이었는데 친형이 일하고 자는 직장 겸 숙소였다. 낯선 환경에서 집중하기 위해 무던히도 애를 쓰면서 고전하고 있던 어느 날, 형님은 5층에서 일하는 중이었고 나는 4층에서 혼자 공부하고 있었는데 밤 열한 시경에 같은 건물 2층 인쇄소에서 불이 났다. 인쇄소에서 시작된 화재라서 그 규모에 비해 훨씬 많은 시커먼 연기가 순식간에 건물 전체를 에워쌌고 건물에 있던 10여 명의 사람들이 함께 일단 옥상으로 대피하였다. 옥상에 대피한 사람 중에는 임산부도 있었다.

차가운 겨울바람이 검은 연기를 이리저리 휘몰아칠 때, 내 머릿속에서는 1971년 서울 명동의 대연각 호텔 화재로 160여 명이 죽은 충격적인 TV 장면들이 떠오르며 대학 입학시험도 쳐 보지 못하고 두 형제가 함께 죽게 되는 공포감에 떨어야 했다. 당시에는 지금처럼 휴대폰도 없었기 때문에 시골에 계시는 부모님께 마지막 인사도 못하고 세상을 떠나는 불효자가 될 것 같았다. 다행히 우여곡절 끝에 모두 살아 나왔지만 그 후로 오랫동안 극심한 고소 공포증에 시달려야 했다.

의과대학을 마치고 의사 면허를 따고 나면 대부분 인턴, 레지던트라는 수련의 과정을 거쳐서 각 과의 전문의가 된다. 당시에는 새내기 의사인 수련의들을 흔히 일하는 데 병신, 잠자는 데 귀신, 먹는 데 걸신 그래서 삼신이라고 했다. 선배 의사들의 잡심부름부터 환자의 검사 결과나 엑스레이 필름 등을 잘 챙겨야 하고 병실에서 환자에게 해야 할 간단한 처치 같은 것까지 많은 일을 해야 하기 때문에 정신없이 뛰어다녀야 했고 항상 유선상有線上에 대기해야 했다. 지금처럼 휴대폰이 없었기 때문에 정해진 인턴실이나 병동, 또는 각 의국 등에서 연락이 닿는 곳에 대기하다가 선배 의사들이나 간호사들이 찾으면 바로 달려가서 일을 처리해야 했다. 그래서 수련의 시절에는 군대와 마찬가지로 외출, 외박이 가능한 날만 밖에 나갈 수 있고 그 외에는 항상 병원 내에서 생활해야 했기 때문에 계절이 바뀐지도 모르고 철에 맞지 않는 옷을 입고 나가야 하는 경우도 많았다.

이처럼 바쁜 수련의 시절에도 외박이 허락되는 날에는 다른 중소 병원 응급실 야간 당직을 해서 약간의 부수입을 챙길 수 있었다. 인턴이나 레지던트 1년 차를 벗어나면 과에 따라 조금 더 시간적 여유가 있어서 야간 응급실 당직으로 꽤 많은 수입을 올리는 경우도 생겼다. 특히 주말에 외박이 허락되면 토요일 오후부터 일요일 낮이나 저녁까지 아르바이트 당직을 해서 박봉인 수련의 월급을 충당할 수 있었기 때문에 힘들어도 그런 아르바이트를 자청_{自請}했었다.

응급 환자가 많지 않고 가벼운 환자들이 주로 오는 응급실 당직은 인기가 많았다. 그러나 병원 규모가 약간 크고 응급 환자가 많은 야간 응급실 당직은 경험이 많지 않은 젊은 의사들에게는 굉장한 스트레스였다. 운 좋은 날은 잠깐이라도 잘 수 있었지만 환자가 많거나 운이 없으면 밤새 한숨도 자지 못하고 다음 날 다시 평소 근무하는 병원으로 출근하는 경우도 많았다.

그렇기 때문에 야간 응급실 아르바이트를 하러 가는 날은 제발 환자가 적게 오기를 기도하고 또 심각한 상황의 환자나 술에 취한 환자들이 오지 않기를 기도하며 갔었다. 초저녁엔 대부분 갑자기 복통이 생겼거나, 고열이 나는 환자들이 오고 밤이 늦으면 교통사고나 술에 취해 다치거나 싸워서 오는 경우가 많았다. 그래도 가장 편한 환자는 팔이나 얼굴에 심하지 않은 상처가 나서 봉합을 해야 하는 경우였다. 손에 소독된 글러브를 끼고 봉합 수술을 하고 있으면 아주 심각한 환자가 아닌 한 봉합이 끝날 때까지 다른 환자들이나 보호자들이 빨리 봐달라고 보채지 않고 이해를 해주기 때문이었다.

밤 12시가 넘어 어느 정도 환자가 마무리되고 피곤한 몸을 끌고 당직실 침대에 혼자 누워서 더 이상 환자가 오지 않기를 바라며 잠을 청해 보는데 막 잠이 들려는 순간 저 멀리서부터 앰뷸런스 소리가 점점 가까워지면 잠이 다 달아나고 다시 심장 박동 수가 올라가고 무슨 환자일까 긴장하면서 환자를 볼 준비를 해야 했다. 다행히 가벼운 교통사고 환자이면 엑스레이 등 필요한 검사 오더 내고 입원 조치하고 다시 쉴 수 있지만 심한 부상을 입었거나 출혈이 심한 환자인 경우 날이 샐 때까지 잘 관찰하고 있어야 하기 때문에 밤을 꼬박 새워야 했다. 이 경우 더 큰 병원으로 전원 조치 할 수도 있지만 환자를 다른 병원으로 보내는 경우 병원 측의 눈치를 봐야 했다. 또한 환자가 술에 취해 있는 경우는 치료를 하기가 정말 힘들었다. 봉합 수술을 하려고 하면 가만히 있지를 않고 욕설을 하면서 손을 휘젓거나 침대에서 일어나려고 하기 때문이었다.

요즘과는 달리 그 당시의 응급의료체계는 허술해서 사전 통고 없이 응급환자를 싣고 왔었다. 그렇기 때문에 무슨 환자가 오고 있는지 전혀 모른 채 긴장 속에서 무작정 기다려야 하는 앰뷸런스 사이렌 소리는 엄청난 스트레스를 주는 소리였다. 수년 동안 시달린 새내기 의사 시절의 그런 기억 때문에 응급실 당직이 아닌 평일 밤에도 앰뷸런스 소리만 들으면 반사적으로 자다가 놀라서 깨는 일이 반복되고 심장 박동 수가 증가하곤 했었다. 다행히 내과 전문의가 되고 나서 차츰 앰뷸런스 소리에 대한 공포심은 극복할 수 있었지만 고소공포증은 아직도 완전히 극복하지 못하고 있다.

그러나 이러한 물리적이고 외적인 트라우마보다 훨씬 큰 충격을 주는 것은 아마도 믿었던 사람으로부터의 배신일 것이다. 언젠가 동물들과 대화를 하는 하이디라는 애니멀 커뮤니케이터가 말 잘 듣고 유순하던 승마용 말이 어느 날부터 주인의 말을 잘 듣지 않고 엉뚱한 행동을 하는 것을 보고 그 원인을 찾아내어 치료해 주는 것을 본 적이 있다. 순하고 주인과 호흡이 잘 맞던 승마용 말이 갑자기 주인이 말을 타면 이상한 반응을 보이고 난폭해져서 이를 난감해하던 주인이 애니멀 커뮤니케이터에게 부탁을 한 것이었다.

말과 대화를 하던 하이디라는 여성은 그 말이 주인으로부터 마음의 큰 상처를 받았다는 것을 알아냈다. 내용인즉 어느 추운 겨울날 밤에 말이 출산할 때 주인이 술에 취한 채 잠에 빠져 제대로 돌봐주지 않아서 그만 새끼가 죽고 만 것이었다. 그때 받은 충격으로 인해 그 후로는 주인의 말을 듣지 않고 난폭해졌다는 것을 밝혀낸 것이다. 실제로 말이 눈물을 흘리는 것도 보여줬다. 주인에게 순종하고 주인을 위해 최선을 다했던 말이 심한 배신감을 느낀 나머지 온몸으로 주인에게 저항한 것이었다.

인간들 사이에서 일어나는 배신의 이야기는 우리 주위에서도 너무 많이 보아 왔기 때문에 당사자 외에는 새삼 얘깃거리가 되지 못할 정도로 흔한 일이다. 평생을 살면서 믿었던 또는 가까운 사람으로부터의 배신을 한 번이라도 경험해 보지 않은 사람은 대단히 행복한 사람임에 틀림없다. 하기야 예수님도 배반하는 사람이 있었는데 우리같이 평범한 사람이 배신의 상처를 너무 오래 간직할 필요는 없을 것이다. 그 TV 프로그램을 보면서 '가장 큰 기쁨도 사람으로부터 생기고, 가장 큰 아픔도 사람으로부터 생긴다.'는 말이 꼭 인간관계에서뿐만 아니라 우리와 가까이 지내는 동물과의 관계에서도 똑같이 적용되는 것 같다는 생각을 했다.

실수하고 부끄러운 일들

실수 하나: 대학에 들어와서야 처음으로 뷔페식당이라는 곳을 가
보았다. 1970년대 후반이니까 산업화가 막 시작되는 시점이었고
아직 절대적 빈곤을 벗어나지 못한 시절이었다. 서울 태생의 친구
생일날 초대를 받아서 명동에 있는 한 호텔에 갔었는데 익숙하지
않은 호텔 입구의 화려한 조명부터 날 주눅 들게 만들었다.

워낙 시골 태생인 데다가 광주광역시에서 고등학교를 다녔지만
광주시내의 번화가나 호텔을 가본 적이 없었고 집 아닌 다른 식당
같은 곳에서 가족끼리 식사를 해 본 적이 전혀 없었기 때문에 대
한민국 문화의 중심인 서울 명동거리는 너무 낯선 곳이었고 호텔
에서의 식사는 더욱 그랬다. 기껏해야 고등학교 때 사격 선수로
잠깐 활동하면서 대회에 나갔을 때 사격 지도 선생님이 광주의 한

경양식집에서 오므라이스라는 것을 사 주셔서 먹어본 기억과 친구들끼리 축구 시합을 하고 나서 한 허름한 식당에 가서 메밀국수를 먹어 본 것이 외식을 해본 경험의 전부였다. 친구 생일이라고 초대를 받아본 것도 처음이라 선물 같은 것을 살 생각도 못하고 그냥 오라고 해서 갔던 것이다. 뷔페식당에는 친구의 부모님도 나와 계셨는데 당시에 친구의 아버님은 서울에서 개원하고 계신 정신과 의사이셨다.

화려하고 큰 뷔페식당에서 먹고 싶은 대로 다 먹으라는 것은 당시에는 도무지 이해가 되지 않았고 놀랍기도 하고 신기하기도 했다. 그도 그럴 것이 그 배고프고 가난했던 시절, 한 끼 해결하기도 어려운 농촌에서 자란 나에게 먹고 싶은 대로 다 먹으라고 하는 식사 방법은 그야말로 충격이었던 것이다. 어떻게 해야 할지 모르고 어색하고 긴장됐지만, 일부러 태연한 척하며 남들이 하는 대로 접시를 들고 음식을 가지러 갔다. 그런데 대부분의 음식이 한 번도 먹어본 적이 없는 것들뿐이었고 먹어본 것이라곤 밥하고 김치밖에 없었다. 때마침 배도 고픈 터라 우선 밥부터 먹고 보자는 생각으로 밥을 접시에 가득 담고 김치도 많이 담아서 테이블에 와서 앉았다. 친구 아버님이 보시더니 다른 말씀은 안 하시고 '뷔페식당도 자주 가 봐야 돼.'라고 딱 한마디 하신 기억이 난다.

실수 둘: 대학교 1학년 때 당시에 유행하던 미팅이라는 것을 해 보

았다. 여자를 만나본 적이 한 번도 없었던 나에게 서울의 친구들이 미팅을 주선하여 나를 끼워준 것이었다. 상대방 여대생들은 당시에 최고로 세련된(?) 중앙대中央大 연극 영화과 학생들이었다. 상대로 나온 여학생 중에는 놀랍게도 담배를 피우는 사람도 있었다. 나는 남학생들 바로 앞에서 담배를 피우는 여대생을 그때 처음 보았다. 요즘에는 담배 피우는 여성들이 많지만 70년대는 담배 피우는 여학생이 별로 없었던 시절이었다. 담배를 피워도 남들 몰래 숨어서 피우는 게 보통이었다.

당시에 파트너를 어떻게 정했는지는 생각이 나지 않지만 5명씩 마주 앉았던 것 같다. 신촌에 있는 한 레스토랑이었는데 샴페인인지 화이트 와인인지 어쨌든 처음 본 술을 글라스에 따르는데 내가 가장 먼저 상대방 여학생에게 따라야 했었던 것 같다. 서양 술을 따라본 적이 없었고, 술이라곤 소주하고 막걸리밖에 마셔본 적이 없었던 내가 술에 대해 아는 상식은 '술잔은 가득 차야 맛'이라는 말뿐이었기 때문에 아무 생각 없이 상대방 여성의 글라스에 그 서양 술을 가득 넘치게 따랐다. 순간 분위기는 조용했고 아무도 말을 하지 않았다. 미팅은 얼마 안 있어 끝났고 싸늘한 느낌을 뒤로 하고 나는 집으로 바로 갔다. 다른 친구들은 '2차'나 '애프터'를 했는지 잘 모른다. 어쨌든 한참 뒤에야 그때 내가 실수한 것을 알았고 그 뒤로는 졸업할 때까지 미팅이라는 것을 한 번도 하지 않았다.

실수 셋: 의과대학 시절 모교 병원으로 실습을 나갔다. 아직 의사가 아닌 학생 신분이었기 때문에 입원한 환자들이 어떻게 병원에 오시게 됐는지 병력 청취History Taking를 하고 이학적 검사Physical Examination를 해서 리포트를 제출하는 실습 과정이었다. 환자들의 입장에서는 귀찮은 일이었겠지만 지금 생각해보면 잘 협조해 주신 것 같다.

첫 환자를 대면하고 이것저것 묻고 나서 청진기를 들고 심장 박동음과 호흡음을 듣기 위해 청진기를 환자의 가슴에 갖다 대었다. 그런데 얼마나 긴장했었는지 나는 청진기를 귀에 꽂지 않고 청진기 끝 부분만 환자에게 대고 있었다. 귀에서 아무 소리도 들리지 않자 뒤늦게 이것을 깨달은 나는 혼자 자존심이 상하고 멋쩍어서 누가 볼까 봐 얼른 청진기를 내리고 도망치듯 바로 병실을 나온 기억이 있다. 지금 같으면 자연스럽게 청진기를 다시 귀에 꽂았을 텐데 당시에는 그럴 만한 내공이 없었던 것이다.

실수 넷: 내가 대학에 다니던 70년대 후반에도 서울의 부잣집 친구들은 자가용을 가지고 다녔다. 멋진 외제차를 가지고 다니는 친구들도 있었고, 한마디로 노는 스타일이 나 같은 촌놈하고는 많이 달랐다. 여름에는 서울의 유명 호텔 수영장에 가서 놀고 호텔 커피숍에서 비싸고 이상한 이름의 커피도 마시고 겨울에는 당시 하나밖에 없었던 용평 스키장에 가서 며칠씩 놀다 오는 친구들도 많

았다.

하루는 우연히 한 친구가 자기 차를 몰고 가던 중 힘없이 걸어가고 있는 나를 보고 버스 타는 데까지 태워다 주겠다고 차에 타라고 했다. 그래서 대부분의 사람들이 자가용을 탈 때 하는 것처럼 아무 생각 없이 떡하니 뒷좌석에 탔다. 그랬더니 그 친구가 "뒤에 타려고?"라고 하기에 속으로 이게 무슨 말이지 하면서 그대로 있었더니 친구가 "그래, 그냥 뒤에 타."라면서 데려다 준 기억이 있다.

실수 다섯: 친구 결혼식에 갔을 때의 일이다. 결혼식은 교회에서 목사님 주관하에 조촐하게 진행되었고 사진촬영기사가 따로 없이 친구 형님이 카메라를 들고 계셨는데 나를 보시더니 사진 좀 많이 찍으라고 하면서 카메라를 나에게 건네주셨다. 당시의 카메라는 요즘 같은 디지털 카메라가 아니고 수동식 필름카메라였기 때문에 노출을 잘 맞추어야 제대로 된 사진을 얻을 수 있었다. 당시에 나는 카메라를 한 번도 만져본 적이 없었기 때문에 셔터만 누르면 되는 줄 알고 무조건 여러 컷을 찍어 댔다. 나중에 친구 집에 놀러 갔을 때 내가 찍은 결혼식 사진이 걸려 있지도 않았거니와 친구는 결혼식 후에도 사진에 대해선 한 번도 나에게 얘기하지 않았다. 그래서 지금까지도 그때의 미안한 마음을 지울 수 없다.

누구에게나 초보자 시절은 있을 것이고, 처음 해보는 일은 실수할 수도 있을 것이다. 나에게도 지금까지 살아오면서 위에 말한 실수담 말고도 어이없이 저지른 많은 실수들이 있다.

내가 저지른 실수를 당시의 상대방들이 지금도 기억하고 있을지는 알 수 없다. 다만 다른 사람들이 내 앞에서 저지른 실수를 내가 기억하고 있는 것이 별로 없는 것처럼 지난날 내가 저질렀던 실수들을 당사자들이 다 잊고 있으면 좋겠다는 순진한 소망을 가지고 있다. 알고도 무심결에 저지른 실수는 쉽게 웃어넘길 수 있지만 꼭 알고 있어야 될 상식적인 수준의 일이나 에티켓을 몰라서 저지른 실수들은 두고두고 부끄럽고 상대에게 미안한 마음을 갖게 한다.

그러나 요즘 들어 나를 가장 가슴 아프게 하는 실수들은 아버지의 암을 미리 알아내지 못하여 제대로 치료도 못 해보고 돌아가신 일과, 자식으로서 부모에게 큰 기쁨을 드리지 못했던 일과, 자식들에게 아버지로서 좀 더 다정하게 대하지 못했던 일들이다.

내가 아파트 2층에 사는 이유

지난 여름에 학회 참석차 부산 해운대에 간 적이 있다. 부산역에서 내려서 택시를 타고 가는 도중 택시 기사가 해운대의 값비싼 고층아파트를 가리키며 몇 년 전 태풍이 왔을 때 파도가 넘쳐저 고층아파트 2층까지 물이 들어왔다고 하면서 그 후로 방파제를 높게 설치하여 지금은 별 탈이 없을 거라는 말을 해 주었다. 그런데 바로 얼마 전 태풍이 불어 와 해운대 방파제를 뛰어넘어 또다시 수해가 나는 장면을 TV에서 보았다. 원래는 방파제를 지금보다 훨씬 높이 쌓아야 하는데 저층에 사시는 분들이 조망권을 방해한다고 반대하는 바람에 지금처럼 낮게 설치한 것이 원인이며, 추가로 600억 원 이상을 들여 조망권을 해치지 않도록 바다 멀리 방파제를 쌓을 계획이라고 한다.

사람들은 이처럼 조망권을 중요하게 생각한다. 해운대처럼 먼 바다를 한 시야에 내다볼 수 있는 고층 아파트를 선호하는 이유도 그렇고 한강을 한눈에 바라볼 수 있는 아파트가 비싼 이유도 조망권 때문일 것이다.

　나도 한때는 10층 이상 높은 아파트에서 살아본 적이 있지만 지금은 2층에서 살고 있다. 높은 곳에 살 때는 매일 먼 하늘과 탁 트인 세상을 보고 있으면 기분이 상쾌해지고 행복할 것 같았다. 그러나 생각했던 것처럼 높은 층에서 살면서 좋은 것을 느낀 기억이 별로 없다. 오히려 화재나 지진 등이 났을 때 어떻게 대피해야 할 것인지를 걱정하는 일이 많았었다. 2층에 있는 지금의 아파트에 산 지 십 년이 넘었다. 그리고 여태 살아본 아파트 중에서 내가 가장 좋아하는 층수이다.

　내가 지금의 아파트를 좋아하는 이유는 아주 많다. 2층에서 살면 우선 출퇴근 바쁜 시간에 엘리베이터를 타지 않아도 되기 때문에 시간을 절약할 수 있어서 좋다. 또 운동할 시간이 부족한데 약간이라도 계단을 오르내리는 운동을 할 수 있는 장점도 있다.

　그러나 무엇보다도 내가 2층을 좋아하는 이유는 자연을 항상 가까이에서 느낄 수 있기 때문이다. 아파트 창밖을 바라보면 손에 닿을 듯한 나무들이 사방을 감싸며 자라고 있기 때문에 내가 숲 속에 살고 있는 기분이 든다. 베란다 쪽 창 너머에는 감나무 한

그루가 있어 가을이면 누렇게 익은 감을 바로 딸 수도 있다. 창문을 열면 시원한 바람이 불어 들어오는데 고층에서의 바람과는 다르게 나뭇잎을 흔드는 소리와 함께 오기 때문에 훨씬 운치가 있고 시원하게 느껴진다.

또한 계절의 변화에 따른 자연의 변화를 아주 가까이서 보고 느낄 수 있다. 겨우내 움츠러들었던 나무들이 봄이 되면서 하루하루 다르게 새싹이 돋아나는 모습을 볼 수 있고, 뒤 베란다 쪽에 피는 목련꽃을 속살까지 다 들여다볼 수 있다. 하얀 매화꽃과 살구꽃이 피고 붉은 철쭉이 피고 지는 것을 언제든지 코앞에서 볼 수 있고, 여름이 되면 푸르게 자란 무성한 나뭇잎 사이로 스쳐 지나가는 바람을 훔쳐볼 수 있고, 가을이 되면 예쁘게 물들어 가는 단풍잎을 감상할 수 있고 겨울이 되면 메마른 나뭇가지 사이로 흩날리는 흰 눈발을 바로 창 너머로 볼 수 있다. 3층 높이까지 자란 소나무들의

사시사철 푸르고 웅장한 자태를 항상 볼 수 있다.

여름이면 매미 우는 소리, 새소리를 지척에서 들을 수 있다. 새들이 둥지를 틀고 알을 품고 있는 모습을 볼 수도 있고 새끼들이 먹이 달라고 짹짹거리는 소리도 들린다. 조용한 밤이면 어미 새들의 숨소리도 들리고 낙엽 떨어지는 소리도 들린다. 젊은 남녀들의 속삭임도 들리고 재잘거리는 초등학생들의 소리, 줄넘기하는 학생과 옆에서 보채는 엄마들의 목소리도 들린다. 지나가는 행인의 전화벨 소리도 들리고 원어민들의 큰 목소리도 들리고 집 나온 고양이들의 영역 다툼 소리도 들린다. 겨울에는 밤새 쌓인 눈을 새벽 일찍 밟고 지나가는 사람들의 뽀드득거리는 발자국 소리가 들리고, 수시로 음식 배달 오는 오토바이 소리도 잘 들린다. 유쾌한 소리도 들리고 유쾌하지 않은 소리도 들린다. 사람 살아가는 소리가 다 들린다.

이 모든 소리 중에서 내가 가장 좋아하는 소리는 봄비 오는 소리와 가을비 내리는 소리이다. 나의 침실과 밖은 창문 하나 사이이다. 창문이 조금이라도 열려 있으면 자연의 소리를 그대로 다 들을 수 있다. 때로는 빗소리를 더 잘 듣기 위해 침대 헤드 쪽으로 올라가 창가에 바짝 눕는 경우도 있다. 특히 아주 이른 새벽 조용히 내리는 빗소리는 내가 제일 아끼는 소리이다. 새벽 2~3시경에 세상이 모두 잠들어 있을 때 조용히 내리는 빗소리를 듣고 있으면 마음이 편안해지고 옛날 생각이 많이 난다. 어렸을 적 초가집 지붕에서 떨어지는 낙숫물 소리를 떠오르게 하고 자연히 꿈 많던 어린 시절로 돌아간다. 빗방울이 나뭇잎에 부딪히고 연이어 땅으로 떨어지는 소리는 어떤 음악보다 감미롭다. 한참을 그렇게 내리다가 어디선가 불어오는 한 줄기 바람에 나뭇잎에 얹혀있던 빗방울이 우수수 한 번에 떨어지기도 한다. 이럴 땐 오케스트라의 한 악장이 끝나는 느낌이 든다. 계속 이어지는 자연의 속삭임은 때로 아침이 밝아 올 때까지 이어지기도 한다. 나는 이런 빗소리를 들으며 과거로 돌아가기도 하고 미래를 꿈꾸기도 한다. 때로는 아픈 기억을 떠올리기도 하고 빗물에 상처를 씻기도 한다. 빗소리에 맞춰 노래를 불러보기도 하고 시를 읊어 보기도 한다. 나는 이 멋진 빗소리를 좀 더 가까이서 듣기 위해 2층에 산다.

밤이 깊어도
새벽이 와도
비가
그치지 아니하고 조용히 내린다.

나뭇잎 떨어질까
살포시
천천히

내려온다.

빗소리에
그대 목소리 들려오고
빗방울 속에
그대 모습 숨어있다.

밤이 새도록
잘 자라고
걱정하지 말고
잘 자라고
가만가만 내린다.

빗소리 들리면
조용한 찻집에서
네 손 꼭 잡고
좋아하는 음악을 들으며
추억을 더듬어 보고 싶다.

가을비가 오면
더욱

그대가
보고 싶어진다.

낙엽을 밟으며
어깨동무하고
한적한 오솔길을
걸어보고 싶다.

가끔씩 불어오는
한 줄기 바람에
나뭇잎에 얹혀 있던 빗방울이
우수수 떨어진다.

동이 터 오는
가을 아침에
시원한 바람이
얼굴을 스쳐간다.

그대의 숨소리인 양
스쳐가는 바람을
가슴에

안아본다.

가지 말고
내 곁에 있어 달라고
상처받은 내 맘을
달래 달라고

3장

문 득
생 각 에
빠 지 다

가지 않은 길

예전에 내비게이션이라는 게 없을 때는 생소한 길을 찾아갈 때 안내 표지판이나 지도만 보고 목적지를 가야 했다. 길을 한 번 잘 못 들면 먼 길을 돌아서 가야 하는 경우가 많기 때문에 지도를 보 고 미리 공부를 해서 중요한 것을 메모하거나 안내 표지판을 놓치 지 않도록 잘 보고 긴장하면서 운전해야 했다. 때로는 말로만 듣 고 길을 찾아갈 때도 많았는데 그럴 때는 긴장의 강도가 훨씬 더 컸다. 미리 예측한 대로 쉽게 목적지를 찾으면 마치 보물찾기에 성공한 것처럼 뿌듯한 기분도 들고 똑똑해지는 느낌도 들었다. 그 런 아날로그 시대에 처음 찾아가는 길은 그처럼 상당히 능동적이 고 역동적인 일이었고 때로는 새로운 길을 찾아가며 마주치는 인 상적인 건물이나 풍경에 대한 호기심과 설렘도 있었다.

하지만 요즈음과 같은 디지털 시대에는 대부분 내비게이션을 켜고 최단거리나 가장 빠른 길을 쉽게 찾아갈 수 있어서 길 찾는 데 크게 머리를 쓰지 않아도 되고 운전자는 디바이스를 보고 따라가는 수동적이고 피동적인 입장으로 바뀌었다. 도로 교통상황까지 감안해서 길을 알려주기 때문에 목적지까지 훨씬 효율적으로 갈 수는 있지만 현대적 테크놀로지의 명령에 따라 조종을 받고 있는 느낌에서 자유롭지는 못하다. 또 기기의 화면과 명령어에만 집중하면 되므로 주변을 눈여겨보고 몇 번째 골목을 지났는지, 몇 번째 신호등인지를 기억해야 하는 긴장감이나 설렘은 예전만 못하다.

스마트기기의 발달로 세상은 스마트해지고 발전하고 있지만 한 개인으로서의 인간은 덜 스마트해지는 느낌이다. 지도 같은 것을 보지 않기 때문에 찾아가는 목적지와 내가 익숙하게 알고 있는 곳과의 상대적 방향이나 위치를 알 수가 없다. 그래서 공간지각능력이 퇴화하는 기분이 들고 치매가 더 빨리 올지도 모르겠다는 생각이 든다.

하기야 다른 것에도 신경 쓸 게 많은 바쁜 세상에 길 찾는 데까지 에너지를 낭비할 시간이 없다고 한다면 할 말이 없기도 하다. 어쨌든 인간이 만들어낸 디바이스와 소프트웨어가 다시 사람을 통제하는 세상에 살고 있기 때문에 새로운 기기만 잘 다룰 줄 알면 얼마든지 앞서갈 수 있는 세상이다.

지금은 나이가 들어서 좀 덜하지만 예전에는 어떤 목적지를 갈 때 갈 수 있는 길이 여러 갈래 있으면 일부러 전에 가보지 않았던 길을 선택해서 가는 경우가 많았다. 늘 같은 길을 다니는 것은 지루하고 가보지 않은 길에는 뭔가 새로운 것이 있을 것 같은 막연한 기대감 같은 것이 생기기 때문이다. 쉽게 말하면 호기심이라고 해도 될 것 같다. 여러 가지로 나와 다른 아내는 단순히 남녀의 차이인지 개인의 성격 탓인지는 잘 모르겠지만 늘 익숙한 같은 길로만 가기를 원한다. 나에게는 어차피 목적지가 정해져 있다면 항상 같은 길로 가는 것보다 이왕이면 새로운 길을 경험해보고 싶은 마음이 더 강하게 작용한다. 약간의 모험심과 도전 정신도 한몫한다고 생각한다.

　어쨌든 우리가 다니는 단순한 공간으로서의 길은 마음만 먹으면 언제든지 다시 선택해서 가볼 수 있다. 그러나 시간의 흐름과 함께 가야만 하는 우리 인생길은 한 번 선택한 길을 가다가 뒤돌아 와서 원점에서부터 다시 다른 길을 가볼 수가 없기 때문에 가끔 가던 길을 뒤돌아보면 아쉬운 마음이 들 때가 있다.

　우연이 인연이 되고 인연이 운명이 된다는 말이 있듯이 내가 의과대학에 가게 된 것도 우연한 기회에 친구의 권유가 하나의 계기가 되었다. 고등학교 졸업할 때까지도 의사가 되겠다는 생각은 없었다. 특별히 의사에 대한 거부감이 있었던 것은 아니지만 의사를 자주 접해본 적도 없고 병원에 갈 일도 없었기 때문에 의사라는 직업에 대해 생각해볼 기회 자체가 없었다. 고등학교 때 이과반理科班이면 당연히 공대로 가는 줄로 알고 있었다. 그러니까 어떤 사명감에 불타서 의학도가 된 것은 아니었다. 굳이 조그마한 동기가 있었다면 서울에서 재수하던 시절 친형이 갑자기 급성 충수염을 앓게 되어 병원에서 수술을 받게 되었을 때 입원 보증금 같은 것을 미리 내라고 해서 속으로 약간의 거부감 같은 것을 느꼈고 '내가 의사가 된다면 아픈 환자를 앞에 두고 돈을 먼저 요구하는 행위는 하지 말아야겠다.'는 생각을 해보기는 했다.

그러나 어찌 됐든 의과대학에 입학한 뒤로는 내가 가야 할 운명적인 길로 받아들이고 정말 열심히 공부했다. 좀 더 정확하게 얘기하자면 공부 말고는 다른 것을 할 여유가 없었다. 이른 새벽 잠자고 있는 수위를 깨워서 도서관 문을 열어달라고 할 정도로 열심히 했다. 그 전에 경험한 몇 번의 실패가 나를 채찍질하는 원동력이 되었던 것 같다. 또다시 실패하지 않겠다는 각오로 최선을 다했다. 경제적으로 힘들고 어려웠지만 그나마 공부를 열심히 했기 때문에 많은 혜택을 받고 졸업할 수 있었다. 우연한 기회에 친구의 권고로 의과대학에 입학하여 운명처럼 받아들이고 결국 의사가 된 것이다. 내가 의과대학 대신 다른 길을 택했다면 지금의 나의 모습은 어떨까 가끔 생각해볼 때가 있다.

꽤 오래전 가족끼리 전남 신안군 증도로 주말 나들이를 간 적이 있다. 바닷가 절벽을 따라 지은 숙소가 참 인상적이었다. 다음 날 이른 아침에 해안을 따라 만들어 놓은 산책길이 있어서 그 길을 따라가 보았다. 이른 시간이라 한적했고 바다를 바로 옆에 두고 상큼한 소나무 향기를 맡으면서 오솔길을 걸을 때의 느낌은 내가 마치 고고한 철학자나 시인이 된 기분이었다. 울창하게 자란 해변의 소나무 숲길 중간 중간에 '철학의 길', '사색의 길', '치유의 길' 등의 테마가 정해져 있고 대리석으로 된 시비詩碑에 각각의 주제에 맞는 시들이 예쁜 글씨로 적혀 있었다. 이런 저런 시들을 읽으면서 한참을 걷다가 로버트 프로스트의 시 '가지 않은 길'이 새겨진 돌 앞에 발걸음을 멈추고 시를 읽어 내려갔다. 그런데 두세 줄을 읽어 내려갈 무렵 가슴이 뭉클해지면서 갑자기 주체할 수 없는 눈물이 주루룩 쏟아져 내려왔다.

가지 않은 길The Road Not Taken

노란 숲 속에 길이 두 갈래로 났었습니다.
나는 두 길을 다 가지 못하는 것을 안타깝게 생각하면서,
오랫동안 서서 한 길이 굽어 꺾여 내려간 데까지,
바라다볼 수 있는 데까지 멀리 바라다보았습니다.

그리고 똑같이 아름다운 다른 길을 택했습니다.
그 길에는 풀이 더 있고 사람이 걸은 자취가 적어,
아마 더 걸어야 될 길이라고 나는 생각했었던 게지요.
그 길을 걸으므로, 그 길도 거의 같아질 것이지만.

그날 아침 두 길에는
낙엽을 밟은 자취는 없었습니다.
나는 다음 날을 위하여 한 길은 남겨 두었습니다.
길은 길에 연하여 끝없으므로,
내가 다시 돌아올 것을 의심하면서.

먼 훗날에 나는 어디선가
한숨을 쉬며 이야기할 것입니다.
숲 속에 두 갈래 길이 있었다고,

나는 사람이 적게 간 길을 택하였다고,
그리고 그것 때문에 모든 것이 달라졌다고.

미국인들이 가장 좋아하는 시인으로 알려진 로버트 프로스트지만 20대 중반일 때 이 대학 저 대학에서 공부는 했으나 학위는커녕 문단에서 인정도 받지 못했고 변변한 직업도 없는 상황에서 건강마저 좋지 않아 깊은 실의에 빠져있을 때 위의 시를 썼다고 한다. 다시 말하면 그가 가장 힘들고 어려웠을 때 가장 멋진 작품을 남긴 것이다.

뒤돌아보면 나에게도 인생의 중요한 길목마다 일이 잘 풀리지 않아 깊은 허탈감과 실망감의 수렁에 빠진 적이 있었다. 바보처럼 열심히 공부만 하면 모든 것이 잘 풀릴 것으로 믿고 살아온 나 자신에 대한 자괴감, 그리고 권력과 부를 가진 자들의 거대한 벽 앞에 아무런 반항도 할 수 없는 무력감에 울기도 했다. 그때마다 서울이라는 낯선 곳에서 나에게 힘이 되고 나를 이끌어 줄 사람이 주변에 아무도 없다는 것이 원망스러웠고, 멀리 시골에서 농사일밖엔 아무것도 모르는 부모님이나 내 분야의 일에 대해선 잘 알지 못하는 가족들에게 얘기해 봐야 도움을 줄 수 있는 위치에 있지 못한다는 점이 오히려 가슴만 더 아프게 할 것 같아서 말도 꺼내지 못하고 혼자서 가슴앓이만 하곤 했었다.

그래도 좌절하거나 포기하지 않고 다시 일어설 수 있었던 것은 부정과 비리에 그대로 무릎을 꿇고 싶지 않아서였다. 수련의 시절 힘 있는 자들에게 야합野合하는 일부 보직 교수들의 전횡專橫과 회유懷柔에 크게 소리치며 반항할 수는 없었지만 끈질기게 끝까지 살아남는 것이 내가 보여줄 수 있는 최선의 저항이라고 믿었기 때문이었다.

'가지 않은 길'을 읽어 내려가면서 힘들었던 지난 세월과 선택의 기로에 섰을 때 내가 과연 바른 길을 선택하였는지 등등 여러 가지 생각들이 가슴 깊숙이 자리 잡아 억눌려 있던 감성들을 자극했던 것 같다. 두 길을 동시에 갈 수 없는 것이 인간의 숙명이라면 가보지 못한 길에 대한 미련도 갖지 말아야 할 텐데, 자꾸만 미련과 회한이 남는 것은 또 다른 인간의 숙명이런가?

산다는 것은 어찌 보면 선택과 포기의 반복이라고 할 수도 있을 것 같다. 아침 출근할 때 어떤 옷을 입을 것인지, 점심식사를 뭐로 할 것인지와 같은 사소한 선택에서부터 대학과 전공 선택, 직업 선택, 배우자 선택과 같은 인생을 좌우하는 아주 중요한 일들까지 우리는 끊임없이 선택을 해야만 한다. 여러 가지 중에서 한 가지를 선택해야 하는 경우도 있고 둘 중에 하나를 선택해야 될 경우도 있을 것이다. 동시에 둘 이상의 길을 선택할 수 없기 때문에 망설여지고 고민스러워진다. 정답이 따로 정해져 있지 않기 때문에 이미 경험해본 선험자先驗者들의 충고를 듣는 것도 중요하지만 최종 선택은 자기를 가장 잘 알고 있다고 생각하는 자신에게 달려 있고 후회하지 않을 선택을 해야 한다.

물론 선택한 길이 자기의 길이 아니라고 판단되면 중도에 다른 길로 갈 수 있다. 그러나 그 경우도 그때까지 오던 길은 포기해야 한다. 선택하지 않은 것은 포기해야 하고 결국 내가 걸어온 길과 가 보지 못한 길로 나누어진 삶을 살아간다. 역사에 가정이 없듯이 그때 다른 선택을 했으면 어땠을까 하고 고민하고 후회해 본들 다시 되돌아갈 수 없는 것이 우리의 인생행로이다. 그래도 자기 스스로의 자유의지로 뭔가 선택을 할 수 있었다는 것만으로도 감사하면서 살아야 할 이유가 있다. 불현듯 어느 날 자기의 의지와 전혀 상관없이 아주 엉뚱한 길로 내던져지는 삶의 예도 많기 때문이다.

얼마 전 타계하신 고 신영복 교수님은 경남 밀양 출생으로 서울대학교 경제학과 및 동 대학원을 졸업하신 분이었다. 숙명여대 경제학과 강사를 거쳐 육군사관학교 경제학과 교관으로 근무하던 중 1968년 통일혁명당 사건으로 구속되어 무기징역형을 선고받고 복역 중 20년 만에 특별 가석방으로 풀려나 성공회대 교수로 재직했었다. 20대 후반부터 그야말로 인생의 황금기와 같은 젊은 시절을 감옥에서 보낸 것이다. 1941년생이시니까 계속해서 평탄한 길을 걸었다면 훨씬 더 많은 것을 누렸을 것이고 후학들에게도 많은 가르침을 주었을 것이다. 자신의 의지와는 전혀 상관없이 영어(囹圄)의 몸이 되었을 때 얼마나 참담했을지 모르겠다. 시대를 잘못 만난 탓에 본인과 가족에게는 큰 고통을 주었고 국가적으로도 큰 인재를 써먹지 못한 셈이다. 그래도 고인은 20년이라는 옥중생활 동안 많은 독서와 사색으로 출소 후에 훌륭한 저서를 남기셨다. 고인의 저서 『감옥으로부터의 사색』, 『담론』, 『나무야 나무야』, 『더불어 숲』 등을 보면 고인이 감옥에 있는 동안 얼마나 심도 있는 독서를 하고 깊은 사색을 하며 지냈는지 짐작이 간다.

특히 동양 고전에 대한 해박한 지식은 내가 가장 닮고 싶은 부분이다. 무기징역을 선고받고 평생 감옥 생활을 해야 될지도 모르는 상황에서도 포기하지 않고 그렇게 많은 독서를 통해 자기 자신을 추스를 수 있었던 힘은 아마 자기를 낳아주고 길러주신 부모님에 대한 미안한 마음과 더불어 기대에 조금이라도 보답하고 싶은 마음이 간절했기 때문이었을 것 같다. 비록 감옥이지만 잘 지내고 있음을 보여주는 것이 선생님이 할 수 있는 최소한의 효도라고 다짐하고 또 다짐하면서 수형생활을 견뎌냈을 것이다. 감옥에 있는 동안 가족들에게 보낸 편지에 고인의 그런 마음이 고스란히 남아 있다. 이처럼 세상은 때로 전혀 예기치 않은 방향으로 우리 인생을 던져 놓고 시련을 주기도 한다. 어느 날 예기치 못한 불의의 사고나 우연히 발견된 암 같은 심각한 질병의 경우도 우리의 인생행로를 바꾸게 만든다. 그렇기 때문에 다람쥐 쳇바퀴 돌듯 매일 반복되는 똑같은 일만을 하고 있다는 것에도 감사해야 하고 다른 길을 가보고 싶다는 꿈이라도 꿀 수 있다는 것에도 행복해야 할 일이다.

  나도 의사가 된 것을 후회한 적은 없지만 요즘 들어 남은 인생도 지금과 같은 개원의의 모습으로 살아가는 것에 대해서는 많은 생각을 하게 된다. 더 늦기 전에 한 번쯤은 뭔가에 도전해보고 싶은 욕심도 있다. 지금처럼 어떤 길을 선택해야 할지 망설여질 때 최선의 길을 잘 알려주는 인생길 내비게이션이 생겼으면 좋겠다. 그래도 이 모든 것이 행복한 고민이라고 자위하면서 오늘도 진료실 불을 끈다.

감비아하

폭염특보니 폭염경보니 하며 맹위를 떨치던 지독한 더위가 마치 열애 중이던 두 사람이 갑자기 냉랭해진 것처럼 하루 사이에 싸늘하게 식었다. 그 지독한 더위를 그나마 잘 견딜 수 있었던 것은 조금만 참으면 시원한 가을바람과 함께 멋진 단풍이 드는 계절이 곧 찾아온다는 믿음이 있었기 때문일 것이다.

열대야로 잠들기 힘들 때 브라질 리우에서 올림픽 경기가 있었다. 예전만큼 스포츠에 관심이 많지 않아서 많은 경기를 보지는 못했지만 올림픽 기간 내내 여러 방송국에서 중계를 했기 때문에 자연히 중요한 장면은 놓치지 않고 볼 수 있었다. 펜싱경기에서 한 점만 잃으면 끝나는 14:10의 거의 절망적인 상태에서도 '할 수 있다.'라는 말을 혼자 중얼거리면서 자기 최면을 걸고 결국 승리를 이뤄낸 박상영 선수가 참 인상적이었고 기억에 남는다. 116년 만에 부활한 골프에서 박인비 선수가 금메달을 따는 장면도 더위에 지친 우리 모두에게 힘을 주는 데 한몫을 했다. 출전하기 전까지 여러 가지 말들이 많았기 때문에 본인에게도 더욱 값진 금메달이었을 것이다.

올림픽에 출전한 선수들은 누구나 4년 내내 메달을 꿈꾸면서 열심히 피땀을 흘렸을 것이다. 전 세계인이 지켜보는 가운데 메달을 목에 거는 순간을 떠올리며 힘든 훈련을 견뎌 냈겠지만 제대로 싸워 보지도 못하고 예선에서 탈락하거나 실수로 실력 발휘를 제대로 못하고 돌아서야 하는 선수들은 그 실망감에 힘든 시간을 보내고 있을지도 모르겠다. 그러나 화려한 스포트라이트를 받으며 그러한 메달을 따지 못했더라도 자기 자신에게 금메달을 줄 수 있을 만큼 진정으로 열심히 노력했다면 후회나 미련을 둘 필요가 없다고 생각한다. 남이 알아주지 않더라도 자기 스스로에게 주는 금메달이야말로 남은 인생을 살아가는 데 다른 무엇과도 바꿀 수 없는 가장 값진 재산일 것이기 때문이다.

여자 육상 경기에서 트랙을 달리다가 두 선수가 넘어졌을 때 한 선수가 다른 선수를 일으켜 세워 주는 모습은 참 감동적이었다. 남이 보기에는 쉬워 보일지 모르지만 오로지 하나의 목표지점을 향해 집중해서 달리다가 갑자기 넘어졌을 때 대개는 재빨리 일어나서 앞사람을 뒤쫓아 가고 싶은 게 인지상정人之常情일 것이다.

그렇기 때문에 그 선수가 손을 내밀어 넘어진 선수를 일으켜 주는 장면은 이번 올림픽에서 가장 감동적인 순간의 하나로 주목을 받은 것 같다. 이 육상 선수도 시상대에 서보지 못하고 짐을 쌌겠지만 자기 스스로에게 가장 행복하고 소중한 금메달을 수여했을 것이라고 믿는다. 이 선수는 실제로 금메달을 딴 다른 선수들 못지않게 그 순간을 좋은 추억으로 간직하고 남은 인생을 늘 여유롭고 남을 도우면서 행복하게 살아갈 거라고 확신한다.

사실 리우 올림픽을 시작하기 전까지 여러 가지 우려 섞인 말들이 많았다. 경기장 사정, 치안 문제, 지카 바이러스 등등 불안한 문제들을 여기저기서 보도하였다. 그러나 큰 문제없이 경기가 마무리되었고 이제는 오히려 많은 사람들이 앞으로 올림픽을 치를 나라들이 본받아야 할 점들이 많다고 치켜세우고 있다.

지금까지 치러졌던 올림픽 개·폐막식이 스포츠 국가주의에 입각해서 자국주의를 강하게 내세우고 힘과 국력을 과시하는 행사였다면 이번 리우 올림픽은 인류가 지속 가능하기 위해서 무엇을 해야 하는지에 대해 본질적이고 보편적인 질문을 던진 인문학 교과서라는 전문가들의 평가이다. 남미에서 열린 첫 번째 올림픽 행사였던 만큼 사회의 어두운 면을 감추고 화려한 것만을 내세울 줄 알았던 이번 올림픽 개막식에서 오히려 사회적 치부인 빈민촌 '파벨라'를 격자모양으로 형상화하여 전면에 내세우는 솔직함과 용기를 보여 주면서, 사회의 어두운 면을 무작정 숨기기보다 원인과 이유를 섬세하게 보듬어 새로운 숨결을 불어넣었다고 평가하고 있다.

또 이번 리우 올림픽 개·폐막식 비용은 베이징 올림픽의 20분의 1, 런던 올림픽의 12분의 1정도로 그동안 물량공세와 과시성 행사로 치닫던 올림픽이 전환점을 맞았고 그간의 휘황찬란한 올림픽에서 벗어나 절제의 올림픽 시대가 되는 계기가 되었다고 한다. 이러한 리우 올림픽의 시대정신에는 '없으면 없는 대로 고쳐 쓴다.'는 브라질의 '감비아하Gambiarra' 전통이 숨어 있다고 한다. 체면과 체통을 중시하여 없는 것을 무리하게 준비하고 과시하려다 뒷감당을 못한 국제적 행사를 치른 우리나라 지방 자치 단체에서도 본받아야 할 정신인 것 같다.

'없으면 없는 대로 고쳐 쓴다.'라는 말은 얼핏 보면 현실에 안주하려는 소극적인 삶의 자세 같지만 '없으면 없는 그대로 산다.'는 것이 아니고 있는 것을 최대한 활용하여 고쳐서 쓴다는 적극적인 생활 자세이다. 없다고 포기하지 않고, 능력이 부족하다고 남을 탓하지 않고, 그렇다고 무작정 무리하게 새로 사서 쓰는 것도 아니고, 없는 가운데서도 있는 것을 다 동원하여 새롭게 고치고 만들어서 살아가는 지혜롭고 절제된 삶의 모습이다.

뭔가가 부족하고 없을 때 없는 것을 돈을 들여 새로 구입해서

쓰면 간단히 해결할 수 있다. 그러나 그렇게 하기 위해서는 그만한 금전적 대가를 치러야 한다. 이때 감당할 수 있는 범위를 벗어나면 미래에 훨씬 더 혹독한 대가를 치러야 할 수도 있다. 우리는 그런 예를 많이 봐 왔다. 우리가 겪었던 IMF 시절도 무리한 차입 경영이 가져온 대가였다.

개인과 가정에서도 마찬가지일 것이다. 신용카드Plastic Money 시대가 되면서 평범한 시민들도 얼마든지 물건을 미리 살 수 있게 되었다. 조금 비싼 물건들은 할부나 렌탈로 구매할 수 있다. 결국 그런 할부금을 갚기 위해서는 열심히 벌어서 부지런히 갚아 나가야 한다. 다 갚고 나면 또 다른 상품들의 유혹에 못 이겨 같은 과정을 되풀이하게 된다. 쓰던 물건이 망가질 때쯤이면 여지없이 새로운 상품으로 바꾸라는 연락이 온다. 많은 데이터와 정보로 무장한 자본 권력가들은 한 번 그들의 그물에 걸리면 절대로 빠져나가지 못하게 여러 가지 방법을 동원하여 족쇄를 채워 버린다. 계약할 때 슬쩍 설명하고 넘어간 조항 때문에 계약을 해지하기가 얼마나 어려운지 경험해본 사람은 알 것이다. 휴대폰을 써 본 사람은 통신사를 바꾸기가 얼마나 힘든지 알 것이고, 통신사를 바꾸려면 상당한 손해를 감수해야 가능하다는 것을 잘 알 것이다. 마치 대기업과 은행과 자본가의 노예가 된 모양새다. 그들에게 빌려서 미리 써버린 돈에 이자를 붙여서 갚기 위해서 매일 매일 힘들게 살아갈 수밖에 없다.

좀 과장된 표현일지 모르지만 예전의 노예와 다른 점은 신분을 예속하지 않고 마음대로 풀어 놓고 열심히 벌어오라는 것 말고는 없어 보인다. 갚지 못하면 또 다른 족쇄를 찰 수밖에 없기 때문이다. 결국 부익부 빈익빈의 악순환의 길로 갈 수밖에 없다. 그래서 개천에서 용이 나는 개룡남은 사라지고 금수저, 흙수저의 저주가 생겨났다. 천민자본주의의 병폐가 만연하고 있는 것이다. 짧은 기간에 부자가 된 자본 권력가들은 이제 아무리 놀면서 써도 다 못쓸 만큼의 돈이 저절로 쌓이고 기회를 놓친 낙오자들은 아무리 노력해도 상류사회에 도달하지 못하는 비극이 되풀이될 수밖에 없는 구조로 변해가고 있다. 갑질을 하는 갑은 더욱 힘센 갑이 되어가고, 갑 밑에서 눈치를 봐야 하는 을은 점점 더 왜소한 을로 지낼 수밖에 없는 사회가 되어가고 있다.

지속 가능한 성장의 길이 끊어지면서 많은 젊은이들이 연애와 결혼과 출산을 포기하는 3포를 넘어서 취업과 집도 포기하는 5포의 고단한 삶을 살고 있다. 거기에 이제는 꿈과 희망도 포기하는 7포 세대, 이것저것 다 포기하는 N포 세대까지 등장하고 있다. 오죽하면 헬조선이란 말까지 나오겠는가? 청년들이 희망을 갖지 못하는 사회의 미래는 밝을 수가 없다. 이런 악순환의 고리를 끊기 위해서는 개인과 가정에서부터 '감비아하'의 절제 철학을 가져야 할 것 같다.

일찍이 인도의 마하트마 간디가 '나라를 망치는 7가지 사회악'을 열거한 바 있다.

원칙 없는 정치Politics without principle

도덕 없는 경제Commerce without morality

노동 없는 부Wealth without work

양심 없는 쾌락Pleasure without conscience

인격 없는 교육Knowledge without character

인간성 없는 과학Science without humanity

희생 없는 신앙Worship without sacrifice

더 늦기 전에 우리가 어디서부터 잘못되었는지 이 시점에서 한 번쯤은 새겨봐야 할 문제들인 것 같다.

　'없으면 없는 대로 고쳐서 쓴다.'는 '감비아하'의 삶은 적극적이
면서도 절제의 마음을 잃지 않는 생활이며, 삶의 균형을 무너뜨리
지 않기 위한 현명한 선택이며, 이미 있는 것에 만족하지 않고 새
로운 것을 만들어 내는 창조의 정신이며, 게으르지 않고 열심히
살겠다는 의지의 표현이며, 가진 능력을 최대한 발휘하려는 장인
정신이 숨어 있고, 미래에 더 잘 살기 위해 현재를 양보하고 힘든
일도 사양하지 않겠다는 철학이 숨어 있다. 비록 느리고 답답하고
고루한 것처럼 보이지만 체면과 과시와 낭비를 버리고 현재의 어
려움을 극복하는 생활의 버팀목이 되는 마음가짐인 것 같다.

　감비아하!

말투

인간관계에서 가장 중요한 것 중의 하나가 믿음을 주는 따뜻한 말투라고 생각한다. 말 한마디 잘해서 출세한 경우도 많고 중요한 순간에 결정적인 실언으로 힘든 인생을 사는 경우도 수없이 봐왔다. 잘 진행되던 혼담도 사소한 말실수로 어긋나기도 한다. 우리가 한 번 입으로 내뱉은 말은 주워 담을 수 없기 때문에 쓰레기 같은 말이 되지 않도록 더욱 조심해야 할 것 같다. 말에는 다음과 같이 5가지 등급이 있다고 한다.

1등급: 영혼의 언어, 눈빛만으로도 통하는 고차원적인 언어, 사
       랑하는 연인, 부부, 엄마와 자녀
2등급: 가슴의 언어, 상대에게 감동을 주는 언어, 기분 좋게 해

주는 언어, 사랑해, 좋아해

3등급: 머리의 언어, 강의나 보고, 회의 등에서 사용하는 말, 감
정 없이 의사나 지식을 전달하는 언어

4등급: 입술의 언어, 일명 _名 엘리베이터 걸 언어, 감정 없이
기계음처럼 하는 말, 단순한 의사 전달 기능

5등급: 가시 언어, 상대방에게 상처를 주는 말, 가장 나쁜 말

학점으로 따지면 순서대로 A, B, C, D, F 학점에 해당하는 말
이라고 해도 될 것이다. 이제 막 상대방을 알아가고 좋아하는 감
정이 싹트기 시작할 때는 누구나 적어도 2등급 이상의 언어로 상
대방에게 호감을 사기 위해 노력할 것이다. 사랑에 빠진 연인들도
서로 상대에게 상처를 주지 않기 위해 노력하면서 사랑을 속삭일
것이다. 이처럼 사랑하는 연인이나 부부가 언제나 1등급 내지는
2등급 언어, 즉 B학점 이상의 언어만 주고받을 수 있고, 상처 주는
말(F학점)은 하지 않으면서 지낼 수 있다면 얼마나 좋겠는가? 늘 사
랑하는 감정이 솟구칠 때는 가능하겠지만 어디 평생 그런 연애 감
정만 가지고 살아갈 수 있는 일인가?

남녀 간의 연애 감정은 평균 2년 반 정도 간다고 한다. 서로 오
래 사귀고 상대방과 같이 보내는 시간이 길어지다 보면 자연히 마
음에 들지 않는 상대의 약점이 보일 수도 있고, 여러 가지 일들이
생기게 되고 부딪히고, 서로 감정이 상하고, 싸우고 하는 게 평범

한 부부이고 연인 아니겠는가? 그래서 나는 미워하는 감정도 사랑의 부분 집합에 속한다고 주장한다.

오래된 사랑=좋아하는 감정+미운 감정+서운한 감정

(단 좋아하는 감정>미운 감정+서운한 감정)

왜냐하면 사랑하기 때문에 때론 서운한 감정, 미운 감정도 생기는 것이지 전혀 알지도 못하고 나와 상관없는 사람에게 미운 감정, 서운한 감정이 생길 이유가 없기 때문이다. 물론 좋아하는 감정이 많을수록 좋은 것이 당연한 것이겠지만 말이다. 그런데 이런 서운한 감정이나 미운 감정도 따지고 보면 말 때문에 생기는 경우가 대부분일 것이다. 우리나라 사람들은 어떤 문제로 다투다가도 결국은 상대의 말투 때문에 더 상처 받고 싸움이 커지는 경우가 많다. 그래서 말을 하기 전에 꼭 거쳐야 할 세 가지 황금 문이 있다고 한다.

첫째 관문: 그 말은 참말인가?
둘째 관문: 그 말은 꼭 필요한 말인가?
셋째 관문: 그 말은 친절한 말인가?

살다 보면 때로 약간은 상대방이 듣기 좋은 말이 필요할 때가 있기는 하다. 이런 발언인 경우 참과 거짓의 문제가 아니기 때문에 뒤탈이 날 이유가 없다. 경부고속도로 상행성 어딘가에 '아부는 영원하다.'라고 써진 광고를 본 적이 있다. 무슨 시위 광고인가 하고 유심히 살펴보았더니 회사 같은 건물 벽에 있는 것으로 보아 회사 이름이거나 상품 이름인 것으로 보인다. 인간의 속성상 말 그대로 아부는 영원히 있을 것이다. 아직 들어보지는 못했지만 혹시 Homo Blandimentum(라틴어로 '아부하는 인간')이라는 말이 있는지 모르겠다.

적절한 아부는 사람의 기분을 해치지는 않는다. 그러나 곧 밝혀질 사실을 감추고 숨기려다가 오히려 더 큰 화를 입는 경우도 있다. 그래서 진실을 말해야 하는 경우에는 진실을 말하는 것이 가장 현명한 방법인 것 같다. 어쨌든 이 세 가지 관문 중에 가장 어렵고 좁은 관문이 세 번째 문이라고 한다. 아무리 진실이고 꼭 필요한 말이라고 하더라도 친절하지 않은 말은 상대방의 기분을 나쁘게 하고 결국 입 밖으로 꺼내지 않는 것만 못한 결과를 낳기 때문일 것이다.

내가 집사람으로부터 자주 지적받는 것 중 하나가 나의 말투이다. 말을 하기 전에 생각을 좀 하고 내뱉으라고 한다. '당신은 말만 잘했어도 지금보다는 훨씬 나은 위치에 있을 것'이라는 핀잔이다. 여자 형제가 없이 남자 형제들끼리만 살아온 환경 탓도 있겠지만 원래 말수가 적은 데다 어쩌다 한마디 하는 말이 듣기에 썩 좋지 않은 말을 할 때도 있기 때문에 그럴 것이다. 내가 스스로 생각해도 말이 좀 서툴고 거친 것 같다. 좀 더 정확하게 표현하자면 서툰 게 아니라 감정이 상할 때 억누르지 못하고 일그러진 표정으로 거친 말을 그대로 뱉어내는 경우가 있다. 기분이 좋지 않은 상태에서 감정을 숨기지 않고 말을 하면 상대방이 듣기 좋을 리가 없다.

기분이 나빠도 그런 감정을 마음속에 숨긴 채로 말을 하거나, 빳빳한 야채를 소금에 절여 숨을 죽이듯이 욱한 감정을 마음속에서 몇 가지 공정을 거쳐 부드럽게 만든 다음에 말을 하면 상대에게 상처를 주지 않을 수 있다. 진료실에서는 나도 이런 말이 가능하다. 나이가 어린 사람이 계속해서 반말을 한다든지, 상식에 벗어난 얘기를 한다든지, 내가 부당하게 진료비를 많이 받는 것으로 오해해서 따지는 환자를 대할 때 난 화가 나지만 겉으로 드러내지 않는다. 가슴속에서 끓어오르는 감정을 억누르고 얼굴엔 웃는 표정을 지으면서 잘 대꾸한다. 말하자면 약간은 억지스러운 Pan American Smile(비행기 승무원들의 미소)을 지으면서 대답하는 것이다. 이때는 내가 생각해도 나 자신이 대견스럽다. 나 자신과의 싸움에서 이겨냈기 때문이다. 화가 날 때 잘 참으려면 자기 자신을 둘로 갈라놓고 하나는 감독으로 하나는 연극배우로 만들어서 감독 입장에서 배우를 지휘한다고 생각하면 좀 쉬워진다.

그런데 어쩐 일인지 집에서는 감정 조절이 쉽지 않다. 너무 허물없는 사이라 그런지는 모르겠지만 감정이 숨겨지지가 않는다. 사실 가장 가까이 있는 사람에게 더 잘해야 한다는 것에는 동의하지만 실천이 쉽지는 않다. 얼마 전 아내가 자기를 ○○엄마 하지 말고 ○○씨라고 이름을 불러달라고 제안해 왔다. 선뜻 그렇게 하겠노라고 했다. 어려운 일도 아니다. 그러면 내가 다른 사람을 대하는 것처럼 좀 더 말을 조심해서 할 거라는 뜻이다. 둘 사이가 멀어진 느낌은 들지만 일리가 있는 말이긴 하다. 아직까진 효과가 있는 것 같은데 좀 더 두고 봐야겠다.

명심보감에 나오는 말에 관한 경구警句를 골라보면 다음과 같은 것들이 있다.

無用之辯(무용지변)과 不急之察(불급지찰)은 棄而勿治(기이물치)하라.
(쓸데없는 말과 급하지 않은 일은 버려두고 하지 말라)

喜怒在心(희노재심)이요 言出於口(언출어구)이니 不可不愼(불가불신)이니라.
(기뻐하고 화냄은 마음속에 있고 말은 입 밖으로 나가는 것이니 말조심해야 한다)

守口如瓶(수구여병)하고 防意如城(방의여성)하라.

(입단속 하기를 병마개 막듯 하고 욕심 막기를 성문 지키듯 하라)

言不中理(언부중리)면 不如不言(불여불신)이니라.

(이치에 맞지 않는 말은 하지 않는 편이 더 낫다)

一言不中(일언부중)이면 千語無用(천어무용)이니라.

(한 마디 말이 맞지 않으면 천 마디 말이 쓸 데 없다)

口舌者(구설자)는 禍患之門(화환지문)이요 滅身之斧也(멸신지부야)니라.

(입과 혀는 재앙과 근심이 드나드는 문이요. 몸을 망치는 도끼이다)

利人之言(이인지언)은 煖如綿絮(난여면서)하고

傷人之語(상인지어)는 利如荊棘(이여형극)이라.

一言利人(일언리인)이 重値千金(중치천금)이요

一語傷人(일어상인)이 痛如刀割(통여도할)이니라.

(다른 사람을 이롭게 하는 말은 솜옷처럼 따스하고

다른 사람을 다치게 하는 말은 가시처럼 날카롭다.

다른 사람을 이롭게 하는 한 마디 말은 천금의 값어치가 나가고

다른 사람을 다치게 하는 한 마디 말은 칼로 베는 것처럼 아프다.)

口是傷人斧(구시상인부)요

言是割舌刀(언시할설도)니
閉口深藏舌(폐구심장설)이면
安身處處牢(안신처처뢰)니라.
(입은 사람을 찍는 도끼요

말은 혓바닥을 베는 칼이니

입을 닫고 혀를 깊이 감추어라.

몸이 어디 있든 편안하리라.)

酒逢知己千鍾少(주봉지기천종소)요
話不投機一句多(화불투기일구다)니라.
(벗과 마시는 술, 천 잔도 모자라고

적절하지 못한 말, 한 마디도 너무 많네.)

　위의 내용을 정리하면 상대방에게 상처를 주는 말이나 적절하지 않은 말을 하지 않도록 항상 입을 조심하라는 경구이다. 뒤집어 보면 세상 사람들이 그렇지 못한 경우가 많기 때문에 이렇게 말조심하라는 격언들이 많이 있는 것도 같다.

　그간 살아오면서 나와 인연을 가졌던 많은 사람들 중에는 내가 뱉은 말 때문에 상처를 받았던 분들이 있을 것이다. 그중에는 내가 정말 무심코 던진 말도 있었을 것이고 화가 나서 던진 말도 있었을 것이다. 이 글을 통해서 이해와 용서를 빌어본다.

바흐와 헨델 중 누가 더 행복했을까?

'음악의 아버지' 바흐와 '음악의 어머니' 헨델이 결혼한다면 어떤 2세가 태어날까? 모차르트? 베토벤? 멘델스존?

바로크 음악을 화려하게 꽃피운 '음악의 아버지' 바흐와 '음악의 어머니' 헨델은 1685년 독일에서 태어나서 활동한 클래식 음악의 거장들이다. 같은 나라에서 태어났고 동갑내기였지만 두 거장은 여러 가지 면에서 대조적인 삶을 살았다.

우선 바흐는 전통적인 음악 명문가에서 태어나 어려서부터 늘 음악에 묻혀서 자란 반면, 헨델은 음악과는 전혀 상관없는 외과의사의 아들로 태어났다. 헨델의 아버지는 '음악이란 굶어 죽기 딱 좋은 짓'이라며 아들을 법관으로 키우고 싶어 했다. 음악을 하고 싶었던 헨델은 아버지의 눈을 피해 몰래 음악을 공부했다.

바흐는 9살 때 부모를 모두 잃고 14살 많은 가난한 큰형 집에서 살다가 열네 살 때 먹고 살기 위한 수단으로 교회 합창단원이 되어 무료로 고등학교에 다닐 수 있게 되었다. 1702년 고등학교를 졸업한 바흐는 교회에 고용되어 바이올린, 오르간 등을 연주하고, 예배용 음악을 만들고, 합주단과 합창단을 지도하는 음악 감독 같은 직책을 맡아서 묵묵히 일했다. 독실한 기독교인이었던 바흐는 대부분 종교음악을 작곡하였다.

헨델은 아버지의 뜻에 따라 법과대학에 진학했지만 1년 만에 중단하고, 작곡과 대규모 연주회 같은 음악 사업을 통해 많은 돈을 벌었고 한때는 도박과 투기에 빠지기도 했다. 이러한 헨델의 삶에 대해 '돈을 위해 음악을 팔아먹은 사기꾼'이라고 비난하는 사람들도 있었다.

바흐는 일생 동안 한 번도 나라 밖을 나가 본 적이 없었지만, 헨델은 답답한 독일을 벗어나 이탈리아, 프랑스, 영국 등 유럽 각국을 드나들며 배우고 활동하였다. 나중에는 자유로운 영국의 분위기에 빠져 아예 영국에 눌러앉아 음악적 재능과 실력을 맘껏 발휘하였다.

바흐는 두 번 결혼해서 스무 명의 자녀를 낳았고, 적은 월급으로 많은 식구들을 먹여 살리느라 늘 궁핍하게 살았다. 반면에 헨델은 대식가大食家였고 풍채도 좋고 성격도 호탕했지만 평생 독신으로 살았다.

말년에 바흐와 헨델은 공교롭게도 둘 다 시력을 잃게 되었고, 1750년 65세 때 바흐가 먼저 세상을 떠났다. 사후에도 바흐의 음악은 대중들에게 인기가 없었으나 약 100년 뒤에 멘델스존에 의해 세상에 소개되면서 빛을 보기 시작했다. 바흐 사후死後 9년 뒤인 1759년 헨델도 죽었고 호화로운 웨스트민스터 사원에 묻혔다. 두 사람은 살아서 활동하는 동안 몇 번의 만날 기회가 있었지만 결국 한 번도 만나지 못했다고 한다.

음악 명문가에서 태어나서 평생 음악을 했던 바흐는 활동하는 동안 경제적으로는 늘 어려운 생활을 한 것으로 알려져 있다. 반면에 음악을 하면 굶어 죽기 딱 좋은 직업이라며 반대하던 아버지의 뜻을 어기고 음악의 길을 선택한 헨델은 음악 사업을 통해 많은 돈을 벌었다. 헨델은 음악적 재능은 물론 사업적 수완이 좋았던 인물 같다. 오늘날 같으면 유명 인기스타였던 셈이다.

독신으로 살았던 헨델이 런던의 한 이발소 아가씨를 짝사랑한 이야기가 있다. 제니라는 이발소 아가씨에게 홀딱 반한 헨델이 자신이 작곡한 '메시아' 자필 악보를 선물했는데, 어느 날 몰래 이발소에 갔더니 젊은 청년 장교의 머리를 자르고 있던 제니가 아버지에게 "아버지, 헨델의 악보 몇 장 더 주세요. 깎은 머리털을 싸서 버리게요." 하는 소리를 듣고 두 번 다시 가지 않았다고 한다. 그

때 받은 충격으로 평생 독신으로 살지는 않았을까?

　가난했지만 두 번의 결혼으로 많은 자녀를 두어 늘 북적거리는 집안의 가장 바흐와 돈을 많이 벌고 자유롭게 살았지만 독신이었던 헨델 중 '누가 더 행복하다고 느꼈을까?' 참 바보 같은 질문인 것 같다. 당연히 둘 다 행복했을 것 같다. 둘 다 평생 동안 자기들이 좋아하는 음악을 천직으로 알고 열심히 살았던 사람들이기 때문이다. 나머지 부분이야 어차피 자기 뜻대로 되는 게 아니고 주변 여건에 따라 달라질 수밖에 없는 것 아니겠는가? 차라리 이들이 인생 황혼기에 접어들었을 때 '어떤 것을 가장 후회했을까?'라는 생각을 해보는 것이 내 나이에 맞는 화두話頭일 것 같다. 자기보다 한 달 먼저 태어난 헨델을 존경했던 바흐는 헨델의 무엇을 부러워했을까? 고향을 떠나 이국에서 멋지게 성공한 헨델은 나이가 들고 힘이 없어질 때 자기를 돌봐 줄 가족이 없는 것을 후회했을까? 가족들이 많았던 바흐의 삶을 부러워했을까? 숨을 거두기 직전 이들에게 남아 있던 미련은 무엇이었을까?

　'음악의 아버지' 바흐와 '음악의 어머니' 헨델이 결혼해서 낳을 2세는 당연히 '음악'이란다. 음악 수업 시간에 어떤 선생님이 낸 넌센스 퀴즈였다고 한다. 40년 전 미국의 보이저 2호가 우주로 발사될 때 27곡의 세계 각국의 음악을 담아서 보냈는데, 그중에 클래식 음악으로서는 바흐의 브란덴부르크 협주곡 등 3곡이 들어있었고 이 우주선은 지금도 태양계를 벗어나 항해를 계속하고 있다고 한다. 살아 있을 때보다는 사후에 더 이름을 떨친 바흐가 이 소식을 들으면 얼마나 좋아할까? 아마 헨델도 이 소식을 듣는다면 '메시아'의 '할렐루야'로 축하해줄 것 같다. 이들이 남긴 불후의 명곡 브란덴부르크 협주곡, 무반주 첼로 모음곡, G선상의 아리아, 메시아 등을 들으면서 그들의 일생을 상상해본다.

사랑의 아픔

세상의 모든 사랑에는 번민이 담겨 있습니다.
세상의 모든 기쁨에는 고뇌가 서려 있습니다.
세상의 모든 행복에는 아픔이 깔려 있습니다.
세상의 모든 희망에는 절망이 배어 있습니다.
세상의 모든 아름다움에는 티끌이 묻어 있습니다.
세상의 모든 지혜에는 고독이 스며 있습니다.

몇 년 전에 쓴 일기장의 한 페이지에 적혀 있는 글이다. 아마 신문이나 책에서 보고 마음에 와 닿는 글 같아서 옮겨 적어 놓았을 것이다. 되새겨 볼수록 공감이 가는 말들이다. 사랑과 기쁨과 행복이 클수록 그 이면裏面에는 번민과 고뇌와 아픔도 크다는 말도 될 것이다.

　'피아노의 시인'이라 불리는 쇼팽은 1810년 폴란드 바르샤바 근교에서 태어난 피아노 신동이었다. 마음이 여리고 섬세한 성격의 쇼팽은 바르샤바 음악원 성악과에 다니는 한 여학생을 몰래 짝사랑하다가 고백할 용기가 없어서 사랑 때문에 애태우는 것보다는 차라리 그녀의 곁을 영원히 떠나기로 결심하고 고국을 떠났다. 그후 폴란드가 러시아의 지배를 받는 바람에 살아 생전에 사랑하는 조국의 땅을 밟아보지 못했다고 한다.

　또 브람스의 천재성을 알아보고 키워준 슈만은 그의 부인인 클라라와 함께 1844년 4개월에 걸친 브람스의 러시아 연주 여행에 동행한 후 건강이 악화되어 1854년 라인강에 투신자살을 시도했다고 한다. 이때 브람스는 자기를 돌봐 준 슈만 부부의 은혜를 잊지 않고 실의에 빠진 클라라와 슈만의 아이들을 돌봐주고 클라라를 위로하는 과정에서 클라라를 사모하는 마음이 피어나기 시작했으나, '저분은 스승의 부인이므로 존경할 뿐이다.'라고 애써 감정을 억누르며 지냈다고 한다. 자살을 시도한 지 2년 뒤 슈만은 46세의 나이로 세상을 떠났지만 이후에도 브람스는 클라라와의 사랑을 끝까지 우정으로 지키면서 독신으로 살았다고 한다. 내면의 정열을 이성이라는 테두리에 가둔 채 걸어온 40년 동안의 브람스와 클라라의 애정은 클라라가 1896년 뇌졸중으로 죽자 브람스도 이듬해 64세의 나이로 클라라의 뒤를 따라감으로써 막을 내렸다.

이처럼 남녀 간의 사랑은 미완성인 채로 끝나버린 경우가 더 사람들의 가슴속에 오래 남아서 두고두고 회자膾炙되는 것 같다. 실은 짝사랑이든 우정 같은 사랑이든 상대를 좋아하고 사랑하는 감정은 그 자체가 이미 아름다운 것인데 우리가 가지고 있는 편견이 이런 사랑을 미완성으로 규정하고 더 가슴 아파하는 것일지도 모르겠다.

우리가 잘 아는 피천득 님의 수필 '인연'에 나오는 피천득 님과 아사코와의 만남도 대표적인 미완성의 사랑이라고 할 수 있을 것이다. 처음부터 선생님을 오빠처럼 따랐던 아사코는 선생님이 자기 집에 머물게 된 다음 날 '스위트피' 꽃을 따다가 꽃병에 담아 선생님의 책상에 놓아 주었고 선생님은 그 꽃을 아사코같이 어리고 귀여운 꽃이라고 표현하였다. 처음 헤어지던 때 아사코는 자기가 쓰던 작은 손수건과 반지를, 선생님은 안데르센 동화책을 선물로 주었다. 그리고 아사코가 선생님의 목을 안고 뺨에 입을 맞추고 헤어진다.

그 후 십여 년이 흐른 후 두 번째로 동경에 갔을 때 아사코는 목련꽃처럼 청순하고 세련된 영문과 대학생이 되어 있었다. 그날 저녁 성심여학원 캠퍼스를 함께 걷다가 낮에 깜박 잊고 교실에 두고 온 연두색 우산을 다시 들고 나오는 아사코를 본 선생님은 그 모습이 너무도 인상에 남았던지 영화 〈셀부르의 우산〉을 좋아하게 된 동기라고 말했다. 두 사람은 늦은 밤까지 문학 이야기를 하다가 가벼운 악수를 하고 헤어지는데 새로 출판된 버지니아 울프의 소설 『세월』에 대해 이야기했다고 했다.

이후 10여 년의 세월이 또 흐른 뒤 2차 세계대전과 한국전쟁이 끝나고 1954년 선생님이 다시 동경에 들렀을 때 아사코는 일본인 2세 장교와 결혼한 상태였고 뾰족 지붕에 뾰족 창문이 있는 작은 집에 살고 있었다. 그 집은 20여 년 전 선생님이 아사코에게 준 동화책 겉장에 있는 것과 같은 모양의 집이었고, 선물을 받아들었을 때 어린 아사코가 "아, 이쁜 집! 우리 이 담에 이런 집에서 같이 살아요."라고 했던 것을 회상한다. 아직 싱싱하여야 할 젊은 나이에 시들어가는 백합처럼 변해버린 아사코를 보면서 전쟁이 미리 나고 한국이 일찍 독립했더라면 아사코의 말대로 같은 집에서 살 수

있었을지 모른다는 생각을 하면서 서로 악수도 없이 인사만 하고 헤어진다. 그리고는 마지막 만남을 후회한다. 한국에 돌아와 살면서 도쿄의 성심여학원에 다녔던 아사코를 생각하며 주말에 성심여자대학이 있는 춘천을 가 보고 싶어 한다.

선생님이 마지막 세 번째는 만나지 말았어야 한다고 한 것은 아사코가 이미 결혼한 유부녀였기 때문만은 아니었을 것이다. 두 번째 만났을 때 목련처럼 청순하고 세련된 모습의 아사코를 가슴속에 품고 살다가 마지막 세 번째 만났을 때는 기대했던 것보다 훨씬 초라한 모습의 아사코를 보고 세월의 무상함을 느끼면서 그동안 일본인 2세 장교와의 결혼 생활이 행복하지 못했음을 직감하였기 때문이었을 것이다. 어차피 이루지 못할 사랑이었다면 아사코가 행복하게 살고 있기를 바랐을 것이다.

20여 년 동안 단 세 번밖에 만나지 못했던 인연이었지만 참 애틋하고 어떤 연애 소설보다 긴 여운을 주는 인상 깊은 이야기다. 요즘 같이 통신수단이 발달한 시대에는 맛보지 못할 낭만과 추억이 깃들어 있는 이야기다. 피천득 님과 아사코의 '인연'에는 이루지 못한 사랑 속에 번민과 고뇌와 아픔과 절망과 티끌과 고독이 모두 다 스며있는 것 같다. 오늘 일기장에는 다음과 같이 마지막 한 문장을 추가해서 적어 두어야겠다.

세상의 모든 사랑에는 번민이 담겨 있습니다.

세상의 모든 기쁨에는 고뇌가 서려 있습니다.

세상의 모든 행복에는 아픔이 깔려 있습니다.

세상의 모든 희망에는 절망이 배어 있습니다.

세상의 모든 아름다움에는 티끌이 묻어 있습니다.

세상의 모든 지혜에는 고독이 스며 있습니다.

세상의 모든 이루지 못한 사랑 속에는 번민과 고뇌와 아픔과 절망과 티끌과 고독이 함께 뒤엉켜 있습니다.

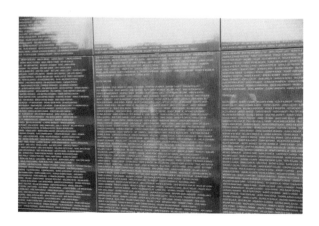

최악의 순간에도 최선의 선택을

조선 시대 27명의 왕 중에서 최악의 임금은 누구일까? 역사에서 배운 바대로 연산군과 광해군을 먼저 떠올리는 것이 당연할지도 모르겠다. 조선 왕들에 대한 역사적 평가는 이미 우리 모두가 다 알고 있는 사실이지만 오로지 평범한 조선 백성의 입장에서 최악의 군주를 뽑으라면 나는 주저하지 않고 인조를 꼽을 것 같다.

명분과 도의를 중시하는 조선 건국의 이념적 바탕인 유교적 관점에서 보면 연산군은 패륜을 저지른 폭군이고 못된 짓을 많이 한 나쁜 임금이었던 것은 분명하다. 그러나 순수한 조선 백성의 입장에서 보면 왕이 궁궐 안에서 자기 할머니에게 불충한 패륜을 저지르고, 자기 스승을 죽이고, 정적을 죽이고, 사림의 학자들을 죽이는 일이 바로 일반 백성들의 피부에 와 닿는 삶의 문제는 아니고 관여할 문제도 아니었을 것이다. 오늘날처럼 통신이 발달한 사회도 아니었기 때문에 잘 알지도 못하는 그들만의 문제였을 것이다.

1970년대 말에서 80년대 군사정부가 들어설 때 저들은 치열한 첩보전과 권력 암투가 있었겠지만 농촌에 사는 우리 국민들은 사후事後에 오로지 매스컴을 통해서 들리는 이야기만을 알고 있는 것과 마찬가지였을 것이다. 오히려 국가에 바치는 세금이나 공역 또는 지역 수령들의 수탈 같은 문제와 더불어 외세의 침략에 의한 약탈과 겁탈 또는 납치 같은 백성들이 느끼는 직접적인 피해가 가장 중요한 관심거리였을 것이다.

광해군도 계모인 인목대비를 폐위시킨 패륜을 저질렀다는 이유로 인조반정을 일으키는 빌미를 제공하였으나 백성의 입장에서 보면 대동법을 실시하고 선혜청을 설치하는 등 오히려 좋은 정책을 폈고 후금과 명 사이에서 실리적인 중립외교를 펼쳐서 만일 광해군이 계속 권좌에 있었더라면 정묘호란과 병자호란으로 인한 국가적 손실과 피해는 없었을지도 모른다.

인조반정을 일으킨 주역들의 명분은 광해군이 명明에 대한 재조지은再造之恩의 의리를 저버리고 대명사대對明事大를 하지 않았다는 것과 선조의 적자이고 이복형인 영창대군을 죽이고 계모 인목대비를 유폐시키는 불효를 저질렀다는 것이었다. 기울어져 가는 명나라와 새로운 강자로 떠오르는 후금에 대한 시대흐름을 잘못

파악한 이들이 중립외교를 펼치던 광해군을 폐위시키고 집권함으로써 임진왜란의 뼈아픈 침략을 겪은 지 얼마 지나지 않은 상태에서 또다시 엄청난 국가적 재앙을 불러오는 계기를 만들었다. 새로 집권한 인조와 집권세력은 명의 조정으로부터 재가를 받아내기 위해 명의 요구를 거절하기 어려워졌고 그 과정에서 모문룡이 이끄는 명나라 군대가 조선에 머무르게 할 수밖에 없는 처지에 놓였다. 모문룡이 이끄는 명의 군사 일당들은 조선의 가도에 머물면서 상상을 초월할 만큼의 많은 곡식과 은과 인삼 등을 약탈해 가고 부녀자들을 겁탈하는데도 인조가 이끄는 조선의 조정은 후금의 침략으로부터 지켜준다는 모문룡의 꼬임에 빠져 그저 바라보고 있을 수밖에 없었다.

게다가 한심하게도 인조반정에 성공한 세력들은 논공행상 과정에서 형평에 맞지 않게 무신 이괄을 2등 공신으로 처리하는 바람에 이에 불만을 품은 이괄이 난을 일으켜 궁궐을 뺏기고 공주까지 피신하는 수모를 당하고 말았다. 심지어 당시에 민심도 인조 편이 아니었다. 조선이 안팎으로 이런 어려운 처지에 있었음에도 난국을 극복할 만한 해결책을 준비하지 못한 인조는 결국 1627년 정묘호란의 침략을 당하고 오랑캐라고 천시하던 후금과 형제의 관계를 맺는 화친을 할 수밖에 없었다. 정묘호란 당시 인조는 다시 궁궐을 빠져나와 강화도로 피신하고 평안도와 황해도를 포함한 한강 이북 지역의 백성들은 후금군에 의해 무참히 짓밟히는 수모를 당했다. 정묘호란 이후 청천강 이북의 조선은 사실상 '무정부 상태'가 되어 후금군과 모문룡 병사들에게 살육과 약탈의 장이 되었다. 전쟁 당시 후금군에게 사로잡혀 끌려갔던 수만 명에 달하는 피로인들은 고국으로의 귀환을 애타게 기다리다 죽어갔다.

이처럼 인조는 선대에 일본의 침략을 당하고 정묘호란으로 후금에 시달리면서도 제대로 나라를 지키기 위한 군사를 양성하기는커녕 후금이 다시 쳐들어오면 피신할 궁리만 하면서 강화도에 방어시설과 군량미만을 준비하고 있었다. 제대로 싸워볼 준비는 전혀 안 하고 여차하면 도망갈 준비만을 하고 있었던 것이다. 그런데 이런 비상시에도 인조는 자기의 친부인 정원군과 친모 계운궁의 추숭을 위해 신하들의 반대에도 불구하고 10년 가까운 끈질긴 노력 끝에 기어이 자기의 의도를 관철시키고 원종이라는 묘호를 올리고, 산소를 장릉으로 승격시키고, 위패를 종묘에 모시는 데 성공하였다. 명 조정이 소현세자를 왕세자로 승인하기 위해 보낸 칙사 노유녕에게 10만 냥이나 되는 은을 뜯긴 시전 상인들이 통곡하자 주동자를 색출하여 하옥하라고 지시를 내리는데 도대체 인조가 어느 나라 임금인지 답답하기만 하다.

사태가 이 지경에 이르자 1634년 강학년이라는 신하는 인조에게 다음과 같은 상소를 올렸다고 한다.

"서경書經에 '정치는 어려워지기 전에 제어하고 나라는 위태로

워지기 전에 보전하라.'고 했는데 전하의 국사國事는 이미 위태롭고 어지러운 지경에 들어섰습니다. 여러 차례 대란을 겪었음에도 조금도 허물을 반성하지 않고 고식책만을 써서 패망의 지경에 이르게 되었으니…. 옛날 난정 때문에 나라를 전복시킨 자들과 똑같은 전철을 밟게 될 것인데, 신은 그 종말이 어떻게 될지 모르겠습니다."

오죽했으면 일개 신하가 임금을 향해 이런 직격탄을 날렸겠는가?

홍타이지가 청 제국의 황제로 추대되어 즉위식을 할 때 조선의 두 사신 나덕헌과 이학은 식장에 갔지만 홍타이지에게 절을 하지 않았다고 한다. 불사이군不事二君의 충절은 높이 살 만하다. 명의 황제에게는 절을 할지언정 오랑캐의 황제에게는 굽히지 않겠다는 의지이다. 그러나 한 국가의 사신은 국가의 장래를 생각한다면 소의를 버리고 대의를 생각해야 했다. 이왕 상대국 황제 즉위식에 축하 사절로 갔으면 상대의 기분이 상하지 않도록 처신했어야 했는데 굳이 거기까지 가서 상대방을 자극할 필요까지는 없었다. 약소국으로 살아남으려면 눈치라도 있어야 하지 않겠는가? 이 때문에 청의 관원들에게 심하게 얻어맞고 두 사람을 죽이라는 청의 신료들의 말에도 불구하고 홍타이지는 "내가 만일 사신들을 죽이면 조선 국왕은 내가 맹약을 어겼다고 할 것이다. 나는 한때의 하찮은 분노 때문에 사신을 죽이지 않겠다."며 신료들을 다독였다고 한다.

또한 홍타이지는 인조의 신료들을 가리켜 '책은 읽었지만 백성과 나라를 위해 경륜을 발휘할 줄 모르면서 한갓 허언虛言만 일삼는 소인배'들이라고 매도하고 세상 물정 모르는 그들 서생書生들이 10년간 이어져 온 화의를 폐기하고 전쟁의 단서를 열었다고 비난했다고 한다. 홍타이지가 보기에도 천지가 개벽하고 세상이 바뀌어 가는데 다 쓰러져 가는 명나라만을 따르는 조선이 답답하게 보였던 것이다. 곧이어 홍타이지는 조선이 '후금을 원수'라고 한 이상 전쟁을 통해 강약과 승부를 겨룰 뿐 사신들을 죽이는 쩨쩨한 짓은 하지 않겠다고 하면서 인조에게 스스로 죄를 깨우쳤다면 자제를 볼모로 보내라고 요구했다. 그렇지 않으면 군대를 일으켜 쳐들어가겠다고 협박하고 자신이 군대를 움직이는 날까지 명시했다. 사실상의 최후통첩을 보낸 것이다. 조선에 파견된 명나라의 관인들조차 주화파와 척화파 사이에서 갈팡질팡하던 인조와 조선 조정을 향해 현실을 잘 파악해서 청과의 관계를 끊지 말고 병사들을 잘 조련하라고 충고하고 돌아갔다.

"경학을 연구하는 것은 장차 이용하기 위한 것인데 나는 귀국의 학사와 대부들이 읽는 것이 무슨 책이며 경제하는 것이 무슨 일인지 이해할 수 없었소. 뜻도 모르고 웅얼거리고 의관이나 갖추고 영화를 누리고 있으니 국도를 건설하고 군현을 구획하며 군대를 강하게 만들고 세금을 경리하는 것은 과연 누가 감당한단 말이오? 귀국의 인심과 군비를 볼 때, 저 강한 도적들을 감당하기란 결단코 어렵습니다. 일시적인 장유에 이끌려 그들과의 화친을 끊지 마십시오!"

조선의 척화파들은 명분에만 집착한 나머지 명나라 관인들의 이러한 충고도 무시하여 결국 1636년 12월 병자호란의 침략을 당하고 말았다. 전략도 전술도 허술하기 짝이 없고 훈련도 제대로 안 된 조선의 군대와 철저하게 준비된 청나라 군대와의 싸움은 애초부터 상대가 안 되었다. 유사시 강화도로 피신해서 저항하려고 한 계획도 너무 빠른 청군의 진격에 우왕좌왕하다가 수포로 돌아가고 인조는 강화도 대신 남한산성으로 피신할 수밖에 없었다. 이런 급박한 상황에서도 종묘에 모셔진 선왕들의 신주를 수습하는 것은 잊지 않는다. 종사를 보존하는 것이 그렇게 중요하다면 미리 백성과 나라를 지킬 수 있는 대책을 강구해야 하지 않았을까?

또한 청은 병자호란을 도발하기 전에 조선에 대해 철저히 연구한 결과 유사시 조선 조정이 강화도로 들어갈 것을 미리 알고 그 길도 이미 막아 놓는 치밀함을 보였다. 청은 10여 년 전 정묘호란을 통해 이미 학습하고 그동안 조선 침략의 명분을 쌓으면서 철저히 준비하였고 반대로 인조와 조선 조정은 아직도 기억에 생생하게 남아 있을 임진왜란과 정묘호란의 뼈아픈 역사를 망각한 채 부국강병을 위한 노력은 뒷전에 두고 시대의 흐름과 변화를 읽지 못하며 주화를 주장하는 사람을 매도하고 척화를 주장하면서 명나라가 도와주기만을 기다리다가 또다시 당하고 만 것이다. 역사가 주는 교훈을 배우지 못한 자들의 말로末路가 무엇인지 다시 한 번 일깨워주는 참사慘史였다. 한편 인조와 신하들은 남한산성에 갇히어 추위와 배고픔을 달래 가면서도 12월 24일 명나라 황제의 생일을 맞아 서쪽의 북경 황궁을 향해 절을 올리는 망궐례를 거르지 않았다. 참 대단한 명에 대한 충성심이다. 1637년 원단에도 망궐례를 올렸다.

인조와 조선의 신하들이 남한산성에서 고립되어 있는 동안 전국 각지에서 구원병들의 출병이 있었으나 훈련도 제대로 안 된 병사들인 데다가 적에 대한 정보도 제대로 파악하지 않고 무작정 덤비는 식으로 싸우다가 거의 패하고 말았다. 인명피해만 늘어난 셈이다. 조선의 지식인들은 그야말로 쓸데없는 책만 읽고 목에 힘만 주고 있었지 현실파악을 제대로 못 한 것이다. 그중에 그래도 현실을 있는 그대로 본 사람은 주화파의 대표인 최명길이었다.

강화도가 안전할 것이라고 믿고 그곳으로 피신했던 사람들은 저항 한번 못 해보고 도망치기 바쁜 조선군들과 함께 처참한 죽음을 당했고 많은 젊은 여성들이 잡혀가고 말았다. 남한산성에서 숨죽이며 이러지도 저러지도 못하고 있을 때 청군은 강화도에서 볼

모로 잡은 조선의 포로들을 내보이며 인조에게 항복을 종용하였고 결국 인조와 조선 조정은 항복을 받아들일 수밖에 없게 되었다. 그야말로 최악의 상황이 닥치고 만 것이다. 곧이어 인조는 청나라 홍타이지 앞에 무릎을 꿇고 삼배구고두례三拜九叩頭禮의 치욕적인 항복 의식을 치러야 했다.

우리는 조선 500년 역사상 이 사건을 가장 치욕적인 사건으로 기억하고 있다. 인조로서도 가장 굴욕적이고 피하고 싶었던 최악의 상황이었을 것이다. 나는 인조가 어쩔 수 없이 청 태종 홍타이지 앞에서 머리를 조아리는 최악의 상황에 처하게 되었더라도 그때 종사를 유지하는 일과 자신의 체면만 생각하지 말고 나의 잘못으로 이런 지경에 이르렀으니 세자를 비롯한 왕실 가족을 다 볼모로 잡아가고 척화에 앞장섰던 관료들은 다 잡아가도 좋으니 제발 죄 없는 우리 백성들만은 해치지 말아 달라는 말 한마디라도 했더라면, 비록 받아들여지지 않았더라도 역사는 인조를 다시 평가하지 않았을까 생각해본다. 인조는 끝까지 죄 없는 백성들의 고통마저 외면하고만 최악의 임금이었다. 그렇기 때문에 나는 최악의 상황에서 최악의 행동을 보여준 인조를 최악의 왕으로 평가할 수밖에 없다. 나는 인조仁祖를 인조가 아닌 망조亡祖로 고쳐 부르고 싶다.

청나라 군사들은 철군하면서 수많은 백성들을 살해하고 약탈과 방화는 물론 수십만의 사람들을 피로인으로 끌고 갔다. 청나라로 끌려간 이들 피로인들은 노예처럼 거래되었고 이들 가운데는 살 겠다는 일념으로 수천 리 길을 걸어서 조선으로 탈출에 성공한 사람도 있었으나 청의 요구대로 다시 붙잡혀가는 일도 비일비재했다. 젊은 여성 피로인들이 어떤 수난을 겪었을지는 짐작하기 어렵지 않다.

"여러 해를 두고 강화도를 수리하여 백성들을 의지하게 했는데 어찌 이 지경에 이르렀느냐. 나라의 책임을 맡은 자들이 날마다 술 마시는 것을 일삼아 백성들을 모두 죽게 했으니 이 덕이 누구의 탓인가? 자식 넷과 남편이 모두 죽고 다만 이 몸만 남았다. 하늘이여, 하늘이여, 어찌 이런 원통한 일이 있단 말인가."

가족을 모두 잃은 한 노파의 인조와 조정을 향한 피맺힌 한탄의 절규였다.

전쟁 후 그 책임을 놓고 또 조정에서는 한바탕 소동이 벌어졌다. 이때도 우유부단한 성격의 인조는 권력을 유지하는 데만 급급한 나머지 어정쩡하게 넘어가고 말았다. 청나라로 끌려갔던 소현세자 일행이 1645년 2월 귀국했을 때 인조는 자신의 왕위를 뺏길까 우려한 나머지 소현세자를 냉대하였고 얼마 되지 않아 소현세자는 독살을 의심케 하는 죽음을 당했다. 서둘러 장례를 치른 인조는 원손인 소현세자의 아들들을 제쳐두고 봉림대군을 왕세자로 지명하고, 원손의 지위를 박탈하고 소현세자의 부인인 강빈을 사사賜死시키고 강빈의 친정형제들도 유배시킨 후 장살한다. 권력을 위해서는 자식도 며느리도 손자도 다 내팽개친 비정하고 비겁한 왕이었다.

중국 고대에 한비자(기원전 280~233년)는 기울어져 가는 한나라를 살리기 위해 한왕에게 부국강병의 전략을 여러 차례 건의했으나 받아들여지지 않았고 결국 한나라는 진나라에게 망하고 말았다. 한비자가 말한 10가지 망국론을 보면서 병자호란을 둘러싼 당시의 정황을 성찰해본다.

첫째, 법을 소홀히 하고 음모와 계략에만 힘쓰며, 국내정치는 어지럽게 두면서 나라 밖 외세만을 의지한다면 그 나라는 망할 것이다.

둘째, 신하들은 쓸모없는 학문만을 배우려 하고, 귀족의 자제들은 논쟁만 즐기며, 상인들은 재물을 나라 밖에 쌓아두고, 백성들은 개인적인 이권만을 취한다면 그 나라는 망할 것이다.

셋째, 군주가 누각이나 연못을 좋아하며, 수레나 옷 등에 관심을 기울여 국고를 탕진하면 그 나라는 망할 것이다.

넷째, 군주가 간언하는 자의 벼슬 높고 낮은 것에 근거해서 의견을 듣고, 여러 사람 말을 견주어 판단하지 않으며, 어느 특정한 사람만 의견을 받아들이는 창구로 삼으면 그 나라는 망할 것이다.

다섯째, 군주가 고집이 세서 화합할 줄 모르고, 간언을 듣지 않고 승부에 집착하며, 사직은 돌보지 않고 제멋대로 자신만을 위하면 그 나라는 망할 것이다.

여섯째, 다른 나라와의 동맹이나 원조를 믿고 이웃 나라를 가볍게 보며, 강대한 나라의 도움만 믿고 가까운 이웃 나라를 핍박하면 그 나라는 망할 것이다.

일곱째, 나라 안의 인재는 쓰지 않고 나라 밖에서 사람을 구하며, 공적에 따라 임용을 결정하는 것이 아니라 평판에 근거해서 뽑고, 나라 밖의 국적을 가진 이를 높은 벼슬자리에 등용해 오랫동안 낮은 벼슬을 참고 봉사한 사람보다 위에 세우면 그 나라는 망할 것이다.

여덟째, 군주가 대범하나 뉘우침이 없고, 나라가 혼란해도 자신은 재능이 많다고 여기며, 나라 안 상황에 어둡고 이웃 적국을 경계하지 않으면 그 나라는 망할 것이다.

아홉째, 세도가의 천거를 받은 사람은 등용하면서 나라에 공을 세운 장수의 후손은 내쫓기고, 시골에서의 선행은 발탁되면서 벼슬자리에서의 공적은 무시되며, 개인적인 행동은 중시되면서 국가에 대한 공헌이 무시된다면 그 나라는 망할 것이다.

열째, 나라의 창고는 텅 비어 있는데 대신들의 창고는 가득 차 있고, 나라 안의 백성들은 가난한데 나라 밖에서 들어온 이주자들은 부유하며, 농민과 병사들은 곤궁한데 상공업에 종사하는 사람들은 이득을 얻으면 그 나라는 망할 것이다.

요즈음 궁궐에 가면 문화 해설사의 해설을 쉽게 들을 수 있다. 풍수지리에 입각한 건축물의 배치와 구조, 건축물의 역사와 관련된 것, 쓰임새와 관련된 내용, 구조물의 상징적 의미, 왕과 왕비들의 일상과 관련된 이야기, 역사적인 사건, 후원과 향원정 등의 아름다운 정원 등을 다소 낭만적인 분위기 속에서 해설이 이루어진다. 전란의 화재로 소실된 화려한 궁궐들의 모습은 하나씩 하나씩 복원되어 부활하고 있다.

왕조시대에는 왕이 똑똑해야 백성이 편하고, 오늘날과 같은 민주사회에서는 국민이 똑똑해야 나라가 안정된다고 한다. 전란으로 궁궐이 하나씩 불타 없어질 때 궁궐 밖의 이 나라 백성들은 얼마나 많은 희생을 감수해야 했는지도 함께 생각해보는 궁궐 나들이가 되었으면 좋겠다. 예나 지금이나 역사는 권력을 가진 자들의 이야기만을 기억하기 마련인데, 무능한 왕 때문에 얼마나 많은 백성들의 인명과 재산 손실이 있었는지를 함께 기억하는 역사 현장이 되었으면 좋겠다. 이제는 종묘에 제사를 지낼 때 아무 죄 없이 힘없는 나라에 태어나서 피로인으로 끌려가 억울하게 고생하다가 숨져간 조선 백성들의 구천을 떠도는 영혼을 달래주는 술 한잔쯤은 올렸으면 좋겠다. 무능한 임금과 관료들 때문에 무참히 짓밟히고 유린당한 환향녀들의 아픔과 절규도 있었음을 기억하는 궁궐 해설이 되었으면 좋겠다.

궁궐은 추억과 낭만을 위한 역사 현장만은 아니며, 역사를 배운다는 것은 단순한 지식과 현학衒學의 차원을 넘어서 우리가 처한 현실을 잘 성찰하고 미래를 대비하는 데 그 목적과 의미를 두어야 하기 때문이다. 북한 핵과 사드 문제 등으로 복잡하게 얽혀있는 동북아 정세에서 또다시 뼈아픈 역사를 되풀이하지 않도록 해야 할 중요한 시기이기에 병자호란을 비롯한 외침을 다시 돌아보고 배워야 할 것 같다. '기억하지 않는 역사는 또다시 되풀이된다.'는 평범한 교훈을 외면하다가 애써 복원해 놓은 궁궐이 또다시 불타 없어지지 않을까 두렵다.

* 참고로 읽어 본 책

『역사평설/병자호란』, 한명기 저
『한 권으로 읽는 조선왕조실록』, 박영규 저
『만화 조선왕조실록』, 박시백 저

콤플렉스에서 시작된 비극

조선 시대 21대 임금 영조는 가장 오랫동안 왕좌에 있었고 균역법과 탕평책을 시행하여 훌륭한 임금으로 평가받고 있지만 아들인 사도세자를 뒤주에 갇혀 죽게 한 아픔도 있는 왕이다. 어떤 이들은 이를 두고 당쟁 때문에 발생한 비극이라고도 하고 사도 세자의 광증 때문이었다고 주장하기도 한다. 나름대로 근거가 있겠지만 당시의 정치적 상황을 배제하고 영조와 사도세자가 태어나서 자라온 환경과 이들 부자를 중심으로 벌어진 일들을 살펴보면서 느낀 바로는 당파싸움에 의한 정치적 희생양이라기보다는 인간의 성격적 결함이 가져온 비극이라는 생각이 먼저 든다.

영조와 사도세자의 행적을 중심으로 그들의 성격을 알아볼 수 있는 기록들을 보면 다음과 같은 것들을 찾아볼 수 있다. 우선 혜경궁 홍씨의 『한중록』과 『영조실록』 등 기록에 나타난 영조의 성격을 알아볼 수 있는 내용들이다.

"지나치게 신경을 쓰고 생각하시다가 이것이 거의 병환이 되신 듯싶으니…. 말씀을 가려 쓰셨는데 죽을 사死, 돌아갈 귀歸자는 모두 꺼려 쓰지 않으시니라. 또한 정무회의 때나 밖에서 나가서 일 보시며 입으셨던 옷은 갈아입으신 후에야 안으로 드셨고, 불길한 말씀을 나누거나 들으시면 드실 제 양치질하고 귀를 씻으시고 먼저 사람을 부르셔서 한마디라도 말씀을 건넨 다음에야 안으로 드셨느니라. 좋은 일과 좋지 않은 일을 하실 제는 출입하는 문이 다르고, 사랑하는 사람이 있는 집에 사랑하지 않는 사람이 함께 있지 못하게 하시고, 사랑하는 사람이 다니는 길을 사랑하지 않는 사람이 다니지 못하게 하시니라. 이처럼 사랑과 미움을 드러내심이 감히 헤아리기 어려울 정도로 분명하시니라. 이들이 사용하는 길 또한 구분하여 다니도록 하였다. 자신이 사랑하는 사람을 만날 때에 입는 옷과, 그렇지 않는 경우의 옷 또한 구분하여 입었다. 대리 청정 전에도 사형죄인을 심문하는 경우와 같이 불길한 경우에는 사도세자를 불러 옆에 앉혀두고 있었으며, 자신이 미워하는 이들의 말을 들은 후에는 귀를 씻고 그 물을 그들이 있는 쪽으로 버렸다. 사도세자는 자신처럼 영조에게 미움을 받던 화협옹주에게 '우리 남매는 귀 씻을 준비물이로다.' 라고 하였다."

열한 살 때 열세 살의 신부(정성왕후)와 결혼한 영조는 첫날밤 신
부의 손을 잡으며 손이 참 곱다고 했다. 그랬더니 신부가 "귀
하게 자라서 그렇습니다."라고 답했다. 영조는 부인의 이런 답
변을 자신의 출신을 비웃는 것으로 들었다. "귀하게 자랐다고?
내가 천한 각심이 아들이라고 비웃는다 이거지." 이렇게 반응
을 했다는 말이다. 영조는 그날로 정성왕후를 소박 놓았다고
한다. 더는 부인으로 보려 하지 않았다는 것이다.

1757년 정성왕후가 죽을 때 이야기다. 그때 정성왕후는 병이
몹시 위중했는데 영조는 아내의 병세를 듣고도 찾아오지 않았
다. 그러다가 정성왕후가 거의 죽게 되자 비로소 병소로 왔다.
기껏 병소를 찾은 영조는 아내를 볼 생각은 하지 않고 아들 사
도세자의 흐트러진 옷매무새만 꾸짖었다. 당시 사도세자는 모
후의 임종을 맞아 한편으로는 통곡하면서 다른 한편으로는 병
수발하느라 옷매무새를 돌보지 못했다. 영조는 그렇게 창황망
조蒼黃罔措하는 세자를 책망한 것이다.

마침내 왕비가 운명했다. 그런데 영조는 태연했다. 막 죽은 아
내를 두고 영조는 내인들에게 아내를 처음 만난 때부터 지금까

지의 일을 장황하게 늘어놓았다. 그러는 사이에 몇 시간이 그냥 흘렀다. 정성왕후는 오후에 죽었는데 날은 벌써 저물었다. 사도세자는 가슴을 치며 통곡했다. 이때 공교롭게도 딸 화완옹주의 남편 정치달의 부음이 들려왔다. 영조는 아내의 죽음에 형식적인 슬픔을 표현한 뒤, 신하들이 극구 만류하는데도 부마(사위)의 집으로 거둥하려 했다.

정성왕후는 무려 33년이나 왕비로 있었지만, 영조가 왕비의 처소를 찾았다는 기사는 단 한 번도 보이지 않는다. 영조실록에는 승지, 대사간 등이 말리자 영조가 그들을 해임했고, 밤에 화완옹주 집에 갔다가 자정이 넘어서야 돌아왔다고 기록하고 있다.

또한 세손 정조의 부인 간택이 있던 날, 사도세자의 망건 줄에 끼어진 관자가 잘못되었다고 영조가 격노하여 사도세자를 돌려보냈다. 그리고 영조는 가끔 사도세자를 옆에 앉히고 공부한 것을 확인하곤 했는데 그때마다 사도세자가 대답을 잘 못할 때까지 어려운 질문을 해서 결국 사도세자의 기를 꺾어 놓았다.

영조는 이처럼 강박성 성격 또는 편집증을 보이는데 정신과 의사들은 그 원인을 출신 콤플렉스와 자라온 환경에 기인한 것으로 분석한다. 생모가 무수리 출신이라는 단점도 있었거니와 여섯 살 많은 이복형(경종)이 이미 세자로 결정된 상황이었다. 이런 상황 속에서 왕자라고는 하지만 영조는 항상 위축되고 억압된 상태로 삼십 년을 살다가 경종이 죽자 왕이 되었다. 다 아는 것처럼 조선시대 때 세자가 아닌 왕자는 잘못 처신했다가는 언제든지 죽임을 당할 수 있기 때문에 어려서부터 겪었을 이러한 억압된 내적 분노와 출생 콤플렉스가 이처럼 비정상적인 인격 형성의 원인이 된 것으로 보고 있다. 한편 다음은 사도세자의 성장과정과 기록에 나타난 일화들이다.

사도세자는 1735년(영조 11년) 정월 그믐날 영조와 선희궁(영빈 이씨) 사이에서 태어난 후 백 일만에 따로 떨어져 보모들에 의해 길러졌다. 세 살 때 부왕과 대신들 앞에서 효경을 외우고 7세 때 동문선습을 외우는 등 어려서는 아주 총명한 모습을 보이다가 10세를 전후로 책을 보기 싫어하고 놀이에 빠지면서 어지럼증이나 다른 신체적 증상을 호소하기 시작하였다. 15세에 대리청정을 시작한 후로는 부왕으로부터 매사에 꾸지람을 듣게 되고 점점 더 비뚤어진 비행 청소년 같은 행동을 보이고 은둔형 외톨이가 된다. 18세 즈음에 홍역을 앓고 가짜 도교 경전인 옥추경을 공부하다가 귀신에 홀린 듯한 모습을 보이고 이듬해에는 불안장애 증상을 보였다. 23세쯤에는 아무 옷이나 입지 못하고 수십 번이나 입고 벗고를 반복하는 '의대증'이라는 일종의 강박증 모습을 보이고 충동조절장애로 인해 사람을 때리고 죽이는 가학증을 보였다(반사회적 성격장애). 사도세자는 영조에게 꾸지람을 들으면 내관과 내인을 때렸고, 사람을 죽여서 그 머리를 베어 혜경궁과 내인들에게 보여 주는 엽기적인 행동도 했다. 거의 백여 명에 달하는 사람들을 죽였다. 혜경궁 홍씨에게 바둑판을 던져 눈을 상하게 하기도 했다.

1755년 11월. 사도세자는 생모 선희궁을 만나러 집복헌에 갔다가 영조에게 큰 꾸지람을 들었다. 화완옹주는 이미 결혼해서 궁궐을 나간 상태였는데 영조가 총애해서인지 거의 궁궐에 들어와 친정어머니 곁에서 살았던 듯하다. 영조는 자신이 싫어하는 사람과 좋아하는 사람이 한자리에 있는 것을 참지 못하여 화완옹주 옆에 있는 사도세자를 크게 꾸짖었다. 별 잘못도 없이 "빨리 가라." 하는 큰 야단을 듣고 사도세자는 얼마나 급했던지 황망히 높은 창문을 넘어서 자기 처소로 돌아왔다. 이때 사도세자는 분통이 터져 약을 먹고 죽겠다고 자살 소동을 벌였다. 이후로도 사도세자는 두 번의 자살 소동을 더 벌였다.

1758년 사도세자가 생애 두 번째로 영조와 함께 명릉(숙종의 무덤)으로 능행수가를 허락받아 새벽에 창덕궁을 출발하였다. 추석을 보름 정도 앞둔 이날, 도중에 갑자기 많은 비가 내리자 영조는 재수 없이 사도세자가 거둥한 탓으로 돌리고 세자를 돌려

보내는 이해할 수 없는 조치를 취했다.

또한 사도세자가 24세가 되었을 때쯤에 오랜만에 세자를 만난 영조가 사도세자에게 숨김없이 한 일을 바로 아뢰라고 하자 다음과 같이 답했다고 한다.

"심화가 나면 견디지 못하여 사람을 죽이거나 닭, 짐승이라도 죽이거나 해야 마음이 낫나이다."
"어찌 그리하니?"
"마음이 상하여 그러하나이다."
"어찌하여 상하였니?"
"사랑치 않으시니 서럽고, 꾸중하시기에 무서워, 화가 되어 그러하오이다."
"내 이제는 그리 않으리라."

이렇게 궁궐 안에서 위축되고 때로는 분노조절장애를 보이던 사도세자도 1760년 온양온천으로 외유를 나갔을 때는 호위 군사의 말이 고삐를 풀고 콩밭에 들어가 밭을 망치자 보상하도록 하는 선행도 보였다. 하지만 불안장애, 강박장애, 충동조절장애를 보이던 사도세자는 1760년부터는 환시(헛것)를 보기 시작했고, 아버지 영조를 욕하기 시작했다.

1761년 1월 세자는 옷을 갈아입다가 의대증이 발병하여 자신이 끔찍이 사랑하던 총첩 빙애를 죽이고 빙애와의 사이에 태어난 자신의 아들 은전군을 칼로 쳤다. 1761년 3월에는 평양으로 외유를 다녀왔고 몇 달 동안 학질(말라리아)을 앓았다(사실 의사인 내가 보기에 이처럼 이른 봄에 학질을 앓았다는 기록은 좀 믿기 어렵다). 1761년 말과 1762년 초, 아들 정조의 혼례식 과정에서 영조에게 상처를 받고 3월부터 다시 증상이 심해져서 영조를 욕하고 궁 밖에서 데려온 여승, 기생들과 잔치를 벌인 뒤, 밤늦도록 놀고 상위의 음식들을 치우지도 않고 아래 위 구분도 없이 모두 한곳에서 잤다. 이후 사도세자는 죽음을 예고하듯 지하에 관처럼 생긴 방을 만들고 자신의 피난처로 삼았다.

결국 나경언의 고변(반역을 일러바침) 사건 후 사도세자는 '아들을 죽이라.'는 어머니 선희궁의 주청(임금에게 아뢰어 청함)을 듣고 궂은일을 할 때 드나드는 경화문을 통해 들어온 영조에게 자결하라는 명령을 받고 용서를 빌었으나 끝내 뒤주에 갇히어 죽음을 맞게 되었다. 손자인 정조의 애타는 외침도 소용없었다. 1762년 윤 5월 13일(양력 7월 4일)의 일이었다.

정신과 의사였던 프로이드는 인간의 심리 발달 단계를 5단계(구순기, 항문기, 남근기, 잠재기, 성기기)로 구분하였는데 그중에서 특히 남

근기(男根期 3~5세 사이)가 가장 중요한 시기이고 이 시기에 오이디푸스 콤플렉스를 잘 극복하지 못하면 건강한 자아 형성이 이루어지지 못한다고 주장하였다. 쉽게 말하면 어려서 부모의 적절한 사랑을 받지 못하고 자라면 비뚤어질 가능성이 많다는 얘기다.

태생적인 출신의 열등감과 수치심, 아버지인 숙종의 사랑을 받지 못하고 자란 영조의 오이디푸스 콤플렉스가 영조의 인격 형성에 부정적인 영향을 끼쳤고 이것이 결국 자신의 아들인 사도세자에게 투사投射된 셈이다. 그렇게 영조는 자기 아버지 숙종과는 다른 완벽한 아버지가 되고 싶은 욕심만을 앞세워 사도세자에게 따뜻한 사랑을 베풀지 못했고, 칭찬에 인색하여 세자의 인성마저 망가뜨리는 결과를 가져온 것이다.

태어난 지 백 일 만에 부모를 떠나 까칠한 보모들에 의해 길러지면서 부모의 따뜻한 사랑을 경험하지 못한 사도세자도 어려서는 아주 총명했지만 오이디푸스 콤플렉스를 제대로 극복하지 못한 결과 사춘기에 접어들면서 비뚤어지기 시작하였다. 요즘으로 말하면 중2병이 온 것이다. 이때부터라도 좀 더 따뜻한 사랑과 칭찬이 필요했으나 영조에게 사도세자는 뭘 해도 성이 차지 않은 못마땅한 아들이었다. 마주칠 때마다 꾸중만 하는 아버지 영조 때문에 세자는 정상적인 성인으로 커 나갈 수가 없었으며 결국 정신적인 혼란과 반사회적 성격으로 인한 비행과 폭행을 저지르면서 부자의 관계는 더욱 악화될 수밖에 없었던 것이다.

따지고 보면 연산군도 네 살 때 할머니 인수대비와 아버지 성종에 의해 친어머니인 윤 씨가 폐출당하면서 부모의 사랑을 제대로 받지 못하고 자란 불우한 어린 시절이 있었기에 정상적인 인격 형성이 되지 못했고 이로 인해 폭군이 되지 않았을까 하는 생각이 든다.

하와이에서 진행되었던 한 연구에 의하면 부모의 성격적 결함이 있더라도 자녀 세 명 중에 한 명은 회복 탄력성을 가지고 정상적인 성인으로 자란다고 한다. 그런데 이렇게 회복 탄력성을 가지게 된 원인은 적어도 가족 중에 한 사람은 자기를 인정해 주고

지지해 주는 사람이 있었던 경우였다고 한다. 만일 사도세자에게 자기를 인정해 주고 따뜻하게 감싸주는 가족이 한 사람이라도 있었더라면 사도세자의 비극도 영조의 아픔도 면할 수 있었을 것 같다.

또한 영조 임금이 '연아 다여봉憐兒 多與棒하고, 증아 다여식憎兒 多與食하라.'(아이를 사랑하거든 매를 많이 때려주고 아이를 미워하거든 먹을 것을 많이 줘라)라는 말에만 집착하지 말고 '칭찬은 고래도 춤추게 한다.'는 평범한 사실도 같이 믿으며 칭찬하는 것을 아끼지 않았더라면 사도세자를 그처럼 막다른 낭떠러지로 내몰지는 않았을 거라는 생각도 해본다.

사도세자의 비극을 말할 때 우리는 당쟁희생설이나 세자의 광증을 얘기하기 전에 인간의 가장 기본적인 욕구가 충족되지 못하고, 적절한 시기에 적절한 부모의 사랑을 박탈당했을 때 올 수 있는 인격 장애가 커다란 비극을 초래할 수 있음을 배워야 할 것 같다. 또한 자녀에 대한 부모의 책임에 대해 다시 생각해보는 역사 공부가 되었으면 좋겠다. 수신제가치국평천하修身齊家治國平天下라는 말의 뜻을 다시 한 번 새겨본다.

* 참고로 읽어본 책

『한 권으로 읽는 조선왕조실록』, 박영규 저

『권력과 인간: 사도세자의 죽음과 조선 왕실』, 정병설 저
『임오화변에 대한 정신 분석학적 고찰』, 서정미 논문
『한중록』, 혜경궁 홍 씨 저/정병설 옮김
『사도세자의 비극과 그 정신분석학적 고찰: '한중록' 연구』, 김용숙 저
『만화 조선왕조실록』, 박시백 저

부모들의 재산과 노후

나에게 찾아오는 고객 중에는 연세가 많으신 분들이 꽤 많다. 몸이 아파서 오시기는 하지만 간혹 아픈 마음을 호소하기도 한다. 가슴 아픈 사연들은 종류가 다양하지만 그중에 상당히 많은 부분이 가족과 관련된 문제들이 많다. 그중에서 또 많은 부분이 재산 상속과 관련된 부분이다. 자식들이 그나마 많지도 않은 재산을 노리고 수시로 힘들게 한다는 것이다. 그래서 '안 주면 맞아 죽고, 덜 주면 볶여 죽고, 다 주면 굶어 죽는다.'라는 말이 유행이라고 한다.

자식이 부모의 노후를 끝까지 책임지겠다는 말만 믿고 재산을 미리 다 주고 나서 자식의 사업이 실패하는 바람에 굶어 죽는 꼴이 되고, 그렇다고 재산이 조금 있는데 사업자금을 대 달라고 하는 자식의 요구를 안 들어 주면 심술을 부리고, 자신의 노후를 위해 조금이라도 아껴 놓으면 그것마저 다 달라고 늘 와서 볶는다는 것이다. 있는 재산을 내놓지 않으면 심지어 부모에게 행패를 부리거나 늙은 부모가 아프기라도 하면 남아 있는 재산 더 쓰지 말고 빨리 돌아가시기를 바라는 자식들도 있다고 한다. 또 형제들이 여럿인 경우 서로 부모의 재산을 많이 차지하려고 다투는 경우도 많이 듣고 본다.

하기야 최근 매스컴에서 자주 본 것처럼 먹고사는 데 전혀 지장이 없는 재벌 2, 3세들의 기업 경영권 다툼도 그렇게 치열한데 평범한 사람들의 경우에는 오죽하겠는가. 이처럼 돈을 둘러싼 인간들의 욕심은 많이 가진 자들이나 조금 가진 자들이나 동서고금을 막론하고 끝이 없는 것 같다. 문제는 스스로의 힘과 노력으로 얻으려 하지 않고 모든 것을 너무 쉽게 가지려는 이 시대 사람들의 잘못된 가치관과 철학이다.

이러한 상속을 둘러싼 다툼도 따지고 보면 지난 오랜 세월 동안 자식을 위해서라면 모든 것을 다 해 주려는 부모세대들의 그릇된 욕심이 한몫을 했을 것이다. 평생 피땀 흘려 어렵게 모아둔 재산을 자식들이라도 편하게 살게 해주려는 마음에 정작 본인들은 써보지도 못하고 물려주던 관습이 이제는 당연히 부모 재산은 나의 재산이라는 인식을 갖게 만드는 부메랑이 되어 돌아온 것이다.

예전에는 부모로부터 상속을 받고 부모가 늙어서 경제적 능력이 없어지면 당연히 자식들이 봉양하는 것으로 인식되었으나 지금은 재산을 물려받을 권리만 주장하고 부모들의 노후는 책임지지 않으려는 세태가 경제적 능력이 없는 노인들을 더욱 힘들게 하고 있는 것이다. 우리나라처럼 노후 사회 보장제도가 아직 불완전한 현재와 같은 과도기적 시점에서 필연적으로 발생할 수밖에 없는 현상이다.

가끔 미국 TV에서 방영되는 실제 소액 소송사건을 유심히 보면 많아야 5천 불이고 적으면 몇 십 달러 때문에 시민 법정에 나오는데 부모가 자식에 대해 소송을 제기하는 경우도 꽤 있다. 내용을 보면 자동차를 산다고 해서 할부금을 몇 번 내줬는데 갚는다고 해놓고 안 갚는다든지, 자식이 내야 할 공과금을 대신 내 줬는데 갚지 않는다는 내용들이다. 우리나라 같으면 부모가 자식을 돈 몇 푼 때문에 법정에 세운다는 것은 상상도 못할 일이다. 미국의 경우 성인이 되면 사회, 경제적으로 독립해야 한다는 생각이 아주 철저하게 박혀 있기 때문에 공짜로 부모의 돈을 가져다 쓰는 것을 아주 수치스럽게 생각한다. 어려서부터 그런 교육이 아주 잘되어 있기 때문에 부모로부터 많은 재산을 받으려고 형제끼리 다툼이 있는 것을 본 적이 별로 없다.

우리나라의 경우 부모는 자식의 나이가 아무리 많아도 경제적으로 독립하지 못하고 있으면 끝까지 도와주고 싶어 한다. 자식들도 대부분 그런 것을 부끄러워하거나 미안해하지 않는다. 주변의 친구들이나 아는 사람이 부모의 재산을 상속받아 여유롭게 사는 것을 보면 부러워한다. 부모로부터 상속할 재산이 없으면 결혼 후에는 찾아오지도 않고 부모의 재산이 있으면 어떻게 해서든 많은 것을 챙기려고 갖은 방법을 다 쓴다고 한다. 연락도 없이 살던 자식이 부모가 토지 보상이라도 받아 돈이 좀 생길 것 같으면 먹이를 노리는 사자들처럼 슬슬 주변을 맴돈다고 한다. 이러한 서글픈 현상의 또 다른 원인은 상속과 관련한 사회적인 시스템의 문제와 더불어 경제관념에 대한 잘못된 교육의 문제라고 생각한다. 결국 여태껏 부모세대가 탈세를 하든, 편법을 쓰든 모든 가능한 수단을 동원하여 축재를 하고 자식들에게 많이 물려주고자 하는 상속의 문화가 작금昨今의 세태를 만든 발단이 되었으며 사회문화적인 제도 문제와 더불어 교육의 부재가 가족 간의 갈등으로 이어진 것이다.

어미 연어는 알을 낳은 후 부화되어 먹이 찾는 일이 미숙한 새끼들에게 자신의 몸을 먹이로 내어주고 새끼들이 맘껏 자신의 살을 뜯어 먹고 성장할 수 있도록 극심한 고통을 참아 낸다고 한다. 새끼들은 그렇게 성장하고 어미는 결국 죽어간다. 연어의 최후는 우리나라 부모들의 노후의 삶과 닮았다. 반면에 가물치의 경우 어미 가물치가 알을 낳는 산고産苦의 후유증으로 시력이 떨어져 먹이를 찾을 수 없어 굶주릴 수밖에 없을 때 수천 마리의 새끼들이 부화되어 나오자마자 천성적으로 이를 깨닫고 어미가 굶어 죽는 것을 막기 위해 한 마리씩 자진하여 어미 입으로 들어가 어미의 배를 채워준다고 한다.

　우리 인간과 대부분의 포유동물들의 사랑은 태생적으로 내리사랑 하도록 창조되었다는 생각이 들지만 그중에서도 특히 우리나라 사람들의 자식 사랑은 유별난 것 같다. 지극정성의 내리사랑으로 자녀들의 교육과 행복을 위해 모든 것을 바친 결과 우리 사회가 급속도로 발전하고 풍요를 누리고 있는지도 모른다. 이에 따라 국민들의 평균 수명이 갑자기 길어지면서 동시에 경제 활동을 못하고 지내는 노후기간도 늘어남에 따라 빈곤한 최후를 맞는 노인들의 숫자가 매년 늘어나고 있다. 이미 초고령 사회로 진입한 이웃나라 일본의 경우 말년을 홀로 지내다가 고독사孤獨死한 노인들이 늘어나서 사회적인 문제가 되고 있는 것을 보면 빠르게 고령사회로 진입하고 있는 우리나라도 이러한 사회문제가 먼 훗날의 문제가 아니며 바로 눈앞에 다가온 현실을 인식하고 더 늦기 전에 대비해야 한다는 생각이 든다.

　아울러 지금까지 연어 어미처럼 희생만 하고 살아오던 부모세대들도 자신들의 노후와 웰 다잉Well Dying을 위해 변해야 할 시기가

왔고, 가물치 새끼 같은 특별한 효심을 가진 자식세대를 더 이상 기대하지 말고 이제는 자신의 노후를 스스로 준비하는 지혜가 절실하게 필요한 시점인 것 같다.

이 세상 모든 부모들은 한결같이 자식들이 편안하고 행복하게 살기를 바랄 것이다. 또 한편으로는 자식들에게 부담을 주지 않고 사는 데까지 건강하게 살다가 죽고 싶어 하는 마음을 가지고 있을 것이다. 그런데 실제 현실은 부모도 행복한 노후를 보내지 못하고 자식들도 힘들게 사는 경우가 많다. 자식들도 행복하게 잘 살고, 부모 자신들도 노후에 자식들에게 의지하지 않고 살겠다고 하는 소박한 소망이 무너지지 않도록 하기 위해서는 어려서부터 부모 소유의 재산에 대한 확실한 가치관과 철학을 심어 주어야 할 것 같다. 행복한 노후란 거저 주어지는 것이 아니고 미리 마음먹고 예약해야 맛볼 수 있는 예약 필수 특별메뉴와 같은 것이기 때문이다.

비가 오면

비가 오면
밖에서 하던 일 멈추고
잠시 쉴 수 있어서
좋다.

비가 내리면
심어 놓은 화초와 나무가 신나서
실개천 물이 불어나서
연못의 연꽃과 개구리가 좋아해서
좋다.

비가 오는 날이면
할아버지 할머니들 집에서
오던 걸음 멈추어서
바쁘지 않아서
마음이 차분해져서
좋다.

비가 부슬부슬 내리면
카페에서
창밖을 보면서
음악을 들으면서
추억을 사랑할 수 있어서
사랑을 추억할 수 있어서
좋다.

비님이 오시면
기다리던 편지가 올 것 같아서
편지를 보낼 수 있어서
안부를 물을 수 있어서
목소리를 들을 수 있어서
보고 싶다고 하고 싶어져서

그런 마음이 생겨나서
좋다.

비가 창가에 내리면
커피 잔 마주치면서
눈동자를 보면서
입가에 미소를 지으면서
이야기꽃 피우면서
꽃향기 가득한 그 카페가 생각나서
감미로운 피아노 운율이 들리는 듯해서
좋아하는 노래 소리가 들려서
좋다.

비가 오면
파전 부쳐 놓고
술안주 준비해 놓고
예쁜 저녁상 가득 차려 놓고
좋아하는 와인 골라 놓고
나를 기다릴 것 같아서
퇴근길 발걸음이 가벼워져서
잠이 잘 올 것 같아서

그런 사람이 있어서
좋다.

어느 늦은 여름 새벽의 이태원 풍경

동이 터가는 늦여름 이른 새벽
이태원의 창 없는 2층 커피숍에서
커피를 마시며 창밖을 내려다본다.

비틀거리며 팔짱 끼고 걷는 젊은 남녀
삼삼오오 떠들며 지나가는 축 늘어진 젊은이들
길가에 버려진 쓰레기들
열심히 쓸어 담는 청소부 아저씨
가끔씩 지나가는 청소차

양팔에 문신을 새긴 외국인 여성

조깅하는 통통한 흑인 남성
스님처럼 머리 깎은 중년의 백인 남성 둘
남자들 틈에서 혼자 담배 피우고 있는 외국인 처녀
웃고 떠들어 대는 남성들
웃통 벗고 한 손에 옷 들고 누군가 쫓아가는 총각
그 뒤에 또 따라가는 총각

열심히 먹이를 찾고 있는 비둘기 떼들
이어폰 꽂고 백팩 메고 지나가는 심각한 젊은이
택시 잡으려는 젊은이들
실랑이하는 사람들
멋진 외제차 속의 남녀

샌드위치 먹으며 홀로 걷는 중년의 외국인 여성
빈 캔 발로 차고 지나가는 국적 불명의 사나이
아직도 열심히 쓸고 있는 청소부
다시 깨끗해져 가는 거리
분리수거 차량으로 던져지는 재활용 쓰레기
어디론지 잠시 사라졌다가 다시 돌아오는 외제차
불법 유턴하는 자동차
살짝 날아오르다가 다시 내려앉는 비둘기 한 마리

뭉게구름과 선선한 바람

하늘을 나는 비둘기들

골목으로 들어가는 젊은 여성들

착해 보이는 젊은 외국인 여성과 담배연기

쏜살같이 부우웅 지나가는 빨간 스포츠카

술 취한 듯 시들시들해 보이는 은행잎들

그 틈 사이로 보이는 튼실한 은행 열매들

2층 커피숍으로 올라오는 한 무리의 젊은 남녀들

잠시 머뭇거리다 3층으로 올라가는 학생들

다시 음악소리만 들려오는 2층

후각을 자극하는 진한 커피 향기
되살아난 가슴 아팠던 기억들

프리다 칼로와 디에고의 사랑과 운명
사랑과 거짓과 배반의 시간들
변명과 착각과 소외의 세월들
그럼에도 불구하고
.

.

.

또 팔짱 끼고 걸어가는
두 사람
그리고
또 슬픈 인연이
천천히 사라진다.

비워야 할 이유

지나간 세월을 정리해 보고 나 자신을 위한 힐링의 시간을 가져 보기 위해 시작했었다. 자꾸만 떠오르는 안 좋은 기억들로부터 나 자신을 해방시키고자 하는 도피적 성격도 한몫 했다. 틈나는 대로 생각을 정리하면서 써 봤고, 그런 과정에서 원래의 목적대로 잠 못 이루는 밤은 점차 줄어들고 있다. 시간의 흐름에 따른 적응이 거나 기억을 비우고 쏟아낸 만큼 아픈 생각들이 희미해졌기 때문 일 수도 있다. 좀 더 많은 것을 쏟아내고 싶은 마음이 불현듯 생기 기도 했지만 이 책을 읽는 사람들에게 피로감만 더할 것 같은 우려 때문에 마음을 접었다. 다음 기회에 좀 더 정제된 마음으로 쓸 수 있도록 익히고 담금질하는 여백을 남기고 싶기도 했다.

아들이 일부분을 읽어 보더니 마치 일기 같다고 하면서 그냥 인터넷에 올리고 공유하면 되지 굳이 책까지 낼 필요가 있느냐고 했다. 자신감이 없어지고 세대 차이를 느끼는 순간이기도 했다. 인터넷이라는 공간은 나에게 더 낯설고, 사람들이 많이 다니는 길에 굴러다니는 돌멩이 신세가 될 것 같은 두려움이 앞서서 애초에 생각지도 않았었다. 고민 끝에 그래도 기억이 생생할 때, 아니 희미해져서 없어지기 전에 살다 간 흔적이라도 남기고 싶은 소박한 마음으로 여기까지 진행해 왔다. 글재주가 별로 없는 내 초고를 읽고 충고를 아끼지 않은 홍성희 님께 감사드린다.

2016년 늦가을에

30여 년간 의술醫術을 인술仁術로 펼쳐 오신
그 앞에 새로운 도전과 변화, 긍정의 에너지가
팡팡팡 샘솟으시기를 진심으로 기원합니다!

권선복
(도서출판 행복에너지 대표이사, 한국정책학회 운영이사)

의사라는 직업은 오랫동안 선망의 대상이 되어 왔습니다. '고소
득의 전문직'으로 상징되는 화려한 외관은 수많은 사람들에게 환
상을 불러일으켰고 그러한 이미지는 지금도 끊임없이 대중문화를
통해 재생산되고 있습니다. 하지만 화려한 외면 뒤에 숨겨진 진정
한 의사의 모습은 사람의 생명을 살리는 기술, 즉 인술仁術이 갖는
막중한 소명 의식일 것입니다.

이 책은 내과 전문의 개업 이래 20여 년간 한자리에서 다양한
사람들을 접하며 의술을 펼쳐 온 저자의 삶과 생각, 그리고 그간

병원을 방문했던 사람들에 대한 다양한 이야기로 구성되어 있습니다. 자신의 인생 속 추억을 돌이켜보며, 주변 사람들과의 경험을 이야기하며, 노인이 대다수를 차지하는 단골손님들의 다양한 삶을 지켜보며 써내려간 한 줄 한 줄. 거기엔 우리의 가슴을 때로는 따뜻하게, 때로는 조금 아리게 적셔 주는 감성이 가득 묻어납니다.

또한 더 좋은 위치로 병원을 옮길 기회가 있었으나 노인 단골손님들의 간곡한 요청으로 20여 년간 한자리를 유지했다는 대목, 계단을 오르기 힘들어하는 환자들을 위해 1층으로 병원을 옮겨야 하나 고민하는 대목 등에서는 자신을 믿고 찾아 주는 환자들에 대한 깊은 책임감과 소명 의식이 배어나오고 있습니다.

인생은 희로애락애오욕喜怒哀樂愛惡欲의 연속이라고 합니다. '감추고 싶었던 내 속마음을 드러내 놓은 기분'이라는 저자의 말처럼 한 사람의 희로애락은 물론 사람에 대한 사랑이 진솔하게 담긴 글이기에 우리의 마음을 더욱 따뜻하게 어루만져 주는 힘이 있는지도 모르겠습니다. 또한 "지난 세월을 정리하고 남은 인생을 더 잘 살기 위해 글을 쓰게 되었다."는 책 속 말처럼 이 책과 함께하는 모든 분들에게 새로운 도전과 변화의 에너지가 팡팡팡 샘솟아 오르기를 진심으로 기원합니다.

와인 한 잔에 담긴 세상
김윤우 지음 | 값 15,000원

책 「와인 한 잔에 담긴 세상」은 와인에 대해 절대 연구할 필요도 없고 고민할 필요도 없는 술이라고 강조한다. 그저 편안하게 있는 그대로를 즐기면 되는 음료이자, 하나의 멋진 취미생활이자 직업이 될 수 있는 술이라고 말한다. 저자는 "와인을 알게 되면서 경험했던, 그래서 풍요로운 인생을 경험했던 와인과 관련된 인생의 경험들을 여행으로, 파티로, 음식으로 풀어낸 일상의 이야기"라고 책에 대해 이야기한다.

아이디어맨이여! 강한 특허로 판을 뒤집어라
정경훈 지음 | 값 15,000원

책은 전문용어를 가능한 한 배제하고 쉬운 용어를 사용하여, 복잡한 특허문제들을 간단하게 풀어나간다. 비전문가들이 좀 더 편안하게 특허에 대해서 이해할 수 있도록 배려했으며, 경영자 또는 특허담당자들도 쉽게 특허를 이해하는 데 도움을 주고 있다. 강한 특허에 주목해야 하는 까닭부터 시작하여, 반드시 알아야 할 특허상식, 그리고 출원 전후의 특허상식과 CEO가 알아야 할 특허상식 등을 다양한 예시와 도표를 통해 제시하여 독자의 이해를 돕는다.

끌리는 곳은 서비스가 다르다
박정순 지음 | 값 15000원

책 「끌리는 곳은 서비스가 다르다」는 현재 11년 차 소상공인이며 서비스와 이미지 메이킹 전문가인 저자가 사업을 성공으로 이끄는 서비스 노하우를 알려준다. 모든 사업의 핵심 바탕이 되는 '서비스'에 대해 심도 있게 다루면서도 독자들로 하여금 쉽게 이해할 수 있게 실제 사례를 들어 친절하게 설명한다. 모든 사업 성공의 바탕에는 '서비스'가 있다는, 잊기 쉽지만 가장 중요한 핵심을 잘 짚어내고 있다.

행복한, 너무나 행복한 즐거운 정직
김석돈 지음 | 값 15,000원

정직이라는 가치가 땅에 떨어진 시대, 혼란한 삶을 살아가는 대한민국 국민들에게 가장 필요한 이야기들을 책 한 권에 가득 담아내었다. 인류 역사가 시작된 이래 몇 가지 변하지 않는, 다이아몬드 원석과도 같은 가치들이 있다. 그중에서도 정직은 손에 꼽을 만하다. 수많은 선지자들이 삶을 행복으로 이끌기 위해 반드시 정직하게 살아야 함을 강조했던 까닭을 이 책을 통해 많은 이들이 다시금 곱씹어 보기를 기대해 본다.

행복을 부르는 마술피리
김필수 지음 | 값 16,000원

책 「행복을 부르는 마술피리」에는 성공을 거머쥐고 행복을 품에 안기 위해 우리가 반드시 깨달아야 할 소중한 가치들이 빼곡히 담겨 있다. 피상적인 미사여구와 관념적 지식으로 채워져 실천에 도움이 되지 않는 자기계발서와는 달리, 생명력과 위트 넘치는 실천적 메시지가 가득 담겨 있다.

생각의 중심
윤정대 지음 | 값 14,000원

책 「생각의 중심」은 동 시대를 살아가며 보고 듣고 느낄 수 있는 이야기들에 대해 저자의 시각과 생각을 모아 담은 것이다. 2015년 겨울부터 2016년 여름까지 우리 사회에 주요 이슈로 다루어졌던 사건들에 대한 견해들이나 개인적인 경험담 등 다양한 소재들을 활용해 거침없이 글을 풀어내었다. 정치, 법률제도와 같은 사회문제는 물론 존재와 성찰이라는 철학적 사유까지 글쓰기의 깊은 내공으로 독자들에게 즐거움을 선사하고 있다.

글, 사진
潭江 김명수